Sans Famille

苦儿流浪记

［法］埃克多·马洛　著

蒙多　译

百花洲文艺出版社

1

扫码听故事

苦 儿 流 浪 记

Sans Famille

contents

◆ 目录 ◆

chapter
001　童年

chapter
005　耶路姆

chapter
007　维塔利

chapter
011　"温馨"的家庭

chapter
015　途中

chapter
017　国王的故事

chapter
019　离别

chapter
021　被逐出旅店

chapter
023　观光船"天鹅号"

chapter
028　离别之苦

Sans Famille

chapter
030　夜晚的狼群

chapter
031　最终演出

chapter
036　前往巴黎

chapter
042　薄命人

chapter
058　园丁之家

chapter
068　离散

chapter
084　马西亚

chapter
095　煤矿

chapter
105　教馆先生

chapter
111　大洪水

chapter
125　绝望

chapter
131　蒙德的音乐家

chapter
139　王子的奶牛

chapter
150　偷牛贼

chapter
166 旧家庭和新家庭

chapter
181 耶路姆的行踪

chapter
192 前往伦敦

chapter
219 马西亚的疑惑

chapter
232 贼犬卡彼

chapter
240 巴贝兰妈妈

chapter
242 米利根叔父

chapter
248 圣诞前夕

chapter
253 圣乔治教堂的盗贼

chapter
266 鲍勃

chapter
278 "天鹅号"的下落

chapter
285 襁褓

chapter
294 大团圆

◆ 童年 ◆

我是捡来的孩子。

我把抚养我成人的那个女人当作我的亲生妈妈，直到我八岁前。因为每次当我哭的时候，都是那个女人走过来安慰我。只有在她亲过我后，我才会上床睡觉。在那个寒冷的冬天，当雪花飘落的时候，她搂着我冰凉的脚，为我歌唱，我永远也不会忘记那首歌的旋律和歌词。

我在牧场上放牧的时候，经常会遇到倾盆大雨。这时她会走到我身边，让我坐在她的肩膀上，把她的衣服拉起来，遮住我的脑袋，让我和她一起回家。每当我和其他小朋友产生争执哭泣回到家时，她都会很温和地安慰我，等我停止哭泣后，她再指出我的错误。她讲话时声音柔和，眼里散发出一种慈祥的光芒。就连她训斥我，也充满了柔情。

以前，我觉得她就是我的亲生妈妈。直到后来我听说一些事情，才知道她不是。

我们住的村子，名叫"沙凡侬"，在法国的中部，是一个非常荒凉的地方。这个村子并不宜居，这里自然条件恶劣、土壤贫瘠，石头比耕地多得多。当时，这里的人甚至还不知道要给土壤施肥。我家在一条小河边，我就是在那里长大的，每天听着河流的声音，河流的两边，散落着许多小小的田地和房屋，还有许多栗树和橡树。

在这个故事发生之前，我从来没有见过这个房子里有男主人。但是，我的妈妈（我一直把她看作我的妈妈）并不是一个寡妇。她老公是石匠。在这儿，包括她的丈夫在内，许多男人都去巴黎寻找工作。可是，在我长到明白自己处境的岁数之前，他都没有回过这儿。和他一同在外的老乡偶尔回来一趟，也会帮他带来一些钱。他们常说："耶路姆的身子是健康的。放心吧。这是他让我送来的钱，你自己数一数。"

妈妈听见这些就心满意足了。一开始，所有人都以为他们夫妻之间有矛盾。妈妈经常对我说，巴黎有很好的工作，爸爸一直在那儿工作，要等到攒够了钱，可以过上舒适的生活，才会回家。

十一月份的一天傍晚，我在门前砍柴生火，有一个奇怪的人来到我面前，问道："这是耶路姆的家吗？"我跟他说是这儿。他打开木门就冲了进去。我从来没有看过一个人比这更脏了。他浑身都是泥巴，连帽子都被泥浆弄脏了，他的靴子看上去已经走过了很多很多的泥路。

当他走进房子的时候，妈妈听到了声音，走了出来。他立即说道："我来自巴黎，我想告诉您一件事。"

这一回与往常有些不一样。他没有用我们所熟悉的那种访客来访方式说话。妈妈握着他的手，用颤抖的声音说："耶路姆，他肯定出事了，天哪！"

"好了，不用这么紧张，耶路姆只是受伤而已，你先别急。虽然，他很有可能会成为一个残疾人，但这并不一定。他目前是在一家医院里治伤，我以前也在那儿医治过，等到我康复以后要回家了，就顺便来给他带个信。天快黑了，我还有不少的路要走！我先回去了。"

那个男人刚要走，妈妈就拦住了他，想问他更详细的情况。"眼看天都快黑了，外面又有狼群，走山路多不安全啊。你今晚就在这儿过夜吧，明天早上再走。"这人留了下来，他走到火炉旁，好像很饥饿似的，大口地吃着东西，同时向我们讲述耶路姆受伤的经过。他建议耶路姆应该跟包工头打官司，要回自己应得的工伤赔偿金。但妈妈对此有些迟疑，她担心打官司要花很多钱，且不一定能赢。

第二日，他早早地便离开了。妈妈整夜都在发愁，她想到巴黎去看看。但一想到去一次的花费之多，就打消了这个念头。当她意识到自己已没有办法的时候，她就去了村子里的教会，找到了神父。神父劝告她不必急着往巴黎赶，他替我们给耶路姆所在的那家医院写信，然后等候答复。

过了数日，耶路姆又来了一封信，说："即使你们来了巴黎，也是无济于事，如今我正与包工头交涉，还是先设法汇些钱来吧。"

于是，她便绝了上巴黎的心思，拼命攒下一笔钱，汇往巴黎。过了不久，耶路姆来信，说经费不足，还需要钱。她到处想法子周转，再给汇去了一些钱。可是，当他第三次来信的时候，妈妈所有的力气都像是消失了。她给他写了一封信，说她实在是办不到了。他就给她写了一封信，说："你把那头牝牛卖了，再汇点钱给我。"请想想，一家农户，要把家里唯一一头维持生计的牛卖掉，那该有多可怜啊！

我们家又何尝不是如此。尽管我们的生活很艰难，但是有了胡赛特（家里唯一的牛），我们就不愁没有奶喝了。胡赛特不仅给我们提供牛奶，它更是我们的伙伴，甚至可以说，我们把它当作我们的家人。但如今，耶路姆却要让胡赛特离开我们。

从那时起，我们没有了牛奶，没有了奶油，也没有了黄油。早餐是一点儿面包，晚饭就是土豆加食盐。胡赛特被卖出去以后，不久就到了"油腻的星期二"①。以往在这一天，妈妈总会给我做法式可丽饼，需要用黄油、鸡蛋、牛奶和面粉混合，用平底锅摊成薄饼，最后配糖和奶酪。

我一大早开始沮丧地嘟哝，这天的庆祝计划一定没有办法执行。但是，在"油腻的星期二"这一天，她到附近一户人家买了点牛奶，然后到另一户人家买了点黄油。下午我回家的时候，妈妈正往汤碗里倒面糊，我走到她身边大声喊她。妈妈尽自己所能给我准备了丰盛的晚餐。

我兴奋得像做梦一样，我竟然看到了三个鸡蛋、一杯牛奶、一块黄油和三个苹果。

直到傍晚时分，我们终于做好了准备，然而，就在我们即将用餐的时候，一个不速之客来到了我们家。

①天主教徒的一个传统宗教节日。这一天的日期不固定，一般是在复活节前第七个星期二。之后就进入封斋期，不能再吃大鱼大肉。

chapter

◆ 耶 路 姆 ◆

外面响起了一阵棍棒之类的撞门声，接着门就被撞开了。

"是谁呀？"妈妈头也不回地问道。

是什么人？火光照亮了一个身穿白色棉布工作服的男人，他拄着一根手杖。那人用粗鲁的声音说道："怎么，我破坏节日的盛宴了？！"

"啊，是你啊，耶路姆！"妈妈一看，立即起身。

说完，她拉着我的手，把我推向那个男人："雷米，他是你爸爸！"

当我知道那个人是爸爸时，我就跑过去想拥抱他，可是耶路姆用他的手杖把我推开，对我的妈妈说："这个孩子是谁？你不要胡说八道！"

"耶路姆，这是……"

"你说的是真的？"

他粗鲁地破坏了我们的庆祝活动，拿走了我的黄油和面包，而妈妈和我只能对他言听计从。

晚饭后（我几乎没怎么吃东西），我就服从了他的吩咐，上了床，既不敢睡觉，也不能发出声音，一想到自己的未来生活不知何去何从，我就不寒而栗。

我听见我的妈妈说："耶路姆，官司究竟怎样了？"

"官司打败了！"

"怎么回事呀？"

"输了官司，赔了一大笔钱，还落下了残疾。最让我烦躁的还是当我回到家时，发现那个小家伙还在这儿，你怎么不听我的话呢？"

"可是，我做不到。"

"怎么做不到？"

后来，他们又吵个没完，过了好久，我听到重重关门的声音，耶路姆出去寻找自己的同伴了。

我一直等到他离开了，这才站起身来，大声地喊着妈妈。妈妈吓了一跳，向我走过来。

"妈妈！我才不要离开这里呢！"

她温声劝慰，将我的来历告诉我，说我本是一个孤儿，六个多月大的时候便被抛弃，被耶路姆捡来了。

那天晚上，我睡觉一直做噩梦。但我相信，妈妈会说服耶路姆，让他不要再提将我送入孤儿院的事情。

第二天快到中午的时候，耶路姆要我戴上帽子，跟他一起出门。

我没办法抗拒，只能任由他把我带走。

◆ 维塔利 ◆

　　耶路姆把我带到了村子里，然后在一个屋子前停了下来。我们走了进去。我以前一直觉得这个屋子很神秘，可是我从来没有见过里面是什么样子。

　　进屋后耶路姆和店主商量着该拿我怎么办，碰巧店里的一位老人听见了，他主动提出要抚养我，最后耶路姆同意，以一些钱将我卖给他。

　　老人坐在角落里，穿的衣服很奇特，是我以前没见过的。他很安静，就好像是村里教堂里的一尊木头圣像。三条狗躺在他的前面。一条白色的卷毛犬，一条黑色的毛茸茸的卷毛犬，它们都是很可爱的，还有一条灰色的、非常灵活的漂亮母犬。白色卷毛犬头上套着一顶老式的警帽，帽子的带子绑在它的下巴底下。

　　那老人轻蔑地望了耶路姆一眼，又慢条斯理地喝了一口酒，说道："好吧，我要他有什么用呢？我已经是一个上了年纪的人了，忙碌了一天以后，有时候到了晚上，天气不好的时候，实在是太孤单了，我就想和这个孩子可以说说话，我也可以得到一些慰藉。"

　　"好吧，这就好办了。他的腿脚倒是足够结实！"

"不，这倒不一定，他还是个孩子。我还打算拉他入伙我的维塔利杂耍班呢。"

"啥？这个杂耍班在哪儿？"

"我是维塔利班主。至于其他班子成员，你是不是想知道我的成员们在什么地方？好的，请稍等。如果你想看的话，我可以把它们都带到这儿来。"

"这倒是个有趣的主意，爷爷，让他们过来吧。"

酒馆里所有的人都望着维塔利老先生。

老头儿把他的皮袄解开，把他皮袄左胸口处的那个古怪的东西拿出来。这就是他那件衣服不停地抖动的原因。一开始，我把它看成一只小狗，真是大错特错。我从未见过如此奇特的生物。如果我上了小学，也许会看过一些连环画，可是，我没有什么阅历，看到这个小东西时我无法想象到任何东西。我还以为它是个倒霉的孩子呢。它身上的衣服是红色的，上面绣着金线，手脚都很齐全。唯一的区别，就是它们的四肢都是毛茸茸的。它的脸与其他生物都不一样，与人类并无太大区别，它长着一双黑色的眼睛，活灵活现，像镜子一样闪亮。耶路姆叫道："这是怎么回事？原来是一只猴子。"我恍然大悟，原来这就是传说中的猴子。

维塔利老人说着，就拿起那只小猴，往桌子上一坐，说道：

"这位是维塔利杂耍班中最有名的演员，名叫乔利，也就是这只猴子，来，给大家打个招呼。"

乔利先生伸出双手，放在嘴唇上，弯下腰来，给了听众一个吻。

"好了，接着是卡彼先生，请把你的朋友介绍给大家。"

当小狗卡彼听到这个指令之前，它的头上戴着警帽，一动不动地躺在那里，接收指令后，它的两条后腿立了起来，两只前爪抱在胸口，对着听众鞠了一躬。然后，它把头转向它的同伴，把一条腿放在它的胸脯上，向它们挥了挥手。另外两只狗一直盯着它们的这个同伴，也立起前腿站了起来，靠两条后腿站立着，小步向前走，就像社交场合里的男人和女人拉着手跳舞似的。

维塔利老人把这一切都安排好了，说道：

"卡彼是狗的总管，'卡彼'是意大利语中'上尉'的缩写。我的狗都很有灵性，特别是卡彼，他能听懂我的话，还会把我的话告诉别的狗，真是一只很奇特的狗。至于那只美丽的黑色卷毛犬，它被称为彼奴，它的意思就是'绅士'。那只英国的漂亮的母犬叫朵儿姑娘，它的意思是'柔和的'。我们一共有四个成员，这就是这个剧团的全部成员，我们到世界各地去，不只在法国，我们什么地方都去，什么事都可以做。"

说完，他喊了一句"卡彼"，后者将两条前腿抱在胸口，看着他。

"卡彼先生，您可以到这里来，这里的客人都是贵客富官，您要有礼貌——嗯。"老头儿说，"就是那个小东西，它用一双圆溜溜的大眼睛看着你。我求求你，替我转告它现在几点了。"

于是，它走到它的主人身边，撩起他的羊毛坎肩，从口袋里掏出一块银色的大手表，对着它照了照，发出两声清晰的叫声，接着，它低声叫了三声表示此刻正是两点三刻。

"多谢了，卡彼先生。这一次，轮到朵儿姑娘了。"

卡彼从它主人的大衣兜里掏出一条绳索，示意那个黑色的彼奴，后者站在它的对面，嘴里叼着卡彼扔给它的绳索，两条狗熟练地把绳索拉了回来，而亲爱的朵儿姑娘则轻盈熟练地蹦来蹦去，我只能目瞪口呆地看着。

　　当他表演完毕时，他问耶路姆："你看，我这几个徒弟，还真是机灵。不过聪明和笨，只有在对比的时候，才能体现出来。这就是我想把这孩子列入这个队伍的原因。"

　　我本来应该感到高兴的，因为能和这样一群好玩的朋友在一起，实在是一件不可思议的事情，但我实在不愿意离开亲爱的妈妈。

　　两人在关于我的价格上吵得不可开交。他们把我赶出了院子，让我出去玩。

　　但我没有去玩耍，只是在岩石上默想，我的将来会怎样？这所房子里的人会得出结论的。

　　又冷又烦，我在外边直打哆嗦。大约一个小时以后，耶路姆独自一人来到庭院，让我跟他一起回去。

　　"走吧！""所以，我能永远和我妈妈在一起吗？"我本想问耶路姆，但见耶路姆脸色不好，便不敢再问。

chapter
◆ "温馨" 的 家 庭 ◆

耶路姆沉默地走着，在回家的路上，大约十分钟后，他停下脚步，使劲地揪着我的耳朵，说道："雷米！今天的事，你如果敢外传，我就狠狠地揍你！"

我除了服从他以外，别无他法。当我们回来的时候，妈妈正在焦急地等待着我。我被耶路姆胁迫，本想将这件事的详情告诉妈妈，可是耶路姆一直在家中，我没机会和她单独说话。不一会儿，就到深夜了，我必须上床去。

第二天，当我醒来后在房间里找了一圈，没有找到妈妈。耶路姆回答说，妈妈出去办事了，要到午后才能回家。

妈妈为何要出去？妈妈不在家，我就更害怕了。我的心中充满了恐惧。我感到有一种危险正在向我逼近。

耶路姆不时向我投来意味深长的目光，使我厌恶得要命，就走到后面的田野里。当我在屋外院子里转了一圈之后，忽然听见耶路姆让我回屋子里。

我飞快地回到屋里。惊讶地发现昨天那个老头来我们家了，还带着他的伙伴们。

在这一瞬间，我明白了一切。这个老头要把我带走！耶路姆也明白，如果妈妈留在家里，带走我是很不方便的，所以他才会让她出去办事。我明白了这一点，于是，我只好去请求这个老头子。我扑通一声跪倒在这老头的身前：

“我求求您，请您别带我走好吗？”

"你是个好孩子，"老头儿温和地说，"我不会让你受苦的。我从来没有打骂过孩子，再说了，我的徒弟都是你的好伙伴。"

"我不能让妈妈一个人留在这儿……"

当时耶路姆忽然揪住我的耳朵，说道："你这个愚蠢的孩子！不管怎样，你不能继续待在这房子里。你可以去孤儿院，或者和这个老人一起走。随便挑！"

"我想和妈妈在一起！"

耶路姆勃然大怒，说："这是怎么回事！这小子！你太小看我了。再不去我就让你滚蛋！"

"好了，一个孩子想和妈妈在一起，很正常。不应该打他。他最大的优点就是心软。"

"老伯，你对他太过纵容，反而助长了他的气焰。"

"不用多说，我会按约定付你的报酬。"

那老者说罢，当着耶路姆的面，点了二十个法郎，交给耶路姆。

"他的包裹在哪里？"老头儿说。

耶路姆指着一个蓝布包袱，四个角都系得好好的。

老头儿把包裹打开，看到里面是我的两件衬衣和一条粗布短裤。老头儿望着耶路姆，像是在询问："看来，你并没有遵从我们之间的约定。你说要送我这孩子夏天和冬天的所有衣物，这就是为什么我要多付五个法郎。"

"这是上天所知的全部了。"

耶路姆冷淡地说。

"好吧，我没有时间和你废话。我还要赶时间上路。孩子，你的名字呢？"

"叫雷米。"

"好了，雷米，把这个包裹捡起来。你现在要跟我走，明白吗？卡彼，出发！"老头儿用命令的口吻说。

我伸出双手，向那老头儿哀求，然后向耶路姆哀求，可是他们都避开不看我，假装什么也不知道，我正哭得伤心，那老头走到我跟前，抓住了我的手臂。

我用模糊的泪水向房间里张望，但没有一个人能帮助我。我扯着嗓子喊了两声妈妈，但没有人回答。我呜咽着被那老头儿领去。

我的身后是卡彼，前面是彼奴，我就这么被带走了。

我试着往回看，已看不见家后的那座山，也看不见我曾长期居住的房子。前路是连绵不绝的山脉。

chapter

◆ 途中 ◆

只因为他用二十个法郎买了一个小孩，你总不能说他是个吃小孩的魔鬼吧。这老头并没把我带到地狱去，甚至可以算得上是一个好人。

当我们翻过山岭，来到南边的山坡上的时候，他松开了我。

不用说，我也明白，到了这里我是绝对跑不掉的，即使跑了，也无处可去。我暗自叹息，老头说："你是很难过的，我能理解你的感受，也不怪你。当你想哭泣的时候，请尽情地哭泣。不过，和我在一起又有什么不好？如果我没有把你带来，你十之八九会被送进孤儿院。他们又不是你爸爸妈妈。那个你一直称呼她为'妈妈'的女人，看起来对你很好，你把她当成自己的亲生妈妈，可是她却没法不听从耶路姆的命令。耶路姆是个残忍的人，但这也是由于他的贫困，他不肯因为供养别人的孩子，就让自己饿肚子。雷米，生活中的人就好像一只被关在笼子里的鸟儿，不可能随心所欲。"

我一边走着，一边回想着这位老先生的话。的确，那老头儿说得不错，耶路姆不是我的亲生爸爸，我也不是妈妈的亲生骨肉。我对他们家曾抚养我应该充满感激，不能责怪他们。

在我的流浪生涯刚刚起步的时候，一场暴雨从天而降，把我们都给浇了个透心凉，最终，老人暂时放弃了前往于赛尔的打算，虽然距离于赛尔只有四里路，他还是决定把我带到最近的一个村庄里休息。可是村子里连一家旅店也没有。我们一个一个房子敲门，谁也不愿意收留这个带着浑身是泥的孩子和狗的落魄乞丐。幸运的是，最后一个房子里的主人家允许我们留宿了一晚。

第二天，我们一大早就动身了。雨停了，碧空如洗。经过一晚风吹，路面变得干燥。路边的草地上，鸟儿欢快地叫着，狗也欢快地蹦蹦跳跳。它从我身边走过，用后腿站立着，对着我叫了一声。

"别怂，把你的活力表现出来！"卡彼似乎就是这么说的。

卡彼是一条聪明的狗，它听得懂人在说什么，它也能把自己的意思表达清楚。只要它一甩尾巴，我们就知道它的想法。对我们来说，交流根本没有任何阻碍，从一开始，我们就已经很熟悉了。

不久，我们就来到了于赛尔镇。在我看来，这里都是老时代的老建筑，到处都有小小的塔楼，我对这些建筑一点都不感兴趣，它们都是些老旧的东西。

唯一能吸引我的是鞋店，其他的一切都不在我的眼中。那些尖塔、那些中世纪的建筑、那些纪念碑，对我来说都不重要。

很快，老头儿就在市场附近的一家昏暗的、煤烟弥漫的店铺前面停下了。老头儿领着我走进去，这是一间很大的铺子，里面黑得吓人。可是，做工精良、用钉子钉过的靴子，却是在这种阴暗的环境里出售的！老头儿不但给我买了靴子，而且还在商店里买了一件蓝色的天鹅绒外套和一条羊毛长裤，还给我买了一顶帽子。我以前从来没有穿过这些。也许他是这个世界上最善良的人吧。于是，我认了老头儿为师父。

◆ 国王的故事 ◆

　　杂耍班在于赛尔镇的第一场演出取得了巨大的成功，但我认为这与我无关。维塔利杂耍班（除了我以外）所有的成员都是很有天赋的。但是他们的缺点也很明显，那就是他们的表演比较公式化，不懂变通，所以在一个地方重复表演两三遍以后，就不得不停止了。

　　在于赛尔镇待了三天，我们就走了。

　　在去下一个目的地的途中，老头与我交流了一番，他决定教我读书，于是，我便边走边学认字。当我学会认字之后，他还教我读乐谱，教我唱歌。我很快就克服了学习上的困难，学会了辨认乐谱上的每一个音节。

　　我们每天都在赶路，但是由于路程远近不同，路途中我们有时需要花上一天的时间，有时只需要半天的时间。每到一个新的城市，我们都在为赚取绵薄的收入而努力。我只好在路上挤出一点时间看书和学习音乐。路旁的大树底下，或是草坪上，都是我的课室，闲暇之余，我便从兜里掏出小木片，努力识字。

　　当我挨训时常常会感到非常痛苦，可是，那天，师父轻轻地在我脸颊上抚摸，说道："你的性情很好，也很有耐心。当你跟我在一起的时候，你可以专心看书，说不定以后可以成为一个著名的歌手。"

他待我极好，教会了我很多人情世故。有一回停下来，他对我说："要注意观察一切，也要听话。该怎么做就怎么做。这才是为人处世之道。"

我们又流浪了几个月，到了一个名叫缪拉的村子，在一家旅店的小屋里度过了一夜。就在那一天，我的师父对我说，这个地方曾经有一个国王，名叫缪拉。

他居然认识那个国王！他跟国王交谈过无数遍！我们的师父，究竟是怎样的一个人？以前干了些什么？到底发生了什么让他变得像现在这么惨？自从听说了缪拉国王的事情之后，我就日渐好奇了。

我们漂泊一阵子后，就来到了波尔多。在这里，我第一次看到了大海、船舶和美丽的都市。我了解到许多新事物。由于这座城市很大，我们可以连续演出七天。但是从这儿出发去波城，一路上都是些令人厌恶的东西，让我吃了不少苦头。没有森林，没有田野，没有人，有的只是一片连绵不绝的荒原。

在波尔多，我犯了一个愚蠢的错误，把骑着木马的当地牧民当成了怪物，但他们并没有因此而感到愤怒，反而把我们引到了牧场里休息。

当天夜里，我们在牧场里过了一夜，次日便动身去波城。经过数天的漂泊，我们来到波城这个小城市。这里是出了名的避寒之地，我们到达的时候，正是冬天，镇子上开始热闹起来。

这儿的冬季非常舒适。英国的许多游客都到这儿来躲避寒冷，这正是我们演出的绝佳时机。

随着春天的临近，我们的观众一天比一天少，英国的孩子们来和我以及我们的狗做了一次最后的告别，就回家去了。我们再也没有办法在这儿继续干下去，于是我们就重新开始无尽的流浪。

◆ 离 别 ◆

由于维塔利老先生心地善良，他养的那条小狗自然也不会差。他曾和我说过："世上有一句俗语，叫'以犬为镜'。你只需要看一眼他的狗，就能知道他是个什么样的人。小偷的狗就是小偷。农夫的狗，终究是野狗。一个人善良温和，他的狗也是温和的。"

他还跟我说："人家说，凡事都看运气。我认为这可不行。三分靠运气，七分靠自己。"这话说得不错。

在漫长的流浪生活中，有一日傍晚，我们来到一座沿河而建的大都市。那里的房屋，大部分都是红砖和瓦片，路面也都是石头铺就的，它是一座老式的城市。我的客人告诉我，这里叫图卢兹，住在这里的有法国许多传统的家族和上流社会的人士。我们打算在这儿多待几天。

不料在这儿表演时遇到了一些麻烦，警察局的警察三天两头来闹事，甚至还讥讽他们讨观众开心，老头儿很坚定地跟他对着干，结果那名警察被猴子要得很不爽，当场就对我出手，而老头儿则因为维护我，跟警察发生了冲突。

原本，老头儿已经听从了警察的劝告，只是想逗逗警察，以此来愉悦大家。

然而调皮捣蛋的小猴却不小心犯下了大错，酿成了一场悲剧。啊，这真是一种悲哀！

我只好听从吩咐，闷闷不乐地领着成员们回到旅店。

维塔利老头儿一开始被我当作一个恐怖的人口贩子看待，但随着时间的推移，我对他产生了好感。在我们旅途中，他对我的生活和学业都很关心，这种关心，是任何一个真正的爸爸都很难比得上的。

所以，这次我被迫离开他，使我特别难过。

我何时才能再次见到自己的师父？

观众都说他必须进监狱，真是如此吗？监狱是什么样子的？他何时能出狱？在这段时间里，我能做些什么？

他的钱包一直随身携带，当他被带走的时候，他根本就没有时间把钱给我。我口袋里的钱很少。这些钱，能不能维持我们的生计？

接下来的两天里，我都是在烦恼中度过的。我、我们的猴子、我们的三条狗都待在旅店的后院，没有离开过这里一步。过了三日，我的师父托人带来了一封信。他已经被警察拘留，星期六将在一个小法庭开庭，指控他反抗警察的命令和袭警。他说，他由于冲动殴打了警察，这是他的过错。他叫我星期六到法庭来。

得知师父的这个消息，我就把乔利、卡彼、朵儿、彼奴都带上了去见他。

星期六，我在法庭旁听，他被判了两个月的监禁和四十个法郎的罚金，罪名是对警察进行攻击。

啊！师父将有两个月与我们分开了！在这段时间里，我们会发生什么事？我要上哪儿去？

chapter

◆ 被逐出旅店 ◆

　　我一瘸一拐地回到了旅店。当我走到旅店门口时，旅店主人拦住了我。他听说维塔利老人被判刑，要毫不留情地将我们撵走。

　　我没有家人，师父也不在，但我现在成了这个杂耍班的头儿，是一班之主。我觉得肩上的担子很重。乔利和几条狗都在路上不时地抬头看我，好像在抱怨什么似的。我看得出来，它们很饿。现在是夏季，不必为找睡觉的地方而烦恼，算是不幸中的幸运。

　　由于害怕遭受警察的追捕，我只好牵着它们一路往前走，直到出了图卢兹，我的心情才终于放松下来，这时，我看到一家面包房。我到里面买了一点五磅的面包。这么一来，我已经用掉了十六法郎，而我现在只剩六法郎了。

　　经过短暂的休整，我们再次上路。大约一个小时后，一座破败的小镇出现在眼前。这个小镇上没有太多的人，但是也没有令人厌烦的人来干涉我。想到这里，我打起精神，开始表演，接着，我们列队向村里走去。只是这一回，我们没有师父吹笛子，也没有师父那种奇特的引人注目的气派。一个忧心忡忡的孩子，在街上游走，并不会引起别人的注意。他们只是看看我们，然后若无其事地走开了。没人跟着我们。这种情况下，还能有什么好表现？

当我们正准备在村中的广场上表演，却被一个看门老头给撵了出去。

那几条狗好像也意识到了我的失败，闷闷不乐地跟在我后面。

看样子今晚这顿饭是吃不成了，我得先找到一个住的地方才行。

今天晚上，我们是要露宿街头了。夏天睡在外面，倒也没多大问题。我一边走，一边东张西望，想找一个安全的地方。

我无意中发现了一个天然的洞穴，洞穴里堆满了干枯的树叶，唯一的缺点就是没有食物。有一种说法，叫作"食饱思睡"。没有食物填饱肚子，很难入睡。我带着剩下的六法郎，心里很难过，迷迷糊糊就饿得睡着了。

第二日，日上三竿，我睁开了眼睛。温暖的阳光洒在我们的身上。昨天晚上的悲伤，在这晴朗的阳光下，一扫而空。鸟儿在树枝上唱歌，远处的教会早晨祈祷的钟声也依稀可以听见。

我们匆匆收拾好东西，朝钟声响起的地方赶去，没过多久，我们就看到了村子。因为我们真的很饿，所以我打算用掉这六枚硬币。我们不费吹灰之力就找到了面包房。不过，六法郎一磅面包，成员们分着吃，很快就吃完了。

当我们赶到村子，想要演出的时候，彼奴饿坏了，偷走了一个老人的肉，害得我们狼狈逃窜，连戏都没演成。

最要命的是，彼奴不见了，我们只好在这里等它，饥肠辘辘的时候，我突然想到了维塔利老人给我们的忠告。他说，长途远行累了的时候，可以唱歌，忘却疲惫。如果我弹奏一首欢快的曲子，说不定就能让我们忘却饥饿。

当音乐开始的时候，我把脑子里的东西都忘了，我弹得开心了，他们也好像都忘了自己肚子空空，跳得很开心。

chapter

◆ 观光船"天鹅号" ◆

"太棒了！"忽然，从我身后传来一个孩子的声音。我转过身去看。

河面上有一艘漂亮的小船，上面刻着三个金色的大字"天鹅号"。那艘船朝我们开过来了。

这是一艘我从来没有见过的奇特的船。它比一般的驳船要短些，前部筑有一条玻璃游廊。我看到游廊下有两个人，一名三十五岁左右的高贵妇人，她的脸上带着一种忧郁的神色，一个年轻的孩子躺在一张椅子上，他的年龄跟我差不多。肯定是这个孩子在为我们欢呼，高呼"太棒了"。

他们好像很享受看我们的舞蹈，而我的同伴和我也很高兴，我们很少见到这么体面的客人，他们一定会很乐意看我们演出的。在演出进行到一半时，彼奴又回到我们身边，和我们一起跳舞，使我们更加兴奋。

表演结束后，那位女士轻声对我们说："各位，演得真是太好了，请问我需要支付多少报酬？"

"这是您自己的决定。如果您喜欢，那就随意赏一点吧。"

"好了，妈妈，给他们多一点。"

那孩童如此说，并以我所听不明白的言语还说了一些什么。

"那孩子说，让你的演员们上来给他看一眼。"

它们一下子就爬到了船上，我担心把乔利单独留在陆地会出什么岔子，所以请求他们让我把这只猴子也带到船上。那孩子好奇地摸了摸猴子。然后，我就看清楚他了。这太不可思议了！他一直躺着，身子一动不动，好像是被固定在板子上，整个身体是僵硬的。

女人问我为什么就自己一个人，我犹豫了一下，因为我从来没有见过一个妇女像她那样令我感到可亲可敬。这女人很是热情，语气也很温柔。她那柔和的眼神让我勇气大增，于是我将自己在图卢兹的经历，以及我的师父因我而受了伤，被关进了监狱，直到我被赶出旅店，以及这两天发生的一切事情都告诉了她。

他们听说我们的遭遇后，都非常同情。所以那个妇人请我们吃饭，几天来我们从来没有吃到过这么丰盛的一餐。后来，那孩子请求妈妈把我们留在船上，天天给他们弹琴跳舞就好，免得我们在外奔波挨饿。

　　我实在是太感动了，不知该说些什么，只好再次弹奏乐器，以示对他们的谢意。他们俩都聚精会神地听着，而我也确实非常开心，一遍一遍地弹奏着师父所传授的那些曲子。我也渐渐了解到一些关于他们的事情，孩子的妈妈是米利根夫人，是一个英国贵族的遗孀，曾经有一个大儿子，后来她的大儿子走丢了，她就只剩下了她的小儿子亚瑟。在这个孩子出生之前，他的爸爸就给他留下了一大笔财富和一个贵族头衔。但不幸的是这个孩子，从小就是个病秧子，让他的妈妈很是担心。如果他不能长大成人，那么他爸爸留下的所有的产业和头衔就会落到他的叔叔手中。她从英国送他去比利牛斯山脚下的一座温泉城，以便调养，可是这个疗法却没取得什么效果，于是他们决定换一种疗法，她造了一艘名为"天鹅号"的特殊船只。船上有卧室、有厨房、有客厅、有游廊，沿路有各种景观，这一路观光对孩子的康复很有帮助。

　　一个月以前，"天鹅号"离开了波尔多港口。沿着加龙河行驶了很长一段时间，他们终于来到了南运河。法国的河流，几乎都是由许多水道连接起来的。"天鹅号"要从南运河出发，往北走，经由索恩河，到罗纳河，然后到卢瓦尔河，再到塞纳河，之后一路到鲁昂停靠。在那儿，他们要登上一艘大船，返回英国。一共需要六个月到一年的时间。

　　他们把我安排在一间不大的屋子里，只有四英尺高，七英尺宽，可是却很可爱，很多东西都可以折叠起来，真是太方便了！这是何等罕见！看到的每一件事物都让我目瞪口呆。不仅是视觉愉悦，更重要的是，当我躺在这张床上的时候，那种幸福更是难以言喻！我还是头一回睡在这么舒服的床上。我感到自己好像是一个童话里的王子，这令我高兴得久久不能入睡。不知过了多久，我才终于愉快地睡着了。

第二天早晨，我起得很早，心里还想着我的成员们，急忙走到甲板上，想看看他们的情况。

每个成员昨晚都休息得很好，精神也很好。

一天，在我的指点下，亚瑟突然掌握了背书的技巧，夫人非常感谢我，并且为亚瑟可以好好读书而开心到落泪。

从那以后，我便与亚瑟一同读书，亚瑟与我之间的友谊与日俱增。我们已经把地位不同这个问题彻底抛到脑后了。一是孩子之间没有隔阂，二是女士对我们一视同仁，她把我们当成了自己的孩子，对我们都很好。如今回想起那段在船上的日子，我觉得那是我童年最幸福的时光。

如果我能像亚瑟一样被妈妈爱着，每天都要被她吻上十几遍，而且还能有机会吻我的妈妈，那就太好了！我无法让我的妈妈给我一个吻，或者给她一个吻。我是个可怜的孩子！但是，我最大的心愿，就是见到我所怀念的妈妈。然而事到如今，我已不能继续称呼她为妈妈。在我到目前为止的整个生命中，我都是孤独的。

太太和亚瑟对我的态度越是好，我就越是想到我那不幸的命运。即便对于目前的处境，我已是万分高兴。

chapter

◆ 离 别 之 苦 ◆

师父出狱的那一天也快到了。我一定要去见他。

即使我很留恋在这艘船上的快乐,但我很清楚,我的人生无法为所欲为。我请求太太允许我去接我的师父,虽然太太和亚瑟都很想让我们留在这儿,不过最后他们答应了。太太明白,没有我师父的允许,谁也不能留下我。

一晃眼,日子到了,我把狗狗和猴子都带到车站迎接师父。

当看到师父的时候,那些狗就像是被什么东西吸引住了似的,开始往前冲,把我那僵硬的身子拼命向前拉,我松开了绑在他们身上的绳索。

几条狗一边跑,一边发出欢快的叫声。速度最快的是卡彼,它叼着主人的胳膊,彼奴与朵儿则缠在他的双腿上。

师父一看到我,马上松开了卡彼,一下子给了我一个大大的拥抱。师父以前对我并不冷漠,但也从来没有这么温柔过。我无法控制自己的泪水。师父看起来苍老了许多,他佝偻着身子,额头上满是皱纹,嘴唇发白。

在离开车站的路上,我把自己这段日子的遭遇一五一十地说了一遍。

话音未落,我们就走到了夫人母子俩下榻的旅店。一路上,师父都没有提到与米利根夫人有关的事情。他让我们在门外等候，自己去拜访夫人，结束后才让我进去与那对母子道别。

我非常伤心，但我也明白，我必须这么做，所以我坚决地告别了他们。

除了忍受风吹雨打，忍受炎热和寒冷，浑身沾满灰尘和泥土，带着我的竖琴，带着我那疲惫的脚步，跟随着我的师父之外，我什么也做不了。我还必须在表演时装傻充愣，逗那些"高官贵客"开心呢！

我们像往常一样，边走边唱。我们已经很久没正式演出了。从那之后，我就经常听见师父在谈论米利根夫人。他叫我务必牢记夫人对我的好，并时常懊悔自己为什么不让我陪着夫人。

这让我想要再次见到"天鹅号"。

我们很快就到了里昂，在那儿住了四五个星期。这段时间里，只要一有时间，我就往索恩河畔沙隆河那边走，希望能见到"天鹅号"。

但我无论在哪儿都找不到"天鹅号"的踪迹，再加上临近冬季，赶上多雨季节，我们每日奔波劳累，表演效果不如预期的那样好。

如果想要在这个季节挣到大钱，最好的演出城市是巴黎，因此，我们要尽快到达巴黎。从这里到巴黎大约有八十里路。

傍晚的时候，我们在一个村子里休息。师父要赶在下雪前到达特鲁瓦。据说特鲁瓦是个很热闹的地方，有超过5万人居住，在那里，就算是下雪天也能演出四五场。那样的话，我们还能挣点路费。

第二天清晨，我们便起身上路，不料半路上突然下起了鹅毛大雪，让我们迷失了方向。

chapter

◆ 夜晚的狼群 ◆

这么大的雪，路上实在是太难走了，我们连前路都看不到，最后在一个伐木工人的小屋前停了下来。

我们在这儿待了一夜，外面的雪一点都没有停下来的意思，前面的路程还很长，我们也只能在这儿待着了。师父要求我和他轮流照顾火堆，轮流睡觉，但由于我的失误，篝火几乎熄灭了。

突然我被狗吠声惊醒了，直接跳了起来。屋子里面黑漆漆的。狗儿不停地吠唤，那是卡彼的声音，没听到彼奴和朵儿的声音。

卡彼跳到门口，但是不敢出去，朝着屋外猛吠。和卡彼吠声相应的，我听见了三两声凄凉的狗叫。我认为那是朵儿的声音，但并不是，那是野狼的声音。我想跑出屋子查看情况，却被师父按住了肩膀。他说那两条小狗，朵儿和乔利，很可能已经被野狼给吃掉了。

我们终于熬到了黎明，开始找乔利它们，没过多久，乔利就出现在了我们的面前。昨天晚上，它被野狼吓坏了，野狼来的时候，它躲在了树上。

◆ 最终演出 ◆

　　乔利找到了，我们还要看看小狗是死是活，就沿着雪地里的脚印走。在灿烂的阳光下，两条狗的脚印和鲜血，已无声地告诉了我们昨天晚上的不幸。

　　我们得赶紧让这只猴子暖和起来。我们急急忙忙地走进屋里，重新点火，又加了几根木柴，把火烧旺，接着就不说话了。

　　那两条狗是我们同甘共苦的伙伴。这一切都是我造成的！如果我按照师父说的做，就不会把他们放出来，也不会发生这样的事情。若是师父真的生气了，将我臭骂一通，那也是好的。但是，我的师父没有说话，他甚至没有向我看一眼，而是把目光投向了壁炉。

　　到这一天，天气总算好转了，但是却不能指望乔利能在这种恶劣的条件下康复。师父打算把我们送到一个村庄，帮助乔利恢复身体。

　　好在我们的运气还算好，十几分钟后，我们就来到了一个村子，师父很大方地安排了乔利入住一家旅馆，并且请来了一名先生，在他的苦苦哀求下，先生终于答应给乔利看病。

　　如此大手大脚地花钱，三天之后，师父说我们必须演出，否则就没有生活费了，可是，我们要如何演出？

不管付出什么代价，我们都要把乔利从死亡线上拉回来。加上诊金、药费、旅馆费、膳宿费、炭火费等等，最少也要二十法郎。

在这个村子里，在这种天气下，在没有足够的演员的情况下，要弄到二十法郎，那要怎么办？

我守着乔利，师父则匆匆出门，在集市上的一个小棚子里找到了舞台。由于正在下大雪，因此无法在户外演出。我们在舞台和街道上的海报上说今晚有一场晚会，但是只有我们知道海报上吹嘘的我们的身份都是假的。

不一会儿，村子里的宣传声就响了起来，做宣传的人头上戴着军帽，敲着大鼓，在为晚上的演出做准备。当我再把脑袋探出窗外看的时候，他正站在酒店门口，用他的鼓声吸引过路的人，用他的喉咙大声地念着这出戏的开头。

那些听过维塔利老先生这种夸张的说法的人，也许并不感到奇怪。听听我们是怎样吹嘘自己的："世界上最有名的把戏师"——卡彼，还有"最出色的年轻乐师"，我就是这个天才。

不过最令人惊奇的是，戏票上没有标价。宣传口号是，只要你看了这场戏，你就可以看到你想要看到的，如果演出和你想看的东西不一样，那你就别付钱了。

我想，这样做是很有魄力的。观众们应该尽可能地为我们鼓掌，可是……

如果说卡彼是个出名的把戏师，那还算货真价实。不过，我这个"最出色的年轻乐师"，实在是有些不靠谱。

听到铜鼓的声音，卡彼高兴地叫起来。乔利也忘掉了生病带来的疼痛，钻出了被子。它们一定是听到了这鼓声，想要上台演出了。

乔利挣扎着爬了起来，用它那虚弱的双腿使出了浑身解数。当我试图阻止它的时候，它摇摇头，恳求我把它那件英国上将的制服、镶金边的红色长裤和高顶帽取下来。

我对它摇了摇头，它就再次双手合十，跪倒在地，恳求我。乔利原本是不喜欢穿这些衣服的，但现在它生病了，反而很希望自己能穿得像个样子。我感到非常伤心。

我说什么也不肯，它很生气，竟哭了起来。看来今天晚上，它是不会放弃登台的。让人看了心痛不已。

师父一回来，对这件事一无所知，叫我去拿那琴和他所需要的东西。

听到这里，乔利立即热情地恳求起来。这一次，它不是冲着我来的，而是冲着师父来的。它虽然没有说出话来，但从它的音调和它脸上肌肉的抽动，从它的动作中，师父能懂得清清楚楚。它真挚的泪水从眼中涌出，缠绕着师父的双手，亲吻了不知多少遍。

"你很想上舞台表演？"师父平静地说。

"是的，我求求你，这就是我的愿望。"乔利虽然嘴上不能说，但是它的身子却回答道。

"可是你的病情很重啊！"

"没有，现在的我，早就不是病号了。"

它似乎用一种认真的语气回答道。

一向喜怒不形于色的师父，眼眶也湿润了。说实在的，这种悲惨的场面并不常见。乔利的愿望我们很乐意促成，但是，如果它今天晚上就出现在舞台上，就等于提早把它送进了鬼门关。

　　过了一会儿，到了该开场表演的时间。我担心炉子里的火会灭，还得再添几根粗木头进去。我眼里噙着泪水，费了好大劲才让乔利爬进被子，让它独自留在旅馆里，接着我和师父把卡彼带去演出。

　　路上，师父教了我一些舞台表演技巧。少了杂耍班里的三个关键人物，这场戏，自然也就不一样了。我和卡彼必须努力表演，才能挣到二十法郎。

　　最让我们发愁的，还是那二十法郎。

　　来到舞台上一看，所有的东西都已备齐。从现在开始，我们要做的就是点燃蜡烛。不过，这可不是随随便便就可以点上的。如果客人还没到，就已经开始烧了，要是演到一半烧没了，可就不好了。

　　我们到了幕后，这时，村子里已经响起了最后一次对这场戏的宣传声。这声音从远处传来，传到了我们的耳朵里。

　　我乔装打扮之后，和卡彼一起站在柱子后面，看看有多少人来观看演出。那鼓声越来越大，越来越近，我已经能听到人们的吵闹声。二十多个孩子，跟着铜鼓走了过来。他们来到集市上，站在两支蜡烛中间的入口处，大声地说着话。

　　我们的表演反响一般，连十法郎都没有挣到。为了要凑够治疗乔利的费用，师父第一次上台唱歌了，而且唱得特别好，一名意大利女士送给我们一个十法郎的硬币作为对师父的表演的回报。我们收拾了一下，就往旅馆赶。

　　我冲上台阶，第一个走进去，炉火已经熄灭了。于是我急忙划亮了一根火柴，点燃了一支蜡烛想要看清乔利怎么样了。乔利身上披着将军的制服，躺在床上，甚至没有注意到我什么时候进来的。我怕吵醒了它，便蹑手蹑脚地走到床前，默默地握住它的手，它的手很凉。

　　乔利永远地离开了我们，师父眼中充满了泪水。

chapter

◆ 前往巴黎 ◆

我们离巴黎还有很远。

带着沉重的心情，我们走出了村庄，迎面吹来的是凛冽的寒风，我们必须踏着雪继续前进。

维塔利老人走在前面，我紧随其后，卡彼陪着我们。我感觉自己的灵魂和胆气已经彻底消失了。我们就这么一队人，一连走了好几个小时，谁也没说一句话，在刺骨的冷风中，我们的嘴唇冻得发白，脚上全是水，鞋子是沉重的，肚子是空空的，我们必须一直走到能躺着休息的地方！路上遇到的农夫看到我们的队伍，都是一副莫名其妙的表情。他们心中都在想，这个身材魁梧的老人，到底要把孩子和那条狗带到哪里去？

沉默地向前走是最痛苦的事。我很想说点什么来转移一下大家的情绪。于是，我变着法找我师父说话，但是，他只是回答我几个问题，然后就不再说话了。幸运的是，我还有卡彼，他不时地过来舔一舔我，一脸的温柔，似乎在说："卡彼不是还在你身边吗？你可别忘了。"

每当这个时候，我都会拍拍它的脑袋，我们之间有一种默契，一种爱，因此我需要它，它也需要我。一只狗的纯洁心灵，就像一个孩子。

我们的心灵急需安慰。只是目见的这一切都是令人沮丧的。到处都是积雪，原野上没有一个人，也没有马和公牛的嘶鸣。唯有那些找不到食物的小鸟，在树枝上痛苦地哭泣。穿过村庄的时候，家家户户的大门都关得紧紧的，人们都躲在屋子里暖和着，路上看到的一切都是一片死寂。

晚上，我们睡在一间用来堆放杂物的小屋里。只有一小块面包可以吃，通常是午餐的时候剩下的。偶尔和绵羊一起睡在羊圈里大概是最快乐的情况了，只有这样，我们才不会感觉到寒冷。

很快，我们就接近巴黎了。这一点已经不需要通过路标来判断了，因为路上的行人越来越多，积雪已经大部分化了，道路又脏又乱。

最使我感到惊奇的是，巴黎作为首都的面貌并不十分美丽。在我很小的时候，我就听人说，巴黎是地球上最美丽的城市，是一个美丽的天堂。因此，在我的想象中，它是一座神圣的城市。我幻想着这里有金色的树，金色的塔楼，整齐地用大理石建造的皇宫，以及在街道上穿着礼服悠闲散步的市民。

我想象中的金色的树林就要出现了，但是，我发现我们目前遇到的这些人，这些城里人，他们对我们视而不见。也许，大都会里的人都不像农村人那样热情，他们根本无暇顾及别人。

一念及此，我的心就沉了下去。到了巴黎，我们要怎样生存？我无数次都很想向师父请教，可是却怎么也说不出口。

我们离开了一个很大的村庄，来到一个山坡。当我们在山坡上停下脚步的时候，我看见远处的天空被一片浓密的乌云笼罩着。此外，在云雾中，还可以看见远处有高大的房屋零星地分布着。我猜它们肯定很大。

当我走近师父的时候，他停下了脚步，好像要把心里的话说完。

"雷米，马上我们就要同从前的那种日子说再见了，四小时以后，我们就要到巴黎了。"

"我们在巴黎会分开。"师父继续说道。

那一刻，我只感觉眼前一片模糊，仿佛整个世界都陷入了黑暗之中。没有了金色的大树，也没有了其他的东西。

师父看到我脸色惨白，嘴唇颤抖，说道："你好像很难过。"

"我和师父，是不是要分道扬镳了？"我问道。

"哎呀！你真是个可怜的孩子！"

我已经很久没有从师父那里听过这种充满怜悯的话了。

"哎呀！师父你真是太好了！"

那是发自我内心的感言。

"以后你会慢慢地意识到，在人生的某一时刻，人们对人类的感情是那么敏感。在幸福的生活中，我们并没有太多的想法，但是，在悲惨的生活中，特别是对那些行将就木的老年人来说，他们没有一个可以依赖的人，他们就会变得更加悲伤和孤独。我就是这样一个人，你不用惊讶，这就是事实。你有一颗善良的心，真叫我高兴。"

我一时语塞，不知道该说什么好。

"人世间最可悲的事是，当他们能走的时候，他们却留了下来，当他们不想走的时候，他们却不得不走。"

"师父您是不是打算在巴黎丢下我了？"我怯生生地问道。

"没有，我没有想丢下你。我怎么可能把你一个人留在巴黎？我不可能这样做，因为我要为你的未来负责，我要抚养你长大，我还发过誓，要让你成为一个了不起的人，如果我违背了这个诺言，岂不是显得我很没有信用？但是，世事难料，你也知道，这样吃了上顿没下顿的生活，已经不可能持续了。我不能再和你住在一起了。这就是为什么我们要分开。你看，我们离巴黎只有三四个小时的步程，天气这么恶劣，你可以想象一下，我们班里那几位珍贵的演员已经去世了，卡彼成了唯一的一条狗。演出怎么继续呢？"

师父顿了顿，拍拍卡彼的肩膀，说："你真是条好狗。但是，没有观众会欣赏你的忠心。如果他们对我们的演出不感兴趣，哪怕我们哭得再伤心，他们也不会看我们一眼。"

"是的。"我补充说。

"当卡彼表演的时候，调皮的孩子们会用梨或者是苹果的核扔过去。我干一天，最多也就赚个五法郎。咱们跟冻风寒雪拼命，每天挣得的也只有五法郎，怎能供得起我们两人一狗？"

"如果还有一个像你那样的孩子，那该多好，没有人会把我这个老头子和一个孩子放在眼里的。要是我年纪大了，眼睛也瞎了，被你拉着在大街上乞讨，那就另当别论了。在巴黎这样一个热闹的城市里，只有那些有特殊残疾的人，或者谁有一些稀奇古怪的东西，才会引起人们的注意。但我宁可挨饿，也不愿乞讨。于是，我就想出了一个办法，让你在这个冬季不会被冻死。你要做的，就是跟别的孩子玩一玩，在大街上散散步，会有人给你些食物。"

我的师父打断了我的话，继续说道："等到明年春天，我还会像以前那样跟你在一起。现在你要暂时留在这里了。但是也要坚持不懈、踏踏实实地练才艺，好运就要来了，现在这只是暂时的痛楚而已。到了明年春天，我们还会在一起的。到那时，我会和你一起去英国。随着时间的推移，你也会成长，会有更多的阅历，会更懂得人情世故。我会尽量教你怎么处世，这样你就可以忍受生活中一切的困难，做一个有主见的人了。你会说法国话、意大利语和英语了。对你这个年纪来说，这已经很不错了。在你身上，也培养出了一种罕见的坚韧与勇气。只差一分勇气。雷米，你先忍一忍，我们以后会好的！"

我从心爱的妈妈那里被带走了，而如今又要被迫从这个慈父般的师父身边离开了！无父无母，无家无姓，孤独终老，难道我就要这样如一片浮萍，随波逐流度过此生吗？

我心中有无数的话语，想向师父倾诉，却无法开口。我只得鼓起勇气，听从师父的指示，等着被交给那个把戏师。我不能在脸上表现出一副不开心的样子，这会伤害到师父。

我静静地跟着师父，很快就来到一条河流旁，走过一条脏兮兮的桥梁，我们的鞋上满是泥泞。

穿过这座大桥，来到一条有许多窄巷的街道。穿过这条街道，就是乡村，到处都是丑陋的房屋。在这条大道上，来往的车辆络绎不绝。随着房屋越来越多，我们已经来到了一条长长的笔直街道上，街道两边排列着许多房屋，可是这些房屋都很脏、很丑，跟里昂、图卢兹、波尔多这些地方的没法比。

街道上，到处都是积雪。积雪融化后，街道变得泥泞不堪。雪地上还沾着灰烬、腐烂的菜叶和灰尘，刺鼻的味道扑鼻而来。街道上来来往往的车辆横冲直撞，看起来很是凶险，但无论是车夫还是路人，都毫不在意。

我大吃一惊。我梦里的那座大理石皇宫在哪儿？那些穿着礼服的人呢？

　　我从来没有想过巴黎会是一个如此差劲的地方。

　　在这个孤独的冬季里，我要和师父、卡彼分别，在巴黎这个城市里生活！这真是一个悲剧！

chapter

◆ 薄命人 ◆

　　我越向前走，这座城市就越是与我所想象的大不相同。街道上到处都是污水，臭气熏天。积雪使泥泞显得更加黑暗，马车驶过时溅起的泥浆，洒在路边破旧店铺的窗户上。在我童年的时候，巴黎的郊区就是如此脏乱。

　　我们走了很长时间，来到一条看上去还算不错的大道上，路边的房屋和店铺都开始变得有模有样了，但是很快我们就转向另一边去了，没过多久，我们就来到了一处让人看着就十分讨厌的地点。在这条狭长的道路上，到处都是又高又暗的旧房屋，从中间流淌下来的是脏水。街道上的行人，似乎对这股恶臭毫不在意，他们就像是一头头猪，在淤泥中穿行。酒吧也很多，酒吧里的人都在喝酒。

　　维塔利老人好像很清楚自己要到什么地方去似的，他默默地穿过人群，带着我笔直地往前走，而我则紧紧地跟在他的身后，寸步不离。

　　我们穿过一片空地，拐进一条巷子，在一间黑黑的院子门前停下了脚步。这里似乎很少有阳光照射过来，显得有些阴暗。一股腐臭的味道扑鼻而来。我们之前还没有到过如此恐怖的地方。师父把我一个人留在这里。

很快，我便得知了我将被委托的把戏师的名字：喀尔。

后来，我遇到了喀尔的侄子马西亚，他是和他的叔叔一起来巴黎的，讨口饭吃。

我自己也曾经历过这种痛苦的背井离乡，直到现在我也忘不了临行前远远看到的妈妈戴着白色围巾的模样。

马西亚接着给我讲了他跟着喀尔来到巴黎后发生的事，那时十二个孩子在一起，现在只剩下十一个人了。一到巴黎，喀尔就让他们去赚钱，赚不到钱，就饿他们肚子，或者用鞭子抽打。听到这里，我对他的怜悯之心更重，对师父的好也更感激了。

马西亚还说，要是可以，就让我随便到哪儿去都好，总比待在这儿要好，他宁可生个重病，然后被人给送入慈善机构。

可是，我还能到哪里去？我不认为有什么办法能使我师父改变主意。

没过多久，一群孩子都跑了过来，他们的师父也回来了。谁知道，他一回到家，就开始和孩子们算账，说一天赚不到六法郎，就要挨鞭子。他安排一个他最偏爱的叫李喀特的孩子抽四个孩子鞭子。那些孩子被抽鞭子的时候，别的孩子都笑了起来，看得我心惊肉跳。

我没有见过更残忍的事情了。就在这个时候，门打开了，我师父出现在我的面前。

我师父一眼就看出了问题所在。他一个箭步冲到李喀特的身边，一把夺过了他的鞭子，怒气冲冲地朝着他们的师父冲了过去。维塔利老人突然冲出来的举动，让喀尔有些惊讶，但他很快就回过神来，故作镇定地说道："啊，维塔利，怎么把马鞭夺走了？这些孩子这么调皮，就该揍他们一顿！"

"可恶！"我的师父大声说。

"我就说嘛。真是岂有此理！"

"我说的不是这个孩子，"我师父一本正经地说道，"我说的不是这个孩子，而是你！把几个手无寸铁的孩子扒光衣服，打到流血，实在是太残忍了！"

"哎哟！维塔利，你少来吧！"

这位师父的口气忽然一转，道："你有什么资格在这说话？你个老家伙。"

"别装了！你可要好好考虑一下你的言辞。"

"怎么说？你这话说得好过分啊！"

"喂，如果我去报警的话，你会受到惩罚的。"

"哦？"

我师父立起身来，怒目而视。

"老头，你是不是在吓唬我？"

"不错！"他用一种庄严的口气回答说。

但喀尔平静下来，带着一丝嘲讽的口吻说："维塔利，你是不是在跟我开玩笑呢？你有你的解释，我也有我的解释。到时候，你应该知道，到底是谁会输官司。即使告到警察局，我也不怕你。等我说出你的真名，我倒要看看，到底是谁丢人！真要我说吗？你仔细考虑一下。维塔利，还要脸就赶紧滚！"

师父听完呆在原地。到底是谁丢人？我被这突如其来的一句话吓了一跳，一动不动地站在那里，突然，我感到我的手被师父拉住了。

"咱们走！"

师父说完，就带我往外走。

身后的喀尔笑着说："别着急走啊，有话好好说。"

"没什么可说的了！"

我师父一边回话，一边紧紧地抓住我的胳膊，没再回头看一眼，就下了楼。

我长舒一口气，仿佛抓到了一条救命稻草。我摆脱了那个残忍的男人。在开心之余，我多么希望能拥抱我的师父，感谢他！

我们上了大街，路上已经挤满了人，我们谁也不说话，只是一直往前走。不久，我们来到一条宽阔的大路上，大路上空无一人，师父在路边的一块岩石上坐下，不时地把一只手放在前额上，这是他唯一能做的事。

"我口袋中一法郎也没有，而且饥饿难耐，就这么在巴黎街头流浪，实在是没有办法。雷米，你是不是很饿？"

"对，我只吃了今天早晨师父送给我的一点面包。"

"真可惜！一切都乱糟糟……我们只能在饥饿中入睡了，现在我们到哪儿去找一张床？"

"师父，您原本是打算要留我在他那里吗？"

"嗯，我本来希望你能在那里度过这个冬季。那样的话，他可能会拿出二三十法郎来，我也可以暂时找个地方糊弄过这个冬天。但是，我无法忍受他对孩子们的虐待。你总不会想要生活在那种鬼地方，对不对？"

"我简直无法想象那种被虐待的生活，我庆幸自己能从那里逃脱是件多么幸运的事情。"

"是吗？我好像还保留着年轻时的冲动，结果好心办了坏事，我们俩只好重新开始漂泊。现在我们该怎么办？"

我的师父，此刻显然是真的不知道该怎么做。

不知不觉，夜幕降临。这一天，从北方刮来一阵刺骨的冷风。可以想象，这一夜有多难熬。师父仍然一动不动地坐在那里。我也蹲下身子，等待着师父的指示。片刻之后，师父吃力地起身。

"往哪儿走？"

"走，我们到郊区去。那里有马厩的话，里面肯定会有一间小屋。你可以在那儿睡觉。我想起来了，过去我曾在那儿过夜两到三回。雷米，你累了吗？"

"我一点也不累。"

"但是我还没有喘过气来，我的双脚变得像两根棍子。这周围连个歇脚的地方都没有。让我们赶紧过去。孩子们，出发！"

"孩子们，出发！"这是朵儿、彼奴在时，每次师父心情好会在出发前对我们说的鼓励话语！听了师父的话，我们好像更加勇敢了。可是，这一夜，却是如此地凄凉！师父每次说起话来，脸色都不太好看。

今天晚上还是那么黑！街道上的灯孤零零地亮着，寒冷的空气把它们挡在外面。路面上的水都冻住了，水泥路面又湿又滑，很难行走。无奈之下，我只能手拉着师父的手往前走。卡彼则是紧随其后，每当看到一堆垃圾，它就会用鼻子嗅一嗅，寻找吃的。雪把一切都埋得很深，它什么也找不着，就默默地把耳朵放下来，跟在我们后面。我一看见，就觉得难受。

由大道转到小路，再由小路转到大道。我们一遍又一遍地重复着前进。街道上几乎没什么人，偶然遇到的一两个行人，都会惊讶地看着我们。我想，我们这身古怪的装束，是一定会引起别人的注意的。也可能是我们的疲惫和悲伤，引起了别人的怜悯？从我们身边经过的几个警察，似乎也停下来，打量着我们。

我和师父都沉默着，继续往前走。师父佝偻着身子，他的身上像是被冻住了一般。他握着我的手开始变暖，变得滚烫。这时，我感到他的身子好像在颤抖。

过了一会儿，他好像再也受不了了，他把头埋在我的肩膀上，喘着粗气，他那魁梧的身躯颤抖着，好像触电了似的。

过了一小会儿，他继续往前走，于是我一言不发地跟在他后面。每走一段距离，他就会把头靠在我的肩膀上休息一下。每一次，我都感觉到师父在艰难地喘息，在颤抖。我不由得问道："师父，您是不是哪里不舒服？"

"嗯，不是很好，我累坏了。而且，我的年龄也不小了。经过这么长时间的跋涉，在这种寒冷的气候下，我感到浑身的血都要凝固了。我现在只希望能在炉火前面坐下，找些温暖的食物，好啦，别说了，咱们赶快走吧！"

我从未听到师父对我说过如此泄气的话语，我很伤心。但是，我们只能往前走。如果他倒下了，他很有可能会被活活冻死。我们就那样沉默着向前走着，好像我们已远离了巴黎。这么晚了，路上一个人都没有，就算是警察，也不可能看到了。街上没有路灯，只有几盏小灯在黑暗的旷野里闪烁着，仿佛这是只属于我们自己的灯。

在郊区，狂风越来越大，我们冰冷的衣衫紧紧地贴在身上。我的衣袖破了一个口子，风从那儿刮到手指，我的左臂已经冻僵了。

这条路一片漆黑，我根本不知道我们是怎么走过来的，但是我的师父好像对这个地方很熟悉，他一步一步地往前走。这让我感到很安全，我只是希望我们能尽快赶到马厩。忽然，师父停下来对我说："雷米，你有没有看到前方那片幽暗的森林？"

"没有啊。我什么也没看到。"

我瞪大了双眼。可是没看见什么森林。我们站在一大块空地上，四下一片漆黑，没有一棵树，没有一座房子，更没有森林。除了呼啸的北风，什么都没有了。师父叹息道："我真希望我还像你那么年轻。你朝那个方向看一看，你会看到森林的。"

他抬起手，指向前方。我试图更努力地观察，但仍然没有看到任何东西。我什么也没说，师父也就默不作声地向前走去。

我们继续往前走，过了一会儿，师父再次停下脚步，问道："你还看不到那片森林吗？"

我也停下脚步，四处张望。任凭我如何努力，也只能看到远处有一个模糊的轮廓。我有些紧张起来。

"我看不到任何东西！"

我的回答很含糊，也在颤抖。

"你一定是被吓傻了，连看都不敢看。"

"没有，师父。我再仔细看看，也找不到森林啊！"

"那条路呢？"

"没有！"

"是吗？如果是这样的话，我可能选错方向了！"

他的声音，已经是有气无力了。我不知道自己身在何方，也不知道自己要去哪里。他也不知道该怎么办。

"我们再走五分钟。要是还看不到森林，就代表我们迷路了，只好原路返回了。"

我想，我们肯定是迷路了，因为太害怕，以至于我一动也不敢动。师父牵着我的手。

"哎，有事吗？"

"我不能再往前走了。"

"什么意思？你不能走路，我该做什么？你以为我会背着你离开？我已经没有力气了，如果躺在这儿，我们会被活活冻死的。所以，我们只有奋力前行。"

我也不得不拉着师父的手往前走。

"地上有没有车辆经过的痕迹？"

听了这话，我蹲下来，鼻子几乎碰到了地上，仔细地看，什么也没有。

"完全没有。"

"好吧，这是一条错误的道路。回去！"

我们只好沿着来时的路往回走。这一次，原本是从身后刮来的风转成迎面刮来，我的喉咙被堵住了，无法呼吸。此外，我感到我的身体在发热。

我们一瘸一拐地走来了，再加上大风，我们再也走不动了。我们一点力气都没有了。

"现在当务之急，是把车辆经过的痕迹找出来。我们要做的，就是找到马厩。这马厩就在岔路口，顺着树林往左拐。往左走就是了。"

我们沿着来时的路，与北风搏斗，大约花了一刻钟的时间。这一夜，寂静得可怕。寂静的夜晚，只剩下呼啸的风和我们踩在冰封的土地上的脚步声。师父每跨出一步都很吃力，我已经要牵着他走了。但是，即使我使出了浑身解数，也无法让我们多坚持十分钟。我只能听从他的命令，小心地向左走去。忽然，我看到一条细细的、红色的光线，像星星一样，在黑暗中闪烁着。

"师父，有火焰！"

"哪里？"

"那里。"

不远处有一团火焰在燃烧，但师父没有看到它。要是在以往，他的眼睛并不像我那么差，即使在晚上，他也能看得很清楚。但今晚，他竟然看不到一丝光亮，想必师父也很伤心吧。我越想越沮丧。

"看到了也没用。也许，这只是穷苦劳动者在厨房中燃烧的火焰，或者在一个病人的床边点燃的一盏灯。这个时候，它没有任何的意义。如果是在偏僻的地方，也许还能找到一个栖身之所，可是在巴黎的郊区，这是办不到的。你就别指望它了，继续往前走！"

大约又过了五分钟，我们终于来到了一个岔路口。拐角处有一片黑乎乎的树林。我松开了他，快步走过去，发现这里确实是一片灌木丛，然后，我又拐到了另一条路的左侧，看到地上留下的许多车辙。

"师父，你说得对。树林里有许多车辆驶过的痕迹。"

"真的假的？"

师父欢欢喜喜地说：

"赶紧牵起我的手，我们一起离开这里。那样的话，我们就快有救了。从这儿到马厩，用不了五分钟。你仔细看看，那里有一片森林。"

果然，在前方有一群黑色的物体。

"对，就是森林。"

我回答，继续往前走。说来也怪，我们两个人顿时都有了力气。我感到浑身轻飘飘的，双脚也轻飘飘的。按照师父的说法，我们离马厩还有五分钟的路程，但是我觉得我们走了不止五分钟，师父好像也有些怀疑了。

"从我们出发到现在，应该有超过五分钟了，现在是什么情况？"

他顿了顿，说道。

"那车轮的痕迹呢？"

"而且，这条路是通往前面的。"

"哦？马厩在左侧。天很暗，我们肯定走过了。"

我沉默着，不再说话。师父补充道："你只要注意车轮的痕迹就行了。"

"可是，那痕迹从头到尾都是连在一起的，并没有往左拐。"

"哦？不管怎么说，我们必须原路返回。"

于是，我们再次向后移动，这次是向左移动。

"森林在什么位置？"

"左边。"

"地上是不是也有车轮的痕迹？"

我仔细地寻找着。

"没有任何痕迹。"

"唔。"

师父歪着脑袋思考着。

"我这双眼，怕是要瞎了，什么都看不到。"

"不管怎么说，往森林里走吧。离这片森林不远处就是马厩。雷米，带我过去。"

往前走了几步，我看到了一堵墙壁。

"师父，你要是再往前走，会撞到墙的。"

"墙壁？不对，这是一座石头屋。"

它就在离我们两英尺远的地方。我们仍然向前走去。我的师父看不到，所以我就把他的手引了过去。

"这是石头墙。先用石块垒起来，然后涂上石膏，这肯定就是马厩的墙壁了。不管怎么说，这里都是有人居住的。路上肯定留下了许多车辙。你仔细看看。"

我照他说的做了，走到围墙的另一头，可是没在地上发现任何车辙的迹象。我回去跟师父说了这件事，又往相反的地方找了一圈，也是如此。

"师父，所有的东西都被大雪掩埋了，我们什么都看不见了。"

我们该怎么办？我顿时感到一阵恐惧。我的师父可能记错了，马厩不在这儿。

我的师父好像在沉思。顿了顿，他伸手在墙上摸索，直到走到了另一端。看到我们总是这么干，卡彼顿时大叫一声。

我没时间搭理它，紧张地跟在师父身后，来到了围墙的另一端。

"要不要我再找一次？"

"没必要。到处都是墙。"

"全部？"

"这边也被封住了。不管怎么做，我们都无法进入其中。"

"现在我们该怎么做？"

"现在可如何是好？我也不知道了。也许只能坐以待毙！"

"师父！"

我吓了一跳，把他抱得更紧了。

"要我做什么都没有关系，但是你不能死。没有什么是比活着更重要的了。

出发。你还能走吗？"

"能，师父呢？"

"等我再也爬不起来的时候，我就会像一匹老马那样，躺在路边死去。"

我很想紧紧地搂住他，放声大哭。可是，我竭力克制自己，用颤抖的嗓音问道："师父，我们还能上哪儿去？"

"除了巴黎，我们还能有别的办法吗？"

我们已经筋疲力尽了，还能不能返回巴黎呢？

"在巴黎，向警察求情，也许他能把我们送到警察局，至少那地方还暖和一些。我一开始不想这么做。但是，我不能让你再这么冷下去。如果你中途倒下，我也无能为力。雷米，爬起来我们继续。好孩子！勇往直前！"

亲爱的师父，他总是希望我能活，我也总是为他着想。我们两个人都带着说不出的悲伤，默默地沿着我们走过的道路走去，我们忘记了时间，尽管我们对时间没有概念，但可以确定的是我们已经在这里待了很长一段时间了。现在大概是午夜 12 点或 1 点了。我抬头看了看天空，依然是深蓝色，只有几颗星星在孤独地闪耀着。

而这边的风，却是越来越大了。夹杂着积雪的尘土，被风一卷，朝着我们的脸上刮来。街道两旁的房屋，都是门窗紧闭，不见灯火。我心想，那些在这种房子里睡觉的人，要是他们了解到我们所受的苦难，会不会愿意把我们放进去。只是，在这种情况下，我是很难对我的师父说这种话的，所以，我只好咬紧牙关，用我那沉重的双脚，一直走到我倒下去为止。

在这种长途跋涉中，我的身体会发热，但师父却不会。他看起来已经到了极限，大口大口地喘着粗气，就像是生了一场大病一般。

"您是不是生病了？"

当我问他的时候，他用一只手捂住嘴，好像什么也说不出来，只是用手比画着。啊！这可如何是好？

我们很快就接近巴黎了。两边都是脏兮兮的墙，到处都是灯火通明。当时，师父好像已耗尽了所有的力气，一下子就趴在我的肩膀上，一动不动了。我说："我们试着敲居民家的门，好不好？师父。"

"没用的，这附近住的应该是养花或者种蔬菜的园丁，不会在这个时候出现的。我们最好是回巴黎。"

我们费了好大劲才继续往前走，但是师父才走了五六步就又停下了。

"雷米，对不起，我真的不行了。我需要休息。"

这里恰好有一道栅栏，大门敞开着。里面有许多高过栅栏的麦秆，被狂

风卷起，在道路和栅栏下面到处
都是。

"先进去休息一会儿。"

"可是，师父，您不是说如
果停止前进的话，阴寒之气就会
进入体内，到时候我们就无法动

弹了？"

我不安地看着师父。

可是，他没有说话，只是靠在门口，用眼神吩咐我把干草叠好。我赶紧捡了一些干草，把它们垒在一起。师父没等我把草堆完，就一头栽倒在地。他的牙齿在打战，他的身子在颤抖。

"多弄点干草来，这是可以挡风的。"

这些干草虽然不能抵御寒冷，但至少可以起点作用。想到这里，我尽可能地收集了一些干草盖在他的身上。我自己也弄了一些，然后躺下。

"紧紧地靠在我身上。你也把卡彼紧紧地搂在怀里，这样至少能让你暖和一点。"

他一向很有经验，知道在这种情况下，他是不应该躺在风口上的，可是他已经筋疲力尽了。在这两个星期里，他一直在挨饿受冻，全靠耐力活着，也许这一夜，就是他人生的尽头。这样的寒冷和饥渴，已经超出了他的忍受范围。

他的半个身子，倚着房门。我再次倚在他的怀里，就像是被他搂在怀里一样。我不时地捡些干草，一半给师父，一半给我自己。我感觉到我的师父俯下身子，吻住了我的额头。这是他给我的第二个吻，也是他的最后一个吻！

那一刻，我和我的师父都不知生死。一般情况下，人在极度寒冷时是睡不着觉的，但在这种严寒的天气下，我却是浑身麻木，很快就睡着了。当我被他吻住的时候，我立刻就感觉到了疲倦。我知道，如果我此刻睡觉的话，很有可能会被活活地冻死，于是，我试着睁开双眼，可是却怎么也睁不开。我使劲捏了捏自己的手腕，但是我的手腕已经失去了感觉，我只是感觉到了一种触感，我知道我还活着。

起初，我听见了一丝微弱的呼吸声，夹杂着卡彼平静的呼吸声。大风呼啸着从头顶掠过，令人毛骨悚然；草垛上的野草随风飘起，如落叶一般飘落下来。没有任何声音，也没有任何生命的迹象，只有这阵大风。一种死寂的孤独笼罩着我们。

我茫然若失，觉得孤独已经深入我的内心，引起一种冷漠的恐惧，一种担心，我的眼睛里噙满了泪水，以为自己要死了！

忽然间，眼前走马灯似的出现很多场景，我对妈妈的爱，对她长期居住的房屋的依恋，对美丽的花园的依恋，我突然发现自己正在花园里。阳光明媚，黄水仙绽放出金色的花朵，鸟儿们欢快地在林中欢唱。妈妈正在把从溪水里洗完的衣物晾在栅栏上。我忽然发现自己回到了"天鹅号"上。亚瑟仍然躺在木板上，米利根夫人陪在他的旁边，照料他。接着，我听见了风，像在低声说："啊！这么冷的天，雷米在哪儿，他是怎么生活的？"

很快，我心中一片混乱，眼前一片模糊。舒服的睡眠，把我带入了一个梦幻般的世界，在那里，我什么苦痛都感觉不到了。

chapter
◆ 园丁之家 ◆

我猛然惊醒。然后，我发现自己躺在一间屋子里。屋里有个炉子，烤得我全身发烫。

这是哪里？这个屋子我以前从没来过。当我抬起头来的时候，我看到了许多陌生人。我第一眼就看到的那个人，他穿着一件破旧的灰色衣服，脚上穿着一双发黄的木鞋。另外还有三四个小孩。最引起我注意的是一个六七岁的小女孩，她吃惊地看着我。她的眼睛好像会说话。

等我清醒过来的时候，我挣扎着从床上爬了起来，于是，大家都向我冲了过来。

"我师父……维塔利先生在哪儿？"我问。

"他肯定是在问他爸爸了。"

孩子们中的姐姐这么说，又看了一眼别的孩子。

"爸爸？不，不，他是我的师父。"

"我师父情况如何？另外，那条狗在哪里？"

他们就给我讲了发现我们时全部的情况。

当我们靠在巴黎郊区一家花园门口的一扇无人看管的大门前时，当天早晨三点多钟，园丁坐着一辆四轮马车，正要出发，忽然看见我们躺在一堆干草里。然后，他吓了一跳，跑到我们身边，向我们叫喊。可是我们谁也不回应。只有卡彼，挡在我们面前，龇牙咧嘴地咆哮着，就像在防备敌人。园丁没有时间理会狗的叫声，他试着叫醒我们，但没有用。他赶紧回家，把家里人都叫醒，提着灯出去一看，维特利老人的身体已经冻僵了。我也彻底晕了过去，但由于怀里还抱着那条小狗，失温情况略好，所以还有一口气。他们立刻把我带进了房子。园丁叫来一个小男孩，让我上他的床。经过六个小时的在温暖房间里的沉睡，我的血开始流动起来，我的呼吸也变得顺畅了，我终于苏醒了。

我的身子好像还有点麻痹，头脑也不大清醒，但是他们说的话，我非常清晰地听到了，我被拯救了。只是，我的师父，或者说，我的爸爸，维塔利先生，他永远地走了！

把我救回来的那个人，是个园丁，他说他叫阿甘，是他把我从死亡线上拉了回来。当他说到这里的时候，那个最年幼的姑娘一直在看着我。她的目光里充满了怜悯，深深地打动了我。可是，她似乎不能讲话。她四处张望着，好像要说话，但说不出。特别是，当我听说了那个老头子的去世，顿时有一种说不出的悲伤，那个姑娘仿佛知道我的痛苦，她走近我，对着我打着手势，哭了起来。园丁摸了摸她的后背，说道："哦，丽莎。那个孩子很可怜，但是我不能撒谎，警察也一定会把这件事告诉他的，我还是先把这件事告诉他比较好。"

阿甘把我领进了警察局。我本幻想着还能在那儿见到我的师父，可惜这只是一种幻想。他们已经找医生看过了，我师父确实是死了。他们打算第二天为他举行简单的葬礼。

警察也向我询问了有关维塔利老先生的情况以及我本人的信息。至于我自己，我说，我的爸爸和妈妈都死了，是维塔利老人用钱，把我从我养父那里买来的。

"接下来，你打算做什么？"

园丁打断了他的话："这个孩子？如果您允许，我愿意把他带回家去，照顾他。"

"好吧，那就好。好了，你可以把他带走了。"

从那时候起，警察多次向我打听维塔利老人的情况。对我来说，这是个问题。除了他是个意大利人，以及我们在一起生活之后发生的那些琐事之外，我对他的生活一无所知。

不过，如果我能坦率地说，这位老人身上是有一些神秘的东西。他好像一直在等待一个合适的时机告诉我，但我还没有等到。唯一使我印象深刻的，只有两点，第一是在我们演出的结尾，一个美丽的女士，听到他唱的歌曲之后，非常惊讶地称呼他为"先生"，并且赏了他十法郎。第二是在喀尔威胁他的时候，他的紧张样子。他对我有如此大的恩惠，若是在他去世之后，再将他的私人信息公之于世，未免对不起师父。因此，我想我还是保持沉默比较好。

可是，像我这么个乳臭未干的孩子，要瞒住那位老练的警察，简直是枉费心机。我还没有来得及说完，他就使出了浑身解数，想要将我的话引出来。

警察成功了，我只能把我所知道的，都说了一遍。

"那喀尔的住处，你知道吗？"

"我不清楚，我刚来巴黎，对这里一无所知。"

"咦，你不记得那条街的名字？"

我想起了，我在那条街拐角处停下脚步时，好像在一块漆绿色的铁皮上，看到过一行白色的大字："唐人街"。这是一种奇妙的回忆。

那警察掏出一张地图，查阅了一下，然后说道："哦，还行。唐人街就在意大利广场附近。知道了。"

"好吧，"他点点头，对身边的一个警察说，"你把这个孩子带走，立刻到唐人街去。到那儿后，这孩子也许能认出是哪所房子。这样，我们就能知道维塔利的来历了。"

于是，我们三个人，我，阿甘，还有那个警察，一起往唐人街走。

当我走进那条街道的时候，我很快就发现了那条又窄又脏的小巷。当我们冲上四楼，进入那个屋子时，之前那挨打的孩子已经消失了，我想他一定是在医院里。还好喀尔在家里。当他看到警察的身影时，脸色发白，我想，他一定是干了什么伤天害理的事。

"您叫喀尔吗？"

"是的，是的。"

"你知道那个叫维塔利的师父吗？"

"哦，维塔利还好吗？"

"那个维塔利，昨晚被冻死了，我来查查他的来历，看看他到底是谁。"

闻言，他这才回过神来，"哦，真的？维塔利已经死了？太可惜了！"

"那个老家伙的来历，你了解得很清楚吗？"

"对，我了解得非常清楚。整个巴黎，除了我，谁也不会更清楚了。"

"好了，别隐瞒了，把知道的都告诉我。"

"该说的我都会说。其实他的背景并没有多么复杂。这老头，用的是化名。他的真名叫卡洛，事实上，法国很多人都知道他的真名。可是那卡洛却成了维塔利现在的模样。"

"哦，卡洛。"

"对。在意大利，三四十年以前，这个名字是非常有名的。即便是三岁小孩，都知道他。在那个时代，在整个意大利，甚至在整个欧洲，都找不到一个能和他相提并论的人，他是当时最著名的歌唱家。他还到过两三次巴黎和伦敦，在这些地方也闯出了名堂。"

"可他怎么会去当把戏师？"

"在事业高峰期的某段时间，他生病了一个多月，嗓子都哑了。他是一个很骄傲的人，当他失去了自己的天赋之后，就离开了这个圈子，不知去向。在之后的三五年里，他没有工作，靠吃老本为生。可是很快，他的钱就用光了，他必须设法谋生，于是，他改名换姓，从事各种各样的生意，可是都没有成功，最后，他成了我们把戏师当中的一员。只是他仍比一般人都骄傲许多。他想，如果让别人知道他就是卡洛，他还不如去死呢，所以，当我无意中发现了他的这个秘密之后，他就再也不来找我了。"

我心中的疑惑终于被解决了！哦，他就是著名的卡洛，维塔利老先生！直到现在，我才知道我师父的悲惨命运的秘密。

啊！卡洛真可怜！维塔利先生，我一直思念着他！

维塔利老人的葬礼，定于次日进行，而他的悲剧人生，也就此画上了句号。

阿甘他们听说了我的遭遇，非常感动，所以把我和卡彼留了下来，和他们住在了一起，我害怕这种生活某天会结束，因为这家人真的很善良。

园丁阿甘，家里有五口人，长子名叫阿莱克西，次子名叫本杰明，长女名叫艾迪，幼女名叫丽莎。阿甘甚至让我和他的子女一起喊他爸爸。

大女儿艾迪，已经是这个家庭的女主人了，平日里也是她负责照顾我。但是她一点都不觉得麻烦，非常细致地把我照顾好了，完全把我当作她的家人来照顾。如果她因为有什么事情要做，不能和我在一起，小女儿丽莎就代替了她，来照顾我。

从那时起，我渐渐融入了这个家庭。

由于发烧不退，我常常陷入梦魇。我无法把丽莎当成一个正常的孩子。我确信，她就是我的守护神，从天堂来到我的床前，我把我的愿望和祈祷都告诉了她，就像我对一个天使说的那样。因此，当我的病情减轻了，我停止了喃喃自语的时候，我就一直带着怀疑的目光注视着她。为何没有一道天使般的光辉笼罩在她的头顶？她的胳肢窝里为何没有一双雪白的羽翼？她干吗要跟我们一起玩？直到我忽然意识到，她只是一个名叫阿甘的园丁的女儿。

丽莎并不是天生的哑巴。四岁那年，她生了一次大病，舌头不知道怎么回事，就再也不能说话了。医生说她的病会好起来的，只是还没有到好的时候。她不能说话，但是她很机灵。在一个贫穷的地方，一个人失去了说话的能力，对她的家人和她自己来说，都是一个可怕的事。大多数时候，她都会被人欺负，但她的性格却是异常温和，再加上聪明，所以她深得爸爸的宠爱，大姐也将她当成了掌上明珠，两个少年对这个小丫头，也是极为亲昵。

我虽逐渐康复，但整个冬季仍卧病在床。直到村子里的空地上，逐渐披上了一层绿色的衣服，我才算是能下床了。

当我的体力渐渐恢复之后，我开始跟着他们一起活来。我小时候在村子里见过农民干活。即便如此，巴黎郊区的园丁的工作量，还是让我惊讶了。这

份胆量和干劲，我们村子里的庄稼汉可比不上。早
晨，天还没亮，三四点，他们就起床了，在漫长的一
天里，他们不停地工作着。他们的勤奋真叫人佩服。

我很快就适应了这种繁忙的工作。我过去
和师父所过的日子，跟他们的日子相比，简直
是天壤之别！我们本来在街道上漫无边际地游
荡，无拘无束，但现在，我却被困在了这个小

小的空间里，整天从早上工作到晚上，虽然三顿饭都吃得饱饱的，但是工作也是非常艰苦的。

　　浑身都是汗水，手上还握着一个喷壶，光着脚在小径上来回地踱着步，时而弯着腰，时而挺直身子，每当日落时分，我的身子便累成了一团棉花。不过，放眼望去，所有人都在忙碌着。爸爸的喷壶，比我们手中的还沉，他的衬衣早被汗水浸透了。因此，劳动是一种刺激，也是一种最大的慰藉。在这儿，我得到了一件我以为我会永远失去的事情，这是一种最大的快乐。这就是普通的家庭生活。

　　我不再是一个被世界抛弃的孤儿了！在这里，我有自己的住处，有一张可以睡觉的床，有一张桌子。饭后，虽然只是短暂的休息时光，我们也有一段愉快的家庭谈话。我还能比现在活得更好吗？

　　星期天下午，我们在葡萄架下玩着各种各样的游戏，我也从墙壁上拿下了已经有一段时间没有用过的竖琴。于是，我们这些孩子手拉着手跳舞。他们跳舞累了，就请我唱一首歌。那首那不勒斯歌谣，丽莎听了一千遍也不觉得腻。每当我唱到结尾，她的眼睛就会湿润。为了让她高兴，我会在那不勒斯歌谣后面放一支好玩的小曲子，教卡彼怎么耍花样，逗得大家捧腹大笑。

　　在这两年里，我不但学会了如何劳动，还把许多书里的知识都塞进了我的脑子，因为这个家庭的主人，在巴黎的一个花园中工作，他是一个有阅历的人。我从阿甘那里学到了各种各样的东西。而且，他也是个好学之人，年轻时赚了点钱，就给家里买些书。自打成家有了孩子，每天都被生活的压力逼着去干活，不再买书了。不过，他以前买过的书，都还在。到了秋末冬初，工作逐渐轻松下来的时候，我便让自己埋头在一大摞书里。这些书籍大部分都与植物有关，其中也有一些诸如历史和游记等书籍。那两个男孩好像在读书方面一点也没有遗传到他们的爸爸，尽管他们偶尔也学着我的样子读一读，但是他们最多也就读三到四张纸，然后就放下了，继续睡觉。我经常会读到不得不要睡觉的时间才停止。我记得，我对通过读书得到知识的渴望，都是从维塔利先生那里学来的，想到这些我的眼泪有时会掉下来。

阿甘见我如此喜欢读书，便想起自己早年曾把吃午饭的钱存起来买书的经历了。每次从巴黎归来，他都会为我带来几本他认为很有意思的书籍。每当我拿到一本书的时候，我常常并没有按照它的编排顺序去读，我只选择记住那些对我有用的东西。

丽莎对学习一窍不通。但是，当她看到我那么喜欢看书的时候，她就认为这是一种有益的事，所以她就让我把它读给她听。于是我挑选简单易懂的书读给她听。她是个聪明人，她听懂了大半，也很认真地听着，后来我就跟她一起读书了。她认真地聆听着那些她看不懂的东西，并尽力去理解它们。

她专心致志的样子让我很受触动，于是我又教会了她书写。要当她的老师，并不简单，何况我只是个蹩脚老师。还好，我们师生二人合得来，这才让我的教学，变得顺畅。

爸爸见了这个场景，很是开心，说总有一天，丽莎会回报我的。

我还教会了她如何弹奏竖琴。这孩子很机灵，很快就学会了，只是当她发现自己唱不出歌来时，那种悲伤的样子，任是谁看到了都会为之心碎。她的眼泪在眼眶里打转，她已经把曲子和乐谱都背下来了，只可惜，她唱不出歌来。

chapter

◆ 离散 ◆

　　我跟他们关系越来越好，我真的把他们当成了自己的亲人，我想永远都不要离开他们。然而，一场天灾，就这样落在了我们的头上！

　　一场突如其来的风暴，似乎是在捉弄所有人，没有任何的预兆，就席卷而至，将花园中价值不菲的窗户砸得粉碎，无数的花朵也被砸得稀烂。这一次，阿甘是真的倾家荡产了。他在破产以后，就被起诉了，还得上法庭。

　　"法庭"这个词把我吓得不轻！维塔利老先生也有过出庭经历，在我的认知里，我们在法庭上是没有好处的。

　　这个案子的判决还得拖一拖，很快，秋季就结束了，进入了冬季。阿甘没有钱去修花房，也没有钱买新的窗户。原本繁茂的园子里，如今只种植着几株蔬菜，还有一些普通的花花草草。虽然我们的收入并不是很高，但是，我们仍然可以靠它来维持生活，我们并不为现状而苦恼。

　　有一次，阿甘闷闷不乐地走了进来，对着孩子们说："这下麻烦大了，我的孩子们！"

　　我准备走出这个屋子。我想，爸爸要开始讲关于这个家庭里的大事了。

此外，"我的孩子们"一词并没有把我包括进去，因此我打算回避一下，让他们继续说下去。但是，爸爸却摆了摆手，阻止了我。

"雷米，你不也是这个家庭的一份子么？我要跟你说的这些，你可能一时不会完全听懂，但你毕竟是个经历过苦难的孩子，我想，你应该也能领略一二吧，我的孩子们，我不能再留在这里了。"

听到这句话，孩子们都惊恐地哭了起来。丽莎冲到爸爸身边，眼泪直流，抱着他。

"哦，丽莎，我绝对不会抛弃你这么一个好姑娘，请你替我想一想。"

他把她搂得更紧了，又补充了一句："我已经在法院上被宣布，要偿还债务了，但是我没有这笔钱！所以，我要被关进监狱三年！"

我们都开始大声哭泣。

"啊，你们一定会难过的！但欠债还钱是规矩，没办法。按照律师的说法，如果在以前，遇上不能还清债务的事，债权人就有权把欠债人相对应的值钱产业全部压下来，好在这种残忍的事情，现在已经不存在了。我要在监狱里待上三年，这件事就过去了，但是我最担心的，还是你们的将来。在这段时间里，你们要做些什么？每当想起这件事，我的心就是一阵刺痛。"

我不知道别的孩子会怎么想，但是于我而言，不会有比这更糟糕的事了。

"不过，我早就想到了这一点。没关系，我会想办法的，即使我进了监狱，你们也不用担心生活无依。"

我松了一口气。

"雷米，写信去特里兹，我姐姐住在那里。把这件事跟她说一声，让她赶紧过来，她就会立刻赶过来。我姐姐很有能力，也很懂得人情世故，只要跟她谈一谈，她就会给你们安排好去处。"

此前我从不写信，这对我来说是一件很困难的事。

等到姑妈来了再谈如何安置我们，其实是靠不住的。不过，这已是没有办法的选择。无知天真的我们，只能勇敢。

姑姑没有如我们所料的来得那么快。负责逮捕欠债者的警察，已经在她之前赶到了。

那天我们正在花园里散步，突然被三四个警察拦住了。阿甘没有逃跑，也没有反抗，只是脸色发白，恳求他们允许他回到家里，给孩子们一个告别的吻。

有一个警察带着几分怜悯的口气说道："你们也没有必要这样害怕。欠债的人关在监狱里，并没有什么可怕的。我们对囚犯们的态度比较好。"

他们给了阿甘一个机会，让他回去。当他回来找到孩子们后，爸爸紧紧地搂着丽莎，她也在哭泣。

一个警察低声对爸爸说了句什么，爸爸点点头："好吧，我这就去。"

说着，他就起身，把女儿放在地上，丽莎不忍，紧紧地搂住了自己的爸爸。

接着，爸爸又跟艾迪、阿莱克西、本杰明、丽莎拥抱在一起。

我的眼睛里噙着泪水，模糊了视线，我缩在角落里。忽然，爸爸对我说："嘿，雷米，你怎么不过来跟我告别？你也是我的孩子呢！"

我冲过去，给了他一个大大的拥抱。

紧接着，警察就把爸爸给带走了。

"你们就在这儿等着吧。你们知道的，姑妈很快就会来的。"

爸爸说完，就将小女儿交给了大女儿照看，他被警察带走了。

我本打算跟在他的身后走，却被艾迪给拦住了。

当爸爸的身影消失后，我们全都失声痛哭，谁也说不出一个字来。

我们已经知道，我们的爸爸被抓起来了，但是我们相信姑妈很快就会来，而且会有主意的。

等到卡特琳娜姑妈来时，一切都太晚了。

从前，我们兄弟姐妹依仗的都是艾迪大姐。她一直鼓励我们在生活中战斗，但是现在，她的力量已经耗尽了，她和我们一样无力，不能给我们任何的鼓励。她所能做的，就是安慰大家。我们的处境就像一个掌舵的人掉进了沉船里，既没有舵手，也没有指引我们的路标，更没有可以栖身的港湾，只能在波涛汹涌的大海上随波逐流，找不到任何一条明路，只能沿着一条黑暗的道路前进。

姑妈是在爸爸被拖走一个小时以后，从乡间赶来的。姑姑是个很有能力的人。十年来，她在巴黎待过五个家庭，当了五个家庭的保姆，因此，她虽然没有上过学，但对人情世故还是很了解的。她很清楚，按照目前的情况，这一堆孩子想要活下去有多难。

姑妈来到这个家里，这真是一件很好的事。我们也多了一个后盾。可是，这个农村妇女，并没有多少钱，一下子承担这么沉重的责任，即使她再有能力，也肯定会觉得吃力。孩子们中最大的一个十八岁，最小的一个哑女，才六七岁，四个孩子，再加上我，我们五个孩子，姑妈该怎么办？她真的能把这五个孩子养活吗？

在姑妈以前做保姆的那一户人家里，有一户是做法律事务职业的，于是她就向他咨询。在她到达巴黎的第八天，我们的命运已经注定了。姑妈在此前从来没有对我们说过她的打算，当她把她的打算告诉我们的时候，就是她关于我们的最终安排了。

这些孩子还没有长大，不能自己照顾自己。姑姑做出了以下安排：丽莎跟姑姑回图卢兹；阿莱克西到瓦尔斯的叔叔那儿去；本杰明到圣康坦的叔叔家；艾迪到住在海边的艾斯南德的姑姑家。

不管怎么说，一切都已经定下来了。可是，姑妈说到这里，就不再往下说了，我还以为她已经把我给忘了，于是上前一步，问："那我怎么办？"

"你？可是，你在这个家里，也没有任何亲戚啊。"

"但是，我愿意为您效劳。"

"正如我所说的，你不在这个家族里，能怎么办？"

"你可以去问问艾迪和阿莱克西，看看我有没有能力。"

"好吧，也许你有能力。但是，你总要吃东西吧？你一个外人，我也帮不上什么忙。"

"雷米不是我们家族的人吗？他一直都是的。"

所有的人都在帮我说话。

丽莎甚至奔到姑妈跟前，双手合十，眼里噙满了泪水，替我求情。

可是姑妈说："丽莎，你要我把这个孩子也带走吗？在你看来，你有理由这么做，可是世界上没有什么事情是可以随心所欲的。很多时候你只能妥协。你是我的侄女，如果我们一家人看到我接你回家，我帮你多说几句好话，那就好了，对不对？如果是别人家的孩子，那我就无能为力了！我并不是唯一这么说的。即使换作是艾斯南德的姑妈一家，或者本杰明的叔叔，也会这么说。不管我们多么贫穷，我们都要照顾家人，只是，在这种艰难的生活中，我们不可能节省自己的口粮来照顾外人。你可别觉得我小气，算了吧。"

我明白，现在说什么都没用了。姑妈说的都是实话。我可不是什么"家庭成员"，我可没有权利打搅这个家族。如果我仍然厚着脸去找他们，我会觉得自己很可耻。

事情就这么定了。姑妈说第二天就把我们分开。

离开这些和我亲如一家的兄弟姐妹，我该怎么办呢？

艾迪沉吟片刻，说："前天我听到巴黎一户人家，要招一位用人。如果是这样的话，那我就去打听打听。"

"不行，不行。我可不想当一个小男仆。我决定了，我会重新扛起竖琴、穿起羊皮袄，重新过上两年前的流浪生活。到时我就由艾斯南德行至瓦尔斯，由瓦尔斯行至圣康坦，由圣康坦行至图卢兹，就能见到你们了。我不会忘了曲子，也不会忘了华尔兹，而且我已经快长大了，可以自己生活了。"

大家都同意了。我虽然伤心，但接受事实之后，心里也平静了。我们聊了许多，有关于现在的，也有关于以前的。从艾迪的艾斯南德出发，到达阿莱克西的瓦尔斯，然后到本杰明的圣康坦，最后到达丽莎的图卢兹，这是丽莎想到的很好的办法，可以一趟就得到我们所有人的信息。

我们不知疲倦地说着话，已经很晚了，姑妈赶我们去睡觉，但是我们的眼睛都睁得大大的，谁也不能入睡。我也睡不着。

第二天早晨八点，姑妈派人雇了一辆大车，准备动身。他们预备先把马车开到克里希的监狱，让孩子们看看爸爸，就离开这个城市。每个人都收拾好了自己的行李，准备各奔东西。

临行之前一小时，艾迪唤我到花园里来。

"雷米，我们马上就要分别了，我有件礼物要送给你，我没有别的，只能送给你这个了。里面有一把剪刀和一根针。这是我的干妈送给我的，我相信，你将来，肯定会用到的，所以，你可以把这当成我的礼物，看到这个就能想起我们。"

艾迪同我谈话时，阿莱克西绕着我们转来转去。当艾迪回到家里，把我一个人留在那里感谢她的仁慈时，他来了。

"雷米，我有两个一法郎硬币，我要送给你一个，你愿意收下吗？如果你愿意留着，我会很开心的……"

我们五个人之中，他是唯一一个懂得"钱"的人，我们常常嘲笑他是一个"贪婪"的人，一法郎，两法郎，他把它们握在手中，对着阳光，发出清脆的响声，那是属于他的幸福。

这两枚一法郎硬币，一定是他花了很长的一段时间才攒起来的，他说要送给我一个，他的真诚使我感动。我本不该接受他的厚意，但实在没法拒绝。他倔强地把闪闪发亮的硬币放进了我的手中。他对我这样好，使我感到很难过。

本杰明也说不会忘了我。他把他爸爸给他的那把珍贵的小刀送给我，作为一样纪念品。但为了避免如人们所说的当你把一把刀递给一个人的时候，它就会切断你的友谊。他向我要了一枚铜币。

时间已经不多了。算一算，只剩下十五分钟了，离分手的时刻越来越近了。

丽莎会不会把我忘得一干二净呢？

丽莎从姑妈房间里走了出来，对我眨了眨眼，就跑进花园里。

"丽莎！"

我听到姑妈在叫。但是，她没有回应，而是飞快地向花园跑去。

原来，在园子的一个角落里，还长着一朵没有被采摘的玫瑰。她领着我走到那朵玫瑰跟前，摘下了一根新开的枝条，上面有两个花蕾，她自己留了一朵，又递给了我一朵。

"丽莎！丽莎！"

姑妈一再催她，她终于走了。

所有人的行囊，都已经搬到了车上。

在这最终的告别里，我们互相拥抱，不舍分离。姑妈催得很紧，把三个大孩子都送上了车子，还吩咐我把丽莎送上车，放在姑妈腿上。

我照做了，把丽莎抱上马车，放到姑妈的腿上，然后，我就这样呆立着，忘了下车。姑妈把我从马车里推了出来，关上了门，对车夫说："好了，我们可以出发了。"

在我模糊的泪眼中，我看到丽莎从窗口探出头，伸出她的小手，对着我挥别。过了一会儿，车子拐过一个拐角，不见了踪影，只有扬起的尘土。

原本好好的一个家庭，如今却是各奔东西。

我拿出竖琴，唤出了卡彼。当它看到我的乐器，看到我穿着它熟悉的袄子时，它高兴地向我扑了过来。毫无疑问，卡彼已经意识到，我们将重新回到过去的生活中，对它来说，那种可以在路上奔跑的感觉，远胜于待在家里。

我有了自己的人生目标。我生命中的目标，是为了那些热爱我的人，以及我所热爱的人。

在我眼前，奋力开启崭新的人生！

往前冲！

向前进！

前进啊！

但是，往哪里走？

我想走到哪里就走到哪里。虽然我只是个孩子，但我已经做了自己的主人。我想做什么就做什么，这有什么好担忧的？

喜欢到处走走的孩子，总是渴望有一天可以自由自在；不过，就算遇到什么困难，也会有人在后面支持他，让他安心。那我怎么办？如果我掉进万丈深渊，不会有人来救我的！在别人的命令下，整天忙来忙去，那是我所不能想象的。

如今，我已经是自己的主人了。除了自由，别无他物。我该如何开始新的生活？我心想，姑妈是不会让我去监狱探视阿甘爸爸的，但是，在之前两年多的时间里，我一直把阿甘当成自己的爸爸，我现在就去见他，再吻他一次，有什么不对吗？

不管怎么说，我都要先去看一趟阿甘。我从来没有进过欠债人的牢房，近来我经常从别人那里听说那是在克里希。只要有心，就能找到。姑妈和孩子们都能探视阿甘；如果是这样的话，我也不是没有机会。我和他们一样，都是他的孩子。阿甘对我的感情并不比对他的孩子差。

只是，我总不能放任卡彼在巴黎到处游荡吧。万一他们向我发火，我该怎么办？这一切都告诉我，最危险的是警察。我怎么会把图卢兹那里的那个愚蠢的家伙给忘了！我不得不把卡彼绑起来。这让它的自尊心受到了极大的伤害。一条受过良好教育、品格高尚的犬，如卡彼，束缚住它，简直就是对它的一种侮辱。

我拉着它的绳子，终于来到了位于克里希的监狱。这个世界上，到处都是苦难，让人闻之欲呕。但是，我并不觉得有哪里是比监狱更黑暗、更可怕的。我眼中的牢房，简直就是一座墓穴！墓穴中，只有冰冷的岩石，而这里埋葬着无数的囚徒！

我犹豫了一下，还是没敢往里走。既因为要躲避别人的目光，又害怕一旦走入这道陷阱，就再也没有重见天日的机会了。

我从很久以前就设想过，要从监狱里逃出去并不容易。我也明白，要走到监狱里去，也不容易。但是，我已经没有退路了，因此，我打定主意，不管遇到谁，我都要把我要见阿甘一面的想法说出来。

工作人员听到我的诉求后立刻把我领进了会客室。这里没有我预想中的那种栅栏。过了一会儿，阿甘来了，不过，他并没有戴着什么镣铐之类的东西，这和我预想中的完全不一样。

阿甘看到我，显得非常开心。

"哦，雷米？时间刚刚好。今天早上，我还在埋怨卡特琳娜，因为她上次没带你过来。"

阿甘的这番话，使我从一整天的压抑中解脱出来，使我的心情平静下来。

"爸爸！今天早上，我真想跟他们一起来，不过，卡特琳娜姑妈说，那与我无关，并且——"

"唉，真是可惜了，雷米，这世界上没有什么事情是如意的，你不要怪她。她的丈夫是图卢兹的一个水闸管理员，靠着一份薪水勉强维持生计，根本没有余钱让你到他们那里去吃饭，我从孩子们那里听说，你将重新回到从前的生活中去。你还记得你是怎么躺在我家门口的吗？"

"爸爸，我永远也忘不了。"

"当年，你不是有个师父在照顾你吗？但不得不说，你虽然比从前大了两岁，但毕竟还只是个孩子。你怎么可以一个人在街上流浪？！"

"我不是还有卡彼吗？"

卡彼一听见有人提到他的名字，就像往常一样，把双脚举起来，示意它随时可以帮助我。

"对，它是一条好狗，但它毕竟是一条狗。你以后要如何生活？"

"我弹琴、唱我自己的歌，让卡彼演戏。"

"一条狗也会演戏？"

"我想我会教他一些技巧，卡彼，你能把我刚才说的话都演出来吗？"

卡彼伸出一只前爪，放在胸口，做出了一个保证的手势。

"雷米，恕我直言，我觉得你应该找个工作。你现在已经可以做正式工人了，如果你愿意的话，你还愁没有工作吗？做工的日子岂不是要比流浪街头好过许多？一句话，街头流浪汉，都是懒惰的人干的。"

"我并不懒惰，这一点爸爸早就知道了。我从不曾对严格要求自己有过懈怠。如果我能跟你们在一起，我会很乐意工作的，只是，我不愿意到别的地方去当仆人。"

我把这最后一段说得很重，以致阿甘一言不发，只是瞪大眼睛望着我。

"雷米，你以前常说你师父很骄傲，但在我看来，你和他差不多，都不愿意给别人做仆人。既然你已经从我这里得到了充分的解放，我并不强迫你给别人当仆人，以后你只需要为你自己的前途考虑。"

阿甘的这番话让我动摇了。我很清楚，一个人在街头流浪是多么危险。不是被赶出这个村子，就是被送到另一个村子；要不就是把狗儿喂了狼，或者在马厩的围墙外面迷路，又饿又冷，又累又困，每天居无定所，更别说未来了。过去的经历告诉我，阿甘所说的话并非毫无根据。

为了一天的一日三餐，很多人唯一的选择，就是成为仆役。但是，不管怎么说，我都不想成为别人的仆役。哪怕被人骂是野孩子，我都不在乎。我是维塔利老人的徒弟，他对我有救命之恩。我已经打定主意，除了维塔利老人以外，我再也不想要别的师父。

如果我改变了最初的目标，成为别人的仆人，那我就违反了和艾迪的约定，辜负了她们的期望。虽然大孩子们都可以通过书信来传递信息，可是丽莎却没有能力写作。总不能让卡特琳娜姑妈代她写信吧。我怎能背弃我们先前的约定。

我带着坚定的表情对阿甘说："你不是也知道这些情况吗，爸爸？我会去巴黎的。"

"我从孩子们那里听说了这件事情，但是我不想让你们分离得太远。一个人，不能只为自己着想，要为别人着想。"

"是的，爸爸。感谢你，爸爸已经教会了我该如何去过生活了。"

阿甘没有说话，只是看着我，眼泪夺眶而出，他把我搂得更紧了。

"雷米，我听了你的话，忍不住要抱住你。你真是个好孩子！"

我们一起坐在会客室那张冰凉的椅子上，我把头埋在阿甘的臂弯里，心里充满了感激。这一刻，我完全忘了自己还在牢房里。

接着，阿甘把我推到一边，然后起身。

"那就这样吧。上天啊，求您保佑这个孩子吧！"

阿甘沉默了一会儿，然后把手伸进他的马甲口袋，掏出一块很大的手表，上面还挂着一条细细的带子。

"雷米，这块手表我送给你，留作纪念。这是没什么价值的。有价值的东西都已经被人拿走了。以前我得不时地给它上发条，否则它就会停止。至少现在它还能使用。我除了这块表以外，什么也没有了，只能送给你这个了。"

阿甘向我递上手表。我觉得不能收下这么珍贵的信物想要归还给他。但他却说：

"没关系，雷米，我在这里面不用在意时间。如果有手表，就会时刻注意时间，那样只会让我更加痛苦。雷米，我可能再也见不到你了，你一定要小心！"

阿甘把我搂在怀里，吻了一下。

他还拉着我，一直带我走到门前。我的心很乱，很激动，我不知道该何去何从。到现在我唯一记得的，就是我走出监狱，开始站在街上发呆。

　　我茫然地站在牢门前，不知该往哪里去。如果不是我无意中把一只手伸进口袋时碰到了什么光滑、坚硬的东西，我也许会一直站在那儿，直到天黑。

　　啊！我的手表！

　　它就像一根有魔力的棍子，把我的悲伤、烦恼和痛苦都抛到了九霄云外。我有一块手表了！现在，就在我的兜里，等我拿出它之后，就可以看时间了！我立刻拿出手表，得意地看看时间。快到12点了。10点钟也好，12点钟也好，下午2点钟也好，对我都没有什么影响，但是，一想到现在的时间是快到12点钟，我就心满意足了。这是为何？我不清楚，但我就是这么想的。

　　我知道准确的时间了。如果没有手表，我该如何得知时间，这是多么了不起的事情啊！这可不是一般的事情。手表是可靠的伙伴，我想我找到了一个可以请教的朋友。

　　"几点了？"

　　"雷米师父，12点了。"

　　"现在是中午了吧？该祷告了。我应该记住所有对我好的人。"

　　"是的。"它点了点头。

　　"谢谢你提醒了我。如果不是你，我都快忘了。"

　　有了这块手表，又有了卡彼，我就不用担心找不到话题了。

　　"我的表！"它的声音很悦耳。过去，我一直渴望有一块手表，可是，我根本就没有戴手表的资格。现在我可以把耳朵凑近我的衣袋，听手表指针走动的声音，正如阿甘所说的，它不时会停下来，但是这并不妨碍我对它的使用，我能一次又一次地把它拿出来。小心点，应该不会出什么问题。

　　我一个人沉浸在喜悦中，几乎忘了卡彼，它也和我一起兴奋起来。卡彼咬着我的裤子，低声呼唤着，试图吸引我的注意力。由于我没有注意到这一点，于是，它大叫一声，扯了扯我的裤子。

"你好，卡彼，发生什么事了？"

卡彼看着我，发现我还是不懂它的意思，便用后腿站立着，用手拍了拍我的手表。

卡彼就像以前的维塔利老头那样，向"先生们"汇报这一幕。它掏出手表，盯着手表看了一会儿，然后尾巴一甩，发出了"十二"的声音。这一个才艺，它永远都不会忘记。有了这个才艺，它就可以在表演的时候为我赚些小钱，那该有多好！

我们现在已经走到了牢房的门口，路过的人都惊奇地打量着我们，甚至停下脚步。我想，如果现在就开始表演的话，肯定能挣点小钱，但是，像往常一样，我害怕警察，所以我就放弃了这个想法。最后回头看了一眼牢房，然后我就走了。

对于我们这些流浪汉来说，法国的地图是很重要的。我要买一张，看一看，再做决定。我听说在圣尼河畔的一个老书店有卖这张地图，于是我原路返回，经过格奥尔利花园，沿着圣尼河畔往前走。

我转了好几个河畔的老书店，都没有找到满意的。我要的是一种用很好的布料做的地图，既结实也能折叠，但是价格不能超过五个法郎，这是很难找的。最后，我发现了一份已经褪色的黄色地图。那个书商以三个法郎的价钱把它卖给我了。

只要有了这张地图，我就可以放心地走出巴黎了。我真希望自己能早点走出这个城市。

现在，让我来看看这张地图，我好不容易才找到要去的地方，规划出一条路线。这条路线可以把我带到巴贝兰妈妈住的沙凡侬。我计划要先去拜访她。

当我逐步接近郊区的时候，我不由自主地想到了唐人街，想到了喀尔和马西亚，想到了锁着的铁锅，想到了那些被鞭打的孩子；不知不觉就来到了圣梅达尔教堂门前，我看到一个孩子靠在教堂前的一根柱子上。他的脑袋很大，眼睛水汪汪的，嘴唇很薄，脸上带着痛苦的神色，还有那张可笑的脸——那不就是马西亚吗。

chapter

◆ 马西亚 ◆

　　我又往前走了一段距离，想看清楚那是不是他。是的，就是马西亚。马西亚看见我了，他那张没有血色的脸露出一丝笑容。

　　"哦，原来是你。就在我住院的前一天，喀尔先生家里来的那位胡子花白的老头带着你的。那一天，我头真疼死了。"

　　"你还在喀尔先生的家中？"

　　马西亚看了一圈，然后小声对我说："他杀了一个孩子，已经入狱了。"

　　听到喀尔被关进监狱，我觉得很满意。这时，我意识到，过去我一向把监狱看作是一座恐怖而又残忍的囚牢，现在看来它并不是一无是处。

　　"其他的孩子怎么办？"

　　"我不清楚，我已经离开他家很久了。他意识到我的脑袋经不起任何刺激，只要受一次刺激，我就会被送进医院。因此，他不愿意让我继续待在家中，便签了一份为期两年的合约，将我出卖给马戏团。后来，因为我的头太大，魔术表演时没办法钻到箱子里去，他们就把我赶出来了。无奈之下，我又回到喀尔的家里，只见大门开着里面没有人，左邻右舍的人都对我讲喀尔家的事。我无处可去，只能在这里游荡。从昨晚开始，我就什么都没有吃过了，我好饿啊。"

我不是有钱人。不过，我可以给马西亚一顿饭吃。我记得我从图卢兹走到这里时到处碰壁，如果当时有一个人能给我一块面包，我该有多感激。如今马西亚如此饥饿，我怎能不可怜他呢？

"稍等片刻。"

我刚买来面包，马西亚一把抢过去，就狼吞虎咽地吃了起来，不一会儿，一块面包就被他吃得干干净净。

"你以后打算怎么办？"

"我真没办法。"

"如果你没有事情可干，你就没办法吃饭了。"

"在遇到你之前，我就打算将这小提琴卖掉。真的，我很久以前就打算卖掉它了，但是我又放不下，每当我感到痛苦的时候，我都会走到一个隐蔽的角落里，拉上一曲，这样，我就会忘掉所有的痛苦。"

"这么说，你是不是可以在街上拉小提琴，赚点小钱了？"

"如果可以的话，我会这么干的，但是没有人愿意给我打赏。"

我自己也曾有过这样的经历，因此对他的这些话语，特别有同感。

"你怎么样？你现在是怎么生活的？"马西亚问我。

"我已经是杂耍班的班主了，你知道吗？"

"哦，好吧，我可以加入你的班吗？"

"卡彼目前是我班里的唯一成员。"

"我恳求您，带我走吧。如果您不带我走，我就只能在路边挨饿了。"

这番话戳中了我的心，我明白在路边挨饿是怎么样的感受。

马西亚又说："我当然也能帮助您。我可以拉小提琴，可以演魔术，可以跳皮筋，可以穿铁环，可以唱歌。还有，我可以为您效劳，哪怕是给您当仆人，也请您收下我吧。您给我吃东西就行了。您想怎么折腾我，我都认了……只求求您别敲我的脑袋……喀尔把我揍成这样，以至于我脑袋特别怕疼。"

当我听到这番话的时候，眼泪差点掉下来。我不能抛弃这个可怜的孩子！但我却没有十足的把握，不知道自己能不能承担起这样的责任。当我迟疑之时，他对我说："我们两个人在一起，就不会挨饿了。我们两个人在一起，一定能赚到钱的。"

我想起了维塔利老人以前对我说过的一句话："如果有两个像你这样的孩子，那该多好啊！"有两个人在，很多事情就好办多了。

"好，那我现在就带你离开。"

马西亚握着我的双手，喜极而泣。我的眼睛也都红了。

不到十五分钟后，我们就出了巴黎。

天气很暖和，四月天的阳光灿烂地照耀着晴朗的天空。跟我和维塔利老人刚来的时候相比，简直是天壤之别啊！

绿油油的田野上，到处都是野花，到处都是绿草。一阵轻风拂过，满墙的花瓣，纷纷掉落在我们的帽子上。

鸟儿欢快地唱歌，燕儿在地上飞来飞去，追逐着那些微小的虫子。而卡彼则更加乐观，在我们身边蹦蹦跳跳；它对着马车和石头吠了一声，也不知道是因为心情好，还是因为别的，对着周围的一切都发出了叫声。

马西亚默不作声地跟着我。他大概是在思考着什么。我不想打扰他，也就不主动跟他说话。事实上，我一边走也在一边思考。

既然我们没有明确的目标，那就出发吧，那么，我们要到哪里去？

我约好了要到丽莎那儿去。但是，关于另外三个人，我们还没有想好要先去哪个地方。我们离开巴黎后是向南走的，自然不可能首先到北方的圣康坦去见本杰明。于是，我们决定去找艾迪，或者去找阿莱克西。我这次南下，一部分原因是要到沙凡侬去，见一见巴贝兰妈妈——我那五年未见的妈妈。

关于巴贝兰妈妈的事情，我已经很长一段时间没有提到过了，但是我并没有忘记她。我可以给她写一封信，但是没写过，一句话也不曾告诉她，这并不是我忘恩负义。事实上，我曾无数次地想要写信，可是一想起耶路姆，我就忍不住担心起来。如果他现在还在巴黎，那就更不必说了。否则，万一我的那封信落到了他的手里，他很可能会来将我抓回去，然后卖给别人。由于害怕，我一直没有给巴贝兰妈妈写信。

我想见巴贝兰妈妈的渴望，在得到马西亚跟随的那一刻起，就变得无比地迫切。独自前往沙凡侬是一件很难的事。不过，有了马西亚，我就可以让他先到前面去看看。如果耶路姆不在的话，我就可以立刻到巴贝兰妈妈那里，他在的话，我就把巴贝兰妈妈叫出来相见。当我把所有的预案都考虑清楚以后，我就掏出一张地图，开始研究路线。

我们在一片开阔的土地上停了下来，我从背包里拿出那张地图，在草丛里摊开，仔细查看。我只晓得，从这儿到沙凡侬有一百多里的路程，要穿过七八座大城市。在途经这些城市时，我们靠杂耍表演来挣路费，也许可以支撑我们顺利完成这趟行程。

我说出了我的打算，然后收起了地图。接着，我在马西亚面前，把我的一切行李都取了下来，放在草丛中。

我包里有三件崭新的衬衫、三对短袜、五块毛巾和一双没穿过多久的皮鞋。

马西亚睁大了双眼，不停地看着。

"你带了些什么东西？"

"我只有小提琴和我现在穿的。"

"既然我们已经成为朋友了。我送你两件衬衫、两对短袜，还有三条毛巾。不过，这些行李你要跟我轮流拿。行吗。"

马西亚正要拒绝，但是我已经养成了一种习惯，那就是不让他再说下去。

我拆开了艾迪送给我的那个小箱子，让马西亚看看里面的东西。丽莎送给我的玫瑰花我也仍然小心翼翼地保存着，马西亚要我把盒子拿出来看一下，可是我严肃地告诉他，让他不能碰它，并把它收了起来。

我觉得身上穿的这条裤子有点长，不方便。变魔术的时候，必须穿一条短的裤子，袜子上还必须有一条丝带。

我把艾迪送给我的那把剪刀拿出来，开始修剪自己的裤腿。

"你来试试小提琴，等我剪一下我的裤腿，让我看看你能不能演奏好。"

"我来试试。"

我一动我的剪子，马西亚就开始拉琴。一开始，我还在修剪我的裤子，边做事边听，直到我被他的音乐迷住了，连修剪裤子这件事都忘了。马西亚的演奏技巧，丝毫不逊色于维塔利老人。

"你是从哪里学会拉琴的？"

"我不是从任何人那里学会的。但从另一方面说，任何人都是我的师父。我一边听一边学。"

"识乐谱又是从哪里学来的？"

"我不识乐谱。我听到什么就拉什么。"

"你很好。不过，不识乐谱，也不方便。等有时间了，我会教你。"

"你什么都懂？"

马西亚对我的博学很是钦佩，因为我不久前才向他展示了地图。

"我什么都懂！我可是班主。"

我喜欢向他展示我的技艺，就拿起竖琴，开始演唱那首我最拿手的那不勒斯歌曲。马西亚认真地听着，赞叹不已。马西亚是个了不起的孩子，而我也是个了不起的孩子，我们两个人碰巧相遇了。

不过，光靠我们两个人的互相夸奖，是没办法吃饱肚子的。我们今天晚上一定要想办法搞定晚饭和睡觉的地方。

裤子也做好了，放进背包，让马西亚背着。我们计划好了行程的首站，就迎来了"雷米班"的首次舞台表演。

"你教我唱你那首歌吧，"马西亚对我说，"我以后可以给你伴奏！"

的确，这个主意很好。只要看官驻足观看，就可以让他们敞开钱袋了。

两人边走边聊。当天傍晚，我们来到一个相当大的村子里。我们在寻找合适的场地，不知不觉地走到一座农舍前面，看见许多穿着华丽衣服的男男女女，他们的胸口上都戴着鲜花。我们立即想到，这肯定是在办乡村婚礼。

我想，他们如果要跳舞，会需要乐曲，于是，我就勇敢地走到院子里，在马西亚和卡彼的陪伴下，我摘下帽子，像维塔利先生以前会做的那样夸张地鞠了一躬，又对离我很近的一个人说了几句话，请求他允许我们演奏一些乐曲。

这是个面色红润的胖男孩，穿着一袭高领的长袍，显得很温和。他没有回答我，而是转过身去，由于他的衣领高，所以他必须整个身子都动起来，用两根手指放在嘴里，发出一声口哨。当他看到大家都向他看来的时候，他就开始讲话了。

"你们觉得怎么样？这小子让我们听他弹琴。"

他们用热情的行动表示对我们的欢迎，男人和女人一起唱，唱起歌来。

有人在喊："我们来跳舞！"院子中央，他们早就选好了地方随歌起舞，正在那儿转来转去的一群鸡，受到惊吓，四散奔逃。

"你能弹好，对吗？"我悄悄地问马西亚，心里有些不安。

马西亚答道："没问题的。"

我也是这么想的，就放心了。

转眼间，他们拉出一辆大车，把车轮垫好后，我们就登上了这个临时舞台。

我们以前从来没有像这样合作过，好在这种场合需要的舞曲并不难，虽然我们的演奏并不完美，但我们的听众也不挑剔。

"谁会吹小号？"

红脸男孩问道。

"我可以的，但是我没有。"马西亚说。

"好吧，我去拿来好了。小提琴的声音太轻，一点力道也没有。"

那年轻人很快就走了，我惊讶地问马西亚：

"马西亚，你真会吹吧？"

"我可以用小号，也可以用笛子。"

马西亚是我们杂耍班里重要的人物了，这一点毋庸置疑。

小号声一响，舞蹈就变得更加热烈了。大家变换着各种舞步，仿佛不知疲倦。

就这么跳着跳着，直到半夜。我们连停下来喘口气的时间都没有。我并没有太累，但是马西亚由于健康和精神方面都很虚弱，所以他有点过度劳累了。我不安地望着他，他的气色确实不好，他的两眼看起来也很疲惫，但是他没有抱怨，而是持续努力工作。幸运的是，并不是只有我一个人发现了他的劳累。起初，是新娘注意到了这一点，她对他们说："先生们，那个年纪稍小的孩子看起来很累，让我们一起出点钱来吧。"

"让这条狗来接受大家的善意吧。"我说着，就把我的帽子扔给卡彼接住，帽子就到处飞来飞去了。卡彼的这套表演，让他们很高兴，也很惊喜。来参加婚礼的喜宴，跳了这么久，大家也不好装作什么都不知道。每个人都拿出不少钱。最终，新娘还拿出了两法郎。

哦，这是一个多么令人高兴的开始！我们不仅赚到了很多的钱，舞会之后，还吃到了丰盛的晚饭。他们还为我们准备了一张小床。

第二天早晨，感谢了他们慷慨的馈赠之后，我们就动身继续前行了。算一算，昨晚一共赚了十一法郎。

我说："这都多亏了你，马西亚，如果只有我一个人的话，可撑不起一个乐队啊！"

我们觉得自己很有钱。当来到下一个村子的时候，已经开始购物了。一开始，先是一把小号，然后是几条裤子，最后是一只半新的军用背包。

出村子的时候，口袋里还剩下不多的钱。但不用担心，现在正值春天，人心也比较轻松，我们可以轻易地赚到钱。

我想到了许多新的表演形式，不必一遍又一遍地重复表演。我想我大概和马西亚是有心灵感应的，因此，我们很快就成为好朋友。

马西亚对我说："我从来没有见过一个比你更好的人。"

"这么说，你满意了？"

"你满意了？这是什么意思？我从来没有像现在这么快乐过！"

我挣的钱多了，就对未来有了更大的希望。我真希望我能在再见到巴贝兰妈妈的时候，给她一个惊喜。

　　我不仅要让巴贝兰妈妈大吃一惊，而且要让她在以后有个依靠——比方说，我要给她一头奶牛，代替老胡赛特。

　　如果我把一只奶牛送给她，她会多么高兴啊。我必须在沙凡侬买一头奶牛，让马西亚把它带回巴贝兰妈妈的庭院。若是耶路姆不在，这是最好的结果。让马西亚对着正吃惊地望着他的巴贝兰说："大娘，我给你送来了一头奶牛。""哦，你这孩子，该不会是——""你应该就是巴贝兰妈妈了。""我是沙凡侬的巴贝兰，你是——""哦，好吧，王子要我把它带给你。""王子！"在巴贝兰妈妈疑惑的时候，我就冲上去，抱住她，亲亲她，然后我们三个一起做几个馅饼来吃，多幸福啊。

　　啊！这简直就是天方夜谭！为了实现这个梦想，我必须去买一头奶牛。一只奶牛到底要花多少钱？我不清楚它的价格，但是它肯定很贵，至少要几十法郎。

　　我想要的是一头小奶牛，如果它太大，那它的食量自然也就越大，要是巴贝兰妈妈没有能力养活它，岂不是给她增加了负担？

　　不管怎么说，我先得弄清楚奶牛的价格。

chapter

◆ 煤矿 ◆

在我们下榻的旅店，经常有马匹贩子和牛贩子来往，想打听牲畜的价格很容易。

有一次，我把一个住在这里的牛贩给喊住了，我把我想买一只奶牛的愿望告诉了他，那牛贩子以为我是个傻瓜，便对店主说：

"嘿，老板，这孩子说的话你都听到了吧？他要一只小奶牛，而且不是一只瘦得可怜的奶牛。你要不要给他一头奶牛，让它学会杂耍？"

大家都笑了起来，不过我不怕他们嘲笑。

"不用会杂耍的，我只是想让它出点好牛奶，但又别让它吃太多的食物。"

他们继续笑个不停，最后看到我这么严肃，那个人才一本正经地回应我。

按照他的说法，至少要花六十到八十法郎，才能买到一头能产出最好牛奶的驯服的奶牛。他还说，如果我现在就能拿出六十法郎来，他现在就可以把最好的一头奶牛卖给我。

躺在床上，我一直在思考他说的那些话。我口袋中的现金，远远不及那头母牛的价值。

我有没有可能赚到六十法郎？这可不是一件简单的事情。只是，如果我能按计划每天存上一点钱，总有一天，我会攒够六十法郎。这只是时间的问题而已。想要在短时间内完成，那是不可能的，但若是时间足够，却也不是不可能。

经过一晚上的考虑，我最后的决定是，我们先不到沙凡侬，而是先到瓦尔斯去拜访阿莱克西，再找机会到艾迪家，等数个月后把一头奶牛买到手，这才回到沙凡侬去找巴贝兰。

第二天早晨，我向马西亚提出这个打算，他也同意了。

"好吧，咱们到瓦尔斯去吧。煤矿一定会很有意思的。"

我们稍稍改变了一下方向。通往瓦尔斯的道路，是一条漫长的道路。哪怕是直线距离，也有数百里之遥。我们为了多在一些大城镇表演赚钱，绕了不少路，那就得多走上几百里。

这是一个非常好的时节，每次演出都进行得非常成功，三个多月以后，我们到达瓦尔斯时，我们的钱袋中有了五十法郎。

六十法郎就能换回一头好奶牛，我还差十法郎呢。

再赚十到二十个法郎，从瓦尔斯到沙凡侬，这是不难办的事。马西亚也是这样想的，我很感激他，因为他是我的好同伴。毕竟光靠我和卡彼是不可能赚这么多钱的。

我们所处的瓦尔斯，在一百多年以前，还只是一片贫瘠的山区，后来被人在这里挖出了煤炭，因此变成了法国南方最著名的工业区，如今，这里的居民已经达到了一万两千人。

从外面看，村子里一片荒芜。没有一块可耕种的土地，土地是贫瘠的，既没有灌木丛，也没有树林，除了一些橄榄树、栗子树和桑树，什么也看不见。至于野菜之类的，那就更难找了。

这里虽有两条大河，但到处都是乱石，一到大雨，就会发生水灾。

市区里也是杂乱无章的、高低不平的。一列又一列的运煤火车，从白天一直开到晚上，街道上到处都是黑色的尘土。一到雨天，满地是泥浆；一旦风干，被风一吹，就会再次飞舞。每一扇窗户，每一片屋顶，甚至每一片叶子，都被染上了一层黑色的泥浆，没有一座纪念碑，也没有一座用来装饰它的雕塑和雕像，在这种情况下，根本就不存在什么"花园"。他们的房子是四四方方的，像无数个盒子似的。

下午两点多钟，我们来到瓦尔斯。蓝天白云，阳光明媚。我们继续向前走去，太阳光变成了灰色和黑色，蔚蓝的天空被煤的烟雾遮住了。

我没有打听到阿莱克西的叔叔在哪儿，但我知道他在二号煤坑里当矿工。我相信，如果我有耐心的话，一定就能得到答案。我一边问，一边慢慢地朝二号煤坑走去。

二号煤坑，位于川河的左岸，在山坡上。我们越走越远，在一条铺着石灰的大路上，遇见一个像是迷路的妇人。她衣衫不整，头发蓬乱，怀里抱着一个孩子。当她看到我们的时候，她停下脚步，对我们说：

"你认为哪条路比较凉爽？跟我说说。"

我茫然地看着她。

"这条道，长满了高大的树木的树荫；还有一条漂亮的小溪，清澈的河水在白色的石头上流淌，鸟儿在树林里歌唱！"

她一边说着，一边愉快地吹起了口哨。我不知道该说什么好，只是呆呆地看着她，她好像没有注意到我的异样。

"这么说，你指的是那条远离这儿的凉爽的小路？我该往右走？或者往左走？可不论我怎么找，也找不到对的路。"

我没有说话。她抬起一条胳膊，把一只手放在那孩子的脑袋上，自顾自地跟我说着话。

"我和你说话是为了打听我的丈夫在什么地方。你认识我丈夫吗？不认识？他就是这孩子的爸爸。他差点被活活烧死，好在运气好，逃到了一处清凉之地，这才保住了性命。从那时起，他就再也没有踏出过那个凉爽的房间一步。一个被火烧过的人，到了那里，自然会喜欢。可是我一点也不认识去那地方的路，我只好天天去找，找了半年，还是没有找到他。他喜欢我，我喜欢他，再加上这个孩子，我们半年不见，太久了！"

她抽泣着，突然变了表情，对着被浓烟笼罩的煤洞，挥了挥自己的手，说道："见鬼去吧！该死的黑炭！请归还我的爸爸，归还我的兄弟，归还我亲爱的丈夫，归还我所有的东西！"

当平静下来后，她对我说："你穿着皮大衣，戴着礼帽，一看便知你来自远方。你到坟地里找一找，一座，两座，三座，四座，全都是新坟……六座，七座，八座……"

她忽然将那个孩子抱了起来。

"你不能让那孩子走，因为我来了——啊，那是一片美丽的水域！好冷啊！在哪儿？如果你不认识我，那么你和那些狐朋狗友也没有什么区别，你为何不放过我？我丈夫在等我呢。"

她说完这句话，就转过身去，背对着我，嘴里还吹着口哨，大步走了。

我看到一个人从土坑中钻了出来，便向他问阿莱克西的叔叔亚克家在哪儿。幸运的是，这个人知道他，立刻就把具体位置给了我。亚克的家就在一条陡峭的山坡中间，离煤矿不算太远。

一个四十来岁的妇人，正站在门前跟邻居说话。我上前一步，问道："亚克的房子在哪里？"她说就在这儿，但是亚克要到六点钟以后才回来。

"你为什么要找他？"她问道。

"我要拜访阿莱克西。"

她上下打量了我几眼，然后看了看卡彼，说道："你就是雷米对不对？阿莱克西每天都在等你，"她说着，又向马西亚点了点头，"这个孩子是什么人？"

"这是我的伙伴。"

她是阿莱克西的婶婶。我想她应该邀请我们进屋歇一歇。我们在烈日下行走太久了，双腿变得僵硬了。但是，她没有让我们进屋。她只是说阿莱克西正在煤坑里面干活，一直到六点才能回家。

既然她不肯让我们进屋，我也不好再恳求她，于是，跟她打了个招呼，就继续往外走。我们前往面包房，购买面包充饥。我们还没吃饭呢，肚子都快饿扁了。

亚克太太对我这么无礼，我怎能不感到伤心呢？我在马西亚的脸上看到一种不愉快的表情。如果我早知如此，我就不会在路上浪费这三个多月的时间了！

我不敢再走进那扇门了。因此，我们决定在六点左右的时候，就到煤坑里去和他谈话。

六点钟到了，两三分钟后，从里面走出几个人来。他们的脸黑得就像打扫烟囱的人一样。所有人的衣服和帽子都被灰覆盖着，你简直分不清谁是谁。

　　如果不是阿莱克西冲过来拥抱了我，我真不会认出他来，可能就会让他从我身边走过了。原本的阿莱克西在哪儿呢？原本苍白的面容，如今变成了黑炭。

　　阿莱克西松开了我，转向他身旁的一个四十多岁的男人，他长得很像阿甘，"这就是雷米，叔叔。"

　　那个人长着一张非常真诚的脸，我一眼就认出了他就是亚克叔叔。

　　"我们在等你。"

　　"从巴黎到这儿有一段很长的路。"

　　亚克笑道："即使这样，你那腿也太短了。"

　　卡彼看见了它的老朋友，非常愉快地和阿莱克西打招呼，然后扑到他的怀里，用各种各样的方式向他表达快乐心情。

　　我跟亚克说了一下马西亚的事。于是，他们也很同情马西亚这个好孩子。

　　"哦，原来卡彼是那条聪明的狗啊？大家都去睡一觉吧，明天正好是星期日，可以让卡彼表演一下。"

　　这个叔叔跟姑妈很不一样，他对我并没有什么隔阂，这就是阿甘的兄弟。

　　"阿莱克西，你先和雷米谈一谈我们分开之后的经历，我一会儿和马西亚聊聊。"

　　我有理由怀疑即使我们在阿莱克西夫妇家待上一个星期，我们之间想说的也说不完。阿莱克西想知道我是怎么到这儿来的，我也想知道他离开家后过得怎样。我们只顾问东问西，没时间想别的。

　　我们边说边走，后面的人都超过了我们。放眼望去，整条街道上挤满了人，乌泱泱的人群。

我们离亚克的家越来越近了。

"小朋友们，没有什么好吃的，就让我来给你们提供一份不错的肉汤吧。"

亚克对妻子说："这就是雷米他们。"

"早些时候我就看到了他们。"

"哦，这样更好。赶紧给他们煮一碗汤。"

说实话，我们都不清楚自己有多渴望喝到那碗汤。马西亚在巴黎的时候，除了偶尔在路边啃点面包，或者在铺子前面啃点肉馅包子之外，连一碗汤都没尝到。每当我们走进一家稍微好一点的酒店的时候，我们总想要吃一顿丰盛的晚饭，但是，由于我们想买奶牛的愿望，我们变得非常节俭，再也没有奢侈的生活了。马西亚是个很好的孩子，和我一起为买牛的目标努力，从来没有听到过他抱怨吃的东西不如人意。

这一次，他想要喝一碗肉汤的美梦，算是泡汤了。

"亚克，今天晚上就算了吧，我们还没有材料来熬肉汤呢。"

"哦，好吧，这也是没办法的事，只能等到明晚再说。"

这时，我才明白过来，原来在这些工人住的村子里，都是有食材供应的，女人们，根本不需要自己煮汤。她们在男人们干活的时候，不是出去聊天，就是到咖啡馆里去打发时间。这个村子里的所有女子都是这样，亚克的妻子，显然就是其中之一，甚至更过分。她从来不会煮一碗像样的汤，只会带着腊肠和其他现成的东西回家，然后端到他的面前。亚克也没说什么，反正他想的是有得吃就够了。

我们也只能吃腊肠了。

晚饭后，亚克再次和我交谈起来。

"雷米，你今晚和阿莱克西一起睡觉。"

他转身对马西亚说："跟我到面包房去吧。我用干草给你搭个舒服的床铺。"

那天晚上，我和阿莱克西一起躺在一张被单上，我们没有睡，一直在谈话。

阿莱克西的任务是把亚克挖出来的煤装进一辆大车里，沿着铁轨把它拖到井边，然后用铁索把它拉到地上。阿莱克西也给我讲了一些关于煤坑里发生的事。我被他的话吸引住了。六个星期以前，由于煤气爆炸，十二个人都被烧死了，有一个矿工的妻子发疯了，整天在街上走来走去。于是，我就知道了那天在街上碰到的那个女人是怎么回事。

我和阿莱克西约好了明天一起进矿洞，但当我们告诉亚克时，他却摇头说："那是不可能的，这是规矩所禁止的。非工作人员不得入内。对了，雷米，你要不要在矿洞里打工？有阿莱克西在，你就不用担心找不到朋友了。我觉得这挺好的，总比街头乞讨要好。山洞里没有老虎，也没有狼。再说，我也可以设法让马西亚加入我们的行列。"

我到瓦尔斯来，可不是为了到煤矿里去干活。我有别的目标，无法在此逗留太久。我对亚克叔叔的好意表示感谢，片刻也没考虑，决心再过两三天就走，另寻他处。

可是，就在我要离开瓦尔斯的那一天，阿莱克西无意中在矿洞里面，伤了一条胳膊。根据医生的说法，他的伤势并不严重，还不至于残废，但至少要休养两三个星期，才能开始工作。

　　亚克此时必须找一个人来代替阿莱克西，好给他帮忙。村了里的孩子，基本上都被雇走了，能不能再找到一个，还真不好说。他在大街上转了一圈，也没有找到一个合适的人，这使他感到非常沮丧。如果没有人帮手，他就不得不停止工作。不干活就得不到钱，这让他很是郁闷。

　　我不忍心眼睁睁地看着他受苦，就提出自己可以去帮忙。

　　"叔叔，随便什么人都可以代替阿莱克西去帮忙吗？"

　　"只要在铁轨上推一推煤车就可以了。任何人都可以做到。"

　　"是不是很沉？"

　　"没有，完全没有。阿莱克西可以毫不费力地把它推上去。"

　　"阿莱克西都能做到，我也能做到。"

　　"废话。你当然可以推啊……你干吗要问这个？"

　　"我愿意代替阿莱克西，帮助你。"

　　亚克高兴得又蹦又跳。

　　"啥？你可以帮助我！雷米，你真是太善良了。你跟我一起走，把一切都准备好，让你来帮助我，我会很开心的！"

　　那时，我正在洞里工作，马西亚就把卡彼带出门，在街头卖艺，挣些钱。他兴致很高，经常对我说："钱还不够买一头奶牛，就让我来帮你多赚一点。"

　　三个多月过去了，马西亚的身子，已经是健康了许多。曾经在喀尔房子里，挨打受饿的马西亚不见了。没有人知道，那曾流浪街头的马西亚去哪儿了。马西亚不再是原来的马西亚了，阳光与清新的风，使得马西亚恢复了活力与生机。

　　马西亚不管遇上了什么事情，都只看到好的一面，而不会看到不好的一面。他是个乐观的人，跟我正好相反。这大概就是天生的性格了。

　　马西亚身上有一种天然的从容，他对生活中的一切都从容应对，他很容易使人接近，也很容易适应艰难的生活，他不怕劳累。由于我们的长期磨合，我们之间的关系好得多了。如果没有马西亚，我在漫长的旅程中，连一个可以安慰我的人都没有。

chapter

◆ 教馆先生 ◆

第二天亚克把阿莱克西的工人制服交给我。早上，我把一些演出时的注意事项都告诉了马西亚，让他把卡彼小心地带上，要注意观察周围。接着，我就和亚克叔叔一起走出了家门。

到了煤坑，亚克把煤油灯点亮，递到我面前。我跟着他走。起初，是一条穿越岩层的地道。十多分钟后，我们来到了一条陡峭的坡道上。

到了这儿，亚克叫我："小心！下面是一条用石头砌成的楼梯。别踩空掉下去了！"

当我向下望去的时候，一个无底的黑洞出现在我的面前。灯光很暗，近处看像是很大的火炬；从远处看去，不过是一个针眼那么大。那些光是在我们之前进入这里的人的灯光。他们说话的声音很低，又冷又潮湿的风从下面刮来，带来一种令人作呕的煤油气味。

我战战兢兢地下了石梯，然后是一条木梯。然后石梯和木梯交替出现，往下爬了一百五十英尺，我们来到了第一个工地。四周都是石头砌成的墙，高度很低，都不能让人直着身子行走。地面上有几条铁轨，路上面有积水。

"这里有很多这样的积水。他们用管子从井里把水抽出去。只要水泵一停，这个洞里就会被水淹没。我们就在河里。"亚克向我解释道。

他见我惊奇，就再次对我说："别害怕，在地底一百五十英尺，河水就流不下来了。"

"但如果有漏洞的话……"

"嗯，下面大概有十条通道，或许……呵呵，我们不用担心地下漏水，就怕煤气爆炸和地震。"

我们的工作地点在一百二十英尺以下。一路往下，又是几段石梯和木梯。一到地方，亚克就开始教我怎么做。推车这种事情，大家都能做，只是需要一定的培训而已。否则只会让事情变得更糟。

幸运的是，我的身子在苦难中练成了，在洞里的工作对我来说也没有多大的困难。几天后，亚克对我说，我会是一个最好的矿工，这使他非常满意。

但不管怎么说，我都不习惯在这里。长期在矿洞里工作的人，必须是内心宁静的，这样才能忍受孤独。在这儿，什么安慰和乐趣也没有。一个常年整天在阳光下唱歌的流浪汉，怎能忍受这种日子？没有一丝光线，只有手中的油灯，只有车轮的隆隆声、流水的响声、滴答滴答的响声，还有一种沉闷的响声。矿洞里的日子，很压抑。

每个矿工都有自己相对固定的位置，不能到处乱窜。在亚克叔叔左边不远的地方，还有一个人，他和我一样，推着一辆手推车。他是个长着花白胡须的老头儿，而我们大多数人都是孩子。他已有六十多岁，曾经是一名优秀的木工。有一次，他勇敢地把三个同伴从废墟中拉了出来，自己也断了三根手指，再也不能当木工了。那时，公司还会给他发奖金，让他能过上衣食无忧的日子。可现在，那家公司已经倒闭了，他的收入来源也没有了，只能在这里帮他们拉车。

这个老人被称为"教馆先生"，这个外号只是别人用来称呼他的。他是个聪明人，学识渊博，但是他们叫他"教馆先生"，显然是在讽刺他。

有一天午饭时，我偶然跟他说过一次话，那老人对我很有好感。我和他相处得很好，我爱听他说话。

一般情况下，矿洞里的人是不会闲聊的，但这一次，我们却聊了起来，于是，他和我就都有了新外号："大牛皮"和"小牛皮"。

我在这里待了好几天，有很多问题想要得到解答，只是亚克并没有给我一个满意的答案。比如，当我向亚克问道："叔叔，你知道煤炭是怎么出现的吗？为什么会在这里呢？"

"煤炭生长于土壤之中。一挖就能挖到，这就是我们要挖的原因。"

亚克叔叔没有说出我想要的答案。我又想到了维塔利先生，他总是能给我一个令我感到信服的答案。我只好向那位"教馆先生"打听。

"煤炭与一般的炭不同。木炭是砍了一棵树，放在火里烤出来的。至于煤炭，根本就不需要人工，是自然强大的力量，将古代植物在特定的地质条件下经过漫长的时间演变而成的。"

我惊奇地看了他一眼，他继续说道："我不能在这儿跟你闲聊，如果你愿意聊聊的话，那就等星期天吧，也就是明天。在过去的三十年里，我搜集了各种各样的石头和煤炭，这些都是可以给你看的。那些人都嘲笑我，称我为'教馆先生'。看来你对我还是很有好感的。一个人不仅要用手脚，而且要用脑子。人不能除了睡觉就是吃饭。当我在你那个年纪的时候，渴望了解一切。在这里工作了这么久，我也一直都在询问那些工人问题，并且牢牢把答案记在了心中。我只要有了一个铜板，就会用于阅读。这也是我知道得比我的朋友多一些的原因。我固然没有时间读书，也没有多余的钱去读书，但是我的双眼却是睁着的。眼睛不仅是两个洞穴，而且还能看见东西，你的眼睛好像也能看见东西。你明天再来。我们好好聊聊吧。"

第二天我对亚克说，我打算到那位"教馆先生"那里走一趟，我想请他帮个忙。亚克微笑道："呵呵，他终于有个可以说话的对象了。你去了，总会有些帮助的。但我跟你说，你就算跟着他学习了一段时间，也千万别把自己吹得很厉害，若是那老头没有这个缺点，那才是真正的好人呢。"

"教馆先生"的住处和别的矿工是不一样的。他在半山腰上的一座小屋中暂住。这间屋子好像是一个堆放杂物的地方，由于潮湿，床下生满了霉菌。常年待在潮湿的坑洞里，所有东西都会被水珠打湿，但对他来说，这些好像根本不是问题。

"教馆先生"选择住在这里，是因为这里有山洞，有一些天然的空间，可以用来存放各种石头。

我到他家去了。看到他已经变回了一个白胡须的老头，他很乐意地把我领进了房间。

"我正在准备酒蒸板栗。我们可以好好聊聊。"

酒蒸板栗是将炒过的板栗放入酒中蒸制而成的。这是当地著名的特色食品。

"等我们吃完板栗，我会告诉你一些事，然后，我会让你参观我的宝库。"

他骄傲地说，他的宝库堪比著名的展览馆，也难怪他的伙伴们会嘲笑他说大话。

他的宝库和他的卧室差不多大小，里面有粗糙的书架，上面摆着一堆脏兮兮的石头。三十年来，他收集到的各种化石和地质标本，足够让地理学家和自然学家眼红了。这位"教馆先生"的自吹自擂，并非没有道理。

"你不是很好奇，煤炭是如何形成的吗？我的这些陈列品，可以证明这一点。我们所处的这个世界，不是从来就这个样子的。数万年前，地球上还生活过一些远古物种，经过很多年的繁衍，才有新的物种生长出来。在那个年代，连动物都没有。它经过几个世代的交替，干枯的植物，慢慢地腐烂，沉入土里，形成了一层又一层的，我们今天所看到的，这么多的煤炭。请你看看我收集的这些石头，以及它们的叶子，你就会明白，在那个时候，曾经有过什么植物。"

我在他家待到半夜，先生从每块石头、每块植物印模说起，给出他的解释，最后我开始弄明白一些使我特别疑惑的东西。

第二天，当我们在煤坑里相遇的时候，亚克叔叔问"教馆先生"："先生，那孩子听懂你的话了吧？"

"那是个好孩子。他未来必成大器。"

"哦？这很好。"亚克微笑着说。

我们立刻开始干活，在我把车拖到第五遍的时候，我听到从上面传来了一种令人毛骨悚然的、剧烈的震动。我从来没有听到过这么恐怖的响声，好像有什么东西碎裂了似的。与此同时，矿工们反应不一。大家都不明白发生了什么，赶紧往楼梯口跑去。

我以前经常被人嘲笑，被人羞辱；因此，我希望这一次，我不能表现得那么激动，那样会使自己出丑；我想先搞清楚状况再作决定。这是煤气爆炸？或者是车子不小心翻了？可能也不是什么大事。就在我这么想着的时候，一大群老鼠，从我身边飞快地掠过，就像是一支骑士小队穿过了重重包围一样。

就在这时，我听到了哗啦啦的水声，从墙壁上传来。这里是干燥的，本不该有水，我将油灯放在地板上，向前一看，只见洞中全是水，而且来势凶猛。水是从井里流出来的，走廊里早就湿透了。起初，那种令人毛骨悚然的声音，是从井里流出来的。水流凶猛之极，顷刻间便把洞底淹没。

这就是最坏的意外。

chapter
◆ 大洪水 ◆

我扔掉手中的车子，朝亚克叔叔奔去。

"叔叔，出事了！水漫进矿井了！"

"呵呵，这下可热闹了！"

"是真的大水！河底出现了一个大窟窿！逃啊！"

"别瞎说。"

"我没有说谎。出事了！出事了！"

我说得很严肃，亚克放下铲子，竖起耳朵听。我听到的那个声音也变大了。毫无疑问，坑里已经被水淹没了。

"哎呀，发大水了，发大水了！"他喊道，急忙抓起脚边的油灯。矿工遇到危险时，第一个要拿走的，就是那盏油灯。他捡了油灯，边跑边叫道："快逃，快逃！"

"教馆先生"听到这边的动静，也走了过来。"先生，这里要被水淹没了！"亚克对他喊道。

"漏水了！"我喊道。

"无论如何，我们
先爬上楼梯。""教馆先生"
用一种很冷静的语气说道。

　　走廊里的积水没过了小腿，此刻想
要逃跑并不是一件容易的事情。我们一边拼命地往前跑，
一边喊着站在铁架上干活的人。

　　"洪水要来了！逃啊！"

　　幸运的是，我们的工作位置就在楼梯附近，我们还来得及。否则，自己

的小命就没了。"教馆先生"第一个冲到了楼梯口，但他又停住了，说道："你可以先走。我虽然老了，但还是比你更勇敢。"

这不该是谦让的时间。亚克叔叔是第一个爬上去的，我是第二个爬上去的，最后是"教馆先生"。在我们身后，又有十几个人在往上攀爬。这一百五十英尺的高度，大家都在努力逃生。

还好我们走得快。就在我们快要爬到第三段阶梯的时候，一股水流，从头顶倾泻而下。我们的灯差不多都被水浇灭了。我们几个人，都差点被河水冲走。

"抓紧了！"亚克大吼一声。

我紧紧地抓住了楼梯的横梁，在湍急的河水中挣扎着往上爬。我们身后的人好像都被水冲走了。如果我们再往下十级，也会落得和他们一样的下场。

我们好不容易爬上了一号场地，但这并不意味着我们已经获救了。我们还得往上爬一百英尺，这样才可以脱身。

一号场地的走廊里，早就被河水淹没了。我们的灯都灭了，洞里一片漆黑，根本分不清东南西北。

"没办法了！""教馆先生"仍然用他那平静的声音说道，"雷米，我们做临终祷告吧。"

我也是这么想的，就在这时，走廊的另一端，出现了七八个油灯，杂乱无序地朝我们走来。

河水没过成年人的膝盖了。水流湍急，浮着的东西像羽毛似的旋转着。

矿工们在我们前面走过，他们很希望穿过回廊，到梯形台上去，但是，在这种湍急的水流中，有什么人能安全地通过？大水在向四面八方流动，使人觉得很危险。幸亏我们躲进了一片水流较小的区域，这才幸免于难。

"完了！"一群人绝望地大叫着。

"教馆先生"是最冷静的一个，他说："没有人能从楼梯上出去。不过往老洞里走，说不定还有机会。"

老洞，指的是以前的煤洞。我们中没有人去过，自然不知道该往哪里走。

这些人里，也只有"教馆先生"知道路线，毕竟他经常冒险去捡石头。

"那盏油灯拿来，我来带路。"

如果是在平常，他们一定会对"教馆先生"的一句话嗤之以鼻。但是现在，哪怕是最强大的人，也失去了自己的能力。五六分钟以前，他们还没有注意到他，但一听他这么说，他们就不约而同地把油灯递给了他，"拿去，先生！"这次"先生"两个字里，已经没有了嘲讽的意思。

"教馆先生"拿起灯，拉着我的胳膊，在前面带路。

我们沿着走廊一直往前走，不知过了多久，"教馆先生"突然站住了，他说："这条路通不到那老洞！水流很快。"

水从膝盖流到腰部，再从腰部流到胸部。我几乎没法走路了。

"好吧，先生，那怎么办才好呢？"每个人都用颤抖的嗓音说。

"我们必须跑到附近的袋子里。"

"然后呢？"

"进了袋子，就可以暂时安全了。"

我们称之为"袋子"的东西，就是从起伏的山脉中挖出来的一个庇护所；它比一般的地方要高，但是它就像一个没有出口的袋子，这就是为什么它被称为"袋子"。我们进了"袋子"后，不知还有没有机会出来。如果"袋子"被洪水淹没，那就完蛋了。可是现在我们只有拼命地逃到那个"袋子"里去。

"教馆先生"带着我们进了"袋子"。有三个人决定留在走廊上，后来我们就没有看到过他们。

过了一段时间，我们就到了那个洞口，我们开始往上爬。我们一直在寻找出口，但当我们渐渐平静下来时，才听到了那令人毛骨悚然的声音。大地在崩塌，水流在流动，木头在破碎，压缩的空气在爆炸，各种奇异的声响混杂在一起，令人耳膜生疼。那种恐惧，简直无法用语言来描述。

"唉，唉！"

"里面的人都死光了！"

"我们完了！"

"天哪，救命啊！"

各种失望的声音，从众人的嘴里传了出来。

一直在倾听的"教馆先生"突然对他们说：

"我们在岩石上爬来爬去，根本没有落脚之处，我怕大家会累得掉下去。我们为什么不想办法在这里站稳脚跟呢？"

这话倒也是实话，只是大家都没拿铁锹来。

"用你们油灯的钩子来挖。""教馆先生"继续说。

于是，我们就用坚固的油灯钩子，挖出了自己的落脚点。这是一项非常艰苦的工作。地面的坡度是这样地陡峭，土质是这样地光滑，使人很难不当心。一个不小心摔下去，就再也没有活路了。为了活命，我们各自挖了几分钟后，终于有了一个可以落脚的位置。那就好多了，不用再往下滑了。

一共六个人在这里！其他人都在坑洞里迷路了。

洞里的动静越来越大，就像是大炮、雷鸣、房屋崩塌，加在一起，都没有这么恐怖。那声音听起来仿佛整个世界都被摧毁了。

没人能说得清这洪水是如何来的。

"应该是外面被大水淹没了。"

"可能是一场大地震吧。"

"难道是从老洞里冒出来的？"

"肯定是里面的妖魔搞的鬼。"

"河床上肯定有漏水的地方！"我急忙说道，我相信，这是肯定的。

"教馆先生"耸了耸肩膀，似乎在考虑要不要说话，过了一会儿，他又补充道："不管怎么说，水已经淹来了。这洪水的源头，又有谁能知晓？"

"哪条河里漏了个洞吧？"

"别瞎说！"

"应该是一场大地震。"

"不清楚。"

"你什么都不懂，就别说了。"

"我相信这是一场洪水，你们不必担心。还有，这水是从头顶往下泼的。"

"先生，洪水来了，大家都知道。而且大家都明白，这水是从头顶上浇下来的。"

"你什么都不懂，跟我们有什么区别？有什么好得意的！"

"教馆先生"陷入了沉默。周围一片嘈杂，所有人都不得不大声说话。但语气却有些不一样，多了几分凝重。

片刻后，"教馆先生"向我说道："雷米，你也来说两句。"

"大叔，你在跟我说话吗？"

"随便吧。你想怎么说就怎么说吧。"

"胡说八道不是也很有趣吗？洪水是怎么来的，根本没人知道。"

"好，好，""教馆先生"点了点头，"现在请你多说一点，好吗？"

我向"教馆先生"提出了一些问题，但他没有回答，而是说："哦，是的，是的。"

杰克说:"先生这是怎么回事?"

"您疯了,先生?"

"确实有些不对劲。还好吗?先生,清醒一点!"

三个工人异口同声地说道。

"我不是疯了,""教馆先生"平静地说,"我在思考,而你们却在吵闹。"

"思考?你在这儿思考些什么?"

"如果把整个法国的海水都倒进这个洞里,我们所站的这个位置也不会被淹没,那我们就不用担心淹死了。"

"真的假的?"

"先生,您怎么能这么说呢?"

"看看那盏灯。"

"灯?那盏灯还亮着呢。"

"你不觉得这很不寻常?"

"嗯,不一样。烧得很旺,而且烧得也比较短。"

"这么说,您是说煤气爆炸了?"

"不,别担心。水流绝对不会超过一尺的。"

"好了,先生,请你不要把话说得这么莫名其妙。"

"我的意思并不是很深奥。我认为是真空阻止了水的流动,让水位无法上升。如果这里有新鲜空气的话,这里早就被淹没了。"

他这么一说,大家都不信,私下里议论起来。

"不要胡说八道,先生。大岩石也能被水冲走,一棵树也能被连根拔起,世上最吓人的东西，莫过于水。"

"只有在水畅通无阻的地方它才有那种威力。但是在这个地方，那些现象是不可能有的。你把杯子倒放在水里，看看有没有水可以到杯子的底部。不会有的，这是杯中的空气阻力所致。这里就像一个倒放的水杯。跑到这儿来的空气，就停留在这个杯子里，同水作斗争。"

"我懂，我懂。好了，各位，请注意。大家不能只把他当作'教馆先生'。他掌握着我们所没有的知识。"

"好吧，先生，我们能不能活下来？"玛吉问道。

"我不能肯定我们会被拯救。起码我们不用担心被淹死。这个地方就像是一个袋子，里面的气体无法逃脱，我们就能活下来。不过，如果空气都逃不出去，我们也就没有办法逃出去了。"

"先生，水何时能退呢？"

"你问我，我问谁？我不清楚河水是如何上涨的，也不清楚它何时会退潮。"

"怎么回事？"

"肯定是发洪水了。我的意思是，这洪水从何而来？是不是下了一场大雨？难道这里的水源被毁了？难道是一场大地震？除非我们出这里到外面看看，否则我们不会弄明白的。"

"如果是地上被淹了，那些妇女都好吗？"吉士伤心地说。

"教馆先生"还补充了一句，"也许地上也被淹了。"

所有的人都害怕得说不出话来。

流水声这时也已消失得无影无踪。四周一片死寂，令人更加恐惧。偶尔还能听到远处传来惊天动地的爆炸声。

"好像整个坑里都变成了一片海。""教馆先生"低声说道。

"哦，我的小特！"杰克似乎惊醒了一样，绝望地大叫起来。

小特就是杰克的孩子，在地下三号工场工作。当他听到"教馆先生"这句话的时候，一下子就想到了自己的孩子。

"哎呀！小特，我的天啊！"杰克不停地喊着。

"别这么难过。""教馆先生"安抚道，"小特应该和我们一样，找到了袋子，躲到了里面。我们三百多个人，他们不能全都溺死了吧？！"

到现在为止，有三百多人被困在这里了。又有几个人能活下来？

又有几个人能像我们这样，找到庇护所呢？我们的同伴都已经死了吗？啊！谁知道呢！

在我们的心里，此刻不再有同情了，已没有那么多空间。

"先生！"亚吉喊道，"那我们现在该怎么办？"

"教馆先生"说："除了等待，别无他法。"

"难道就没有其他办法了？"

"这是没有办法的事。或者，你以为你能用钩子挖通一百多英尺？"

"那岂不是要被活活饿死？"吉士插嘴说，"我们目前最担心的，就是没有食物。"

"估计要被活活饿死了。不过，饥饿并不是最糟糕的。"

"好了，先生，别胡说八道了。比饥饿更糟糕的是什么？"

"我还能忍受饥饿。我查到了一些记载，四五十年前，就有过这样的事情，有不少地方，被水淹没了。在那些日子里，找到庇护所的人，在没有食物的情况下，坚持了二十四天，终于得救了。所以人哪怕是三五天不吃饭，也不用担心会被活活饿死。"

"那又有什么别的糟糕之处？"

"你有没有大脑发闷、耳朵嗡嗡作响？是不是喘不过气来了？"

"嗯，有点头疼。"

"我早就有这种感觉了。"

"我要疯了！"

"我的嗓子都要炸开了！我的耳朵也不舒服。"

"对，就是这个！至于我们能在这种口袋中生存多少时间，那就不得而知了，毕竟我不是一个学者。但是，如果整个煤坑都被水淹没了，水位就会比我们头顶高出二三十英尺。于是，袋子里的空气就会变得紧张起来。一个人在这种压抑的环境下，还能坚持多久，就只能试试看了。这才是最恐怖的。"

我不太懂得压缩空气是怎么回事。但是，"教馆先生"的这番话更增加了我的恐惧。其他的矿工好像也受到了和我同样的影响。他们真的和我一样无知。这种无知，只会让人更加恐惧。

"这还不是全部。在我刚才所说的那种恐怖的重压之下，有个地方也许会裂开的。"

"哎哟！裂开？！"所有的人都喊道。

"如果袋子的顶部不是很结实的话，它就会裂开一个巨大的窟窿。"

"这样，我们就能逃出去了。"玛吉叫道。

"你这个笨蛋！"

"这里很结实，有八十英尺高，但我不能保证它不会裂开。"

每个人都在默默地祈祷着。可能只有"教馆先生"才不会觉得绝望。

"我们都很害怕，如果要等到被救出去的话，也许就太晚了。咱们还是得想个办法，免得掉进水里。"

"我们不是已经找好了落脚点吗？"

"难道我们就这么一直站在这里？"

"你是说，我们要在这儿待上几天？"

"我还不知道要待多久呢。"

"很快就会有人来解救我们的。"

"也许会有人来解救我们，不过要等到什么时候？在这段时间里，我们要是不小心，就会有人死去。"

"好吧，让我们捆在一起。"

"你们这里有没有绳索？"

"我们一起牵着手好了。"

"教馆先生"用平静的声音说道：

"我想，最重要的就是在这儿挖出一个阶梯来。只要两级就行，高级的坐三个人，低级的坐三个人。"

"可是，先生，用什么去挖？没有铲子那么方便。"

"松软的地面，我们就用灯上的钩子挖，地面比较硬的，我们就用刀挖。每个人手里都有一把刀吧。"

"我看永远也挖不成。"

"管他挖多久呢，"亚克说，"挖吧，挖吧！"

"谁要是在睡觉的时候掉下去，他就死定了！""教馆先生"继续说。

我们被这位"教馆先生"的勇敢和果断所征服了。他的威信，在每一个危急的瞬间都变得更加强大了。在这种情况下，所有人都觉得自己必须依赖他。如果我们想保住命，全都要仰仗他。

于是，所有人都按照他的吩咐去做了。

"好吧，找一块柔软的土地开挖吧。""教馆先生"说道。

"各位，请让我说一句。我有话要跟你们说。"亚克叔叔对他们说，"一个人没有脑子是不行的，我们把他当作脑子来用，把他当作我们的指挥官。"

"啥，把'教馆先生'当脑子？我们也需要这么做吗？"玛吉不满地说。

玛吉是个愣头青。

"笨蛋，你少废话！没有人会说，他是个马车夫，就把他当作脑子。我们要选出一个最能干的人来当我们的脑子。"

"吉士哥，您不是——您不是——一直到今天才这么说的？"

"是啊，我和你一样，一直到昨天。"吉士说完，转身对着"教馆先生"说道："先生，您这么聪明，你叫我干什么，我就干什么。"

"我也是。"

"那就由您来指挥我们好了。"

"教馆先生"平静地说："如果你们愿意的话，也许我会这么干的。我们还不清楚要在这儿待多久，也许还会出些意外。就像是一艘沉船上的人，在海面上抓着一根木筏，等待着救援。当他们靠在圆木上的时候，他们还能呼吸到新鲜的空气，而现在，我们这里却成了人间地狱。

"因此，我们必须互相帮助。除非你们完全服从我，否则我是不会接受这份责任的。"

"我们都愿意服从您的命令。"每个人都说。

"如果我说得没错，你们会听，可如果我的吩咐听上去不太合理，那你们就未必会听了。"

"您说怎么做，我们就怎么做。"

"您这话，我们都懂。"

"就算集齐了全瓦尔斯的人，也不可能有第二个这么清醒的脑子。"

我不明白，一个人的处境，在这样恶劣的情况下，看法和情绪会发生天大的变化。我感到惊奇的是，有脑子的人和没有脑子的人，在生命的最后时刻，是如此明显地区分开来的。

"所以，你们可以对着上天起誓么？"

"我们向天起誓！"所有的人都说。"教馆先生"一声令下，众人纷纷行动起来。好在我们每个人的兜里都带着一把小刀。

"给我来三个最强壮的人挖！""教馆先生"吩咐道，"剩下较弱一点的三个人负责搬泥土。"

"不，您什么都不用做。"身材魁梧的亚吉打断了"教馆先生"，"您所要做的，就是监督和指导我们。万一您掉进了河里，那我们就全完了。"

所有人都同意亚吉的说法。"教馆先生"必须万分小心。这位"教馆先生"真是拯救了我们，他是我们的指挥官。

我们努力干了一段时间，然后休息，按照他的吩咐，大家分发了一些吃的，但很快，我们就意识到了一个可怕的现实。

chapter

♦ 绝望 ♦

我们几个人都有手表，但已经过去了这么久，谁也不知道什么时候了。一个说是中午，一个说是下午 6 点。如果是中午 12 点钟，那我们就在里面待了五个多小时，肯定不止。我想，我们至少在里面待了十个小时。

几人商量了一下，便不再说话。所有人似乎都陷入了沉思。

海水的可怕、黑夜的可怕和死亡的可怕，一起使我心头沉重。我怕再也看不到丽莎了。看不到艾迪、阿莱克西、本杰明、马西亚他们，也看不到米利根太太，看不到亚瑟，看不到巴贝兰妈妈。更别说"王子的奶牛"了！

在这种情况下，每个人都很口渴，但更让人难以忍受的是，我们还在忍受着饥饿。最后，有些人走到河边，开始捡那浮着的朽木之类的小玩意儿充饥。

我们当中最饿的玛吉用小刀割破了鞋，开始嚼起了鞋。

一种新的恐惧涌上心头。我从维塔利老人那里听说过一些探险的故事，当轮船上的人遇到危险时，无人岛上的水手们为了填饱肚子，就杀死了船上的一个孩子。亚克叔叔和那位"教馆先生"都在竭力地维护着我，可是，"教馆先生"的权威并不总是最大的。以另外几人的兽性，在面临死亡的时候，会不会做出点

什么？特别是当我看到玛吉一边啃着鞋子，一边
眨着眼睛，露出一口白牙时，我就更加不安了。

　　我们一行人就这样在这狭小的地方待了很长一段时间，其间还碰到了一些别的问题，比如灯光什么的，但在"教馆先生"的指引下，我们一行六人总算是熬过来了。

　　也不知道过了多久，当我醒来的时候，地面上人们的声音不再像之前那么微弱了，而是可以清晰地与我们进行对话。

　　过了一会儿，我们听到有人在问我们，"还剩下多少人？"

　　亚克叔叔是我们当中嗓门最大的一个，他回答了外面的问题："六个人！"

　　暂时听不见回音。大概是他们原以为我们还有许多人活着吧。

　　"喂，快些救我们出去！我们快要断气了。"亚克叔叔大声叫着。

　　"你们的名字叫什么？"

　　"杰克、教馆先生、杰士、玛吉、雷米、亚克。"亚克回答道。

　　所有人都屏住了呼吸。那一刻，肯定很感人。

　　当这个消息传到村子里的时候，那些死去的两三百人的妻子、孩子、父母、兄弟和朋友，都已经在一两个小时以前来到了这里，但是，当他们听说只剩下了六个人幸存的时候，他们的绝望是无法想象的，就在他们苦苦等待的时候，听到了这六个人的名字！

　　啊！而在这两三百人的家人之中，却只有三个人的家人得偿所愿了。

　　亚克、吉士，还

有杰克的家人都在其中。瓦尔斯小镇再次有了新的希望与泪水。

我们"袋子"里的人，就像他们外面的人一样，想知道多少人被拯救了。亚克叔叔高声问道："多少人被救？"

然而，没有人回应。

"小特呢？你去问问他们吧。"杰克抱着这样的期望。亚克叔叔又重复了一遍，但依旧没有回答。

"我看他们是没听到吧。"

"没有，应该是刻意回避。"

"你能不能打听一下被困多久了？"

"已经过去十四天了！"

啊，我们在这个"袋子"里待了十四天！

"你们马上就可以得救了，别急。另外，如果希望得到救援的速度快一点的话，就别多说了。"

这是何等煎熬啊！每次听到铲子的响声，都感觉像是最后一次挖掘。但紧接着，我们马上就听到了第二声。它好像永远不会停止似的。

"都饿了吗？"

"嗯，我们太饿了，已经说不出话来了。"

"你们能不能再忍耐一下？实在受不了的话，可以先拿管子往里面灌点汤给你们。不过，这需要更长的一段时间。"

我们讨论了一下，一致认为再忍耐一个小时或许是没有关系的。

"我们会忍耐的，麻烦你们挖得快一点。"

外面好像在修筑工事，水已经少了许多。"教馆先生"说，现在走廊里肯定是安全的。

"跟他们说说，水位下降了。"

亚克叔叔的声音再次响起。

"明白。也许在那里挖地道会更容易一些，到时候我们就可以离开这条走廊了。不管怎么说，先忍一忍。"

铲子的响声变得更小了。因为要是挖得越急，我们就越有可能和泥土一起沉入水中，因此不能冒险了。

"教馆先生"告诉我们，尽管目前还没有什么危险的迹象，但是，如果我们把它打穿的话，它里面的空气就会像一颗巨大的炸弹一样炸开，因此我们必须小心，趴在地面上，这样就可以避免这种危险了。

岩石纷纷从"袋子"的顶部掉进水中。

说来也怪，离成功越来越近，我们的精神也越来越差了。特别是我，由于一种难以忍受的疲惫，我蜷缩在地上，几乎没有力量爬起来，浑身颤抖，但这并不是因为冷。

不久后，更大的石头不断地滚到我们的身旁。这一次，他们是真的破开了山洞。我们被油灯的光芒弄得头晕目眩。

刹那间，我们陷入了一片漆黑之中。这是因为，当他们打穿山洞的时候，一股恐怖的空气风暴把泥土和沙子都卷了起来。油灯也在这一瞬间熄灭了。

狂风戛然而止。忽地，我听到了走廊里传来的哗啦啦的水声。这是怎么回事？仔细一看，只见前方出现了一道亮光，有好几个人从河中冲了过来。

"别急！别急！"

一声声的呐喊从他们的口中发出。"袋子"的顶部也透进了一缕光线，工人们正从上面爬下来，抓住了我们的身体。走廊上到处都是奔跑的人群，那个工程师第一个钻进了"袋子"里，紧紧地抱住了我。

啊，我幸运地又活了过来，我感到很轻松，然后就晕了过去。

但是我还没有完全失去意识，他们把我裹在毯子里，把我带出了煤坑。我知道这一点。我正闭着眼，突然眼前一亮，我猛地一惊，抬头一看，是太阳，我被人从地面下抱了上来。

忽然，一只雪白的小动物扑向了我，正是卡彼。它爬上了那个抱着我的人的手腕，在我脸上到处乱亲。这时，有人拉着我的手，马西亚、阿莱克西，他们兴奋地在我的双手上亲吻。

我向周围看去，只见人群分开，形成一条道路。他们一声不响地注视着我们。他们接到命令，不能大声说话，以免把我们吓坏，但从他们脸上的神色可以看出，他们已经快憋坏了。

在人群的最前面，一名身着白袍，手持银质餐具的神父走了进来，为我们祷告。当我们走出教堂的时候，神父蹲在灰尘里，念起了圣歌。

我们被抬到了办事处里的床上。

两天后，我已经可以起床了，和马西亚、阿莱克西一起在村子里走来走去，卡彼就跟在我们后面。当我从村子里经过时，村民们都停下了脚步，向我张望。

有些人流着眼泪走到我身边，握住了我的手。也有人皱着眉，不敢直视我。他们的父母和孩子都死在了矿洞里。毫不怀疑的是，他们一定很伤心，而我这个无依无靠的孤儿，又是那么幸运地得救了。

他们邀请我到他们那里去吃晚饭，或者到咖啡馆里去喝一杯茶，他们要听我讲我们被活埋但又死里逃生的经过。

chapter
◆ 蒙德的音乐家 ◆

比起我和阿莱克西还有马西亚谈论过去十多天来发生在我身上的事，对我来说不如听他们讲述他们的遭遇。"我以为你牺牲了，是因为我牺牲的，"阿莱克西告诉我，"我真感觉快伤心死了。"

马西亚所说的话，与阿莱克西所说的有所不同。

"我从来没有想过你已经死了。但是我很关心你能不能在挖掘结束之后还能不能活下来，因为他们花了这么长的时间才把你从水里捞出来。我敢肯定，你是不会被水淹没的，如果我们动作够快就会找到你。阿莱克西绝望地哭了的时候，我只是对他说：'雷米不会死去，最多就是有点受伤。'当我遇到任何人时，我都会问：'没有食物，一个人能坚持多久？要多久才能把矿洞里的水排出去？逃生洞要挖多久呢？'但是没有人能给我一个可靠的答复，我该有多着急呀！当工作人员问起你们的姓名的时候，当我听到'雷米'这个词的时候，我的眼泪一下子就流了下来。当时，我被一个人踩到了脚，我都没有注意到，因为我太幸福了，以至于把一切都忘了。"

马西亚坚信我还活着，这让我很满意，也很感到幸福。

我们还活着的六个人之间，已经建立起了深厚的友谊。有过共同的苦难，就有了心灵的联结。

特别是亚克叔叔，还有"教馆先生"，他们都深深地打动了我。除了他们两个以外，那个第一个把我们从死亡线上拉下来的工程师，也是一个非常关心我的人，他把自己当作一个救活了快要死掉的孩子的爸爸。有一天晚上，我到他那里去吃饭，向他的女儿们讲述了十四天被关在"袋子"里的事情。

瓦尔斯小镇里的每一个人，都在试图留下我。

"我要让你成为一个能干的工人，"亚克叔叔说，"以后你就留在我们这儿吧。"

那名工程师说："你也不必当矿工了，我就把你放在办公室。像你这么个好孩子，总有一天会出人头地的。我来教你学问。"

我没有亚克叔叔那么大的勇气，我不愿意在矿坑里干活了。我头一次到那里去的时候，那里的一切都让我想探索。有过那一次就足够了。不管我有多大的好奇心，都不想再试一次。

我的天性不允许我在矿坑里工作。如果头顶没有蓝天，那我也不要生活了；有了蓝天，就算是下大雪，也要比在矿洞里好。也许我不该这么说，但当我对"教馆先生"和亚克叔叔把我的想法和盘托出时，亚克感到惊讶，"教馆先生"则叹了口气，因为我确实对矿场的生活一点也不感兴趣。

等我找到玛吉，跟他说了这件事，他就说我是个胆小鬼。

至于那位工程师，我就不能把我跟亚克叔叔们说的那些话告诉他了。他要我到办公室里去，而不是要我到矿洞里去。于是，我鼓起勇气，把我的想法告诉了他。"没办法，你是个爱冒险的人，我不能强迫你，你想干什么就干什么吧。"工程师无奈地说。

当大家欢迎我留在瓦尔斯的时候，马西亚总是垂头丧气地沉思着，旁人问他缘故，他也只回答没有事。然而等到我告诉他说我们隔三日后就要离开瓦尔斯时，他竟抱住了我的脖子，兴奋得忘乎所以。

"那么，你不会抛弃了我吗？"他叫起来了。

听到此话时，我轻轻拍了他一下。那是对他的安慰，我一时受到感动，自己也流出了眼泪。

马西亚之所以这样欢喜，完全是出于深刻的友情，绝没有一点别的因素掺杂的。其实即使没有我这伙伴，他也能够独立生活了。

说实话，马西亚的艺术天赋要远远超过我。他和我不一样，他可以轻易地学会弹奏任何一种乐器，还会唱歌跳舞，还很会开玩笑。实话实说，他很擅长让体面的绅士和客人把钱包放进我们口袋里。他的脸带着微笑，笑时露出一口洁白的牙齿，有一副讨人喜欢的神态，这一切都会在不知不觉中吸引着在场的人，让他们都主动把钱袋打开。他们之所以驻足看马西亚表演，并不是出于无奈，而是出于一种观赏乐趣。这就是马西亚的本领所在。他一个人每天把卡彼带出去，在这个人迹罕至的街区表演，还能攒下八法郎。这已经足够说明他的能力了。

八法郎和五十法郎加起来，我们就有五十八法郎了，如果一头母牛要六十法郎，我们也只需要再多赚两法郎了。

我不想在矿坑里干活，但真正要走的时候，又有些伤感。我一定要跟阿莱克西、亚克叔叔、"教馆先生"告别，也许我的人生就注定要不断和我所喜欢的人分别。

走吧！我们背着一把竖琴、一个背包，带着欢快地蹦蹦跳跳的卡彼，就向着有蔚蓝的天空的地方走去。

当我们离开瓦尔斯镇时，我们情不自禁地产生了一种胜利的喜悦。我们走在干净的地面上，在没有煤坑的土壤上，发出欢快的叫喊声。啊，晴朗的太阳！葱郁的绿树！

在我们动身的前一天，我们花了很长一段时间来讨论今后的计划。最后决定，我们不能再往下走了，现在已经到了泡温泉的最佳时期，因此，我们决定先到于赛尔，然后途经克莱蒙，再到沙凡侬。这样走的话，绕不了太多路，还能在一些温泉城市里演出几场，比如圣奈克代尔、蒙多尔、布尔布勒。提议的人也是马西亚。有一次，他在瓦尔斯演出时，遇到了一个耍熊的人，那人告诉他，冬天只有到有温泉的地方才能赚到钱，因此，他建议到那里去。马西亚仍希望能挣得更多，他认为六十法郎仍是太少，如果不加点，就未必能买到好奶牛了。他说，我们可以多赚钱，然后去找一头最好的奶牛，那样巴贝兰妈妈就会更加高兴，我们也会更加开心。

我们从瓦尔斯出发，朝克莱蒙进发。

三个月来，在巴黎和瓦尔斯之间，我教会了马西亚读书、认乐谱。在去克莱蒙的路上，他要抽时间复习。但这一路上，他的学业根本没有进展。马西亚能很快地回忆起任何发生过的事情，但当他真正开始学认字时，他却一点也不记得学过的字了。

我再也忍受不住了，把书扔在地上，对他发火："我从来没有见过这么愚蠢的人。"

但是，马西亚也不动怒，只是用他那双温和的眼睛看着我，微笑着说：

"我的脑子太笨了，得打一打才能让它长出更多智慧来。喀尔倒是机灵，察觉到了这一点。"

听他这么一说，我很内疚，不生气了，继续让他复习。

不过，这也仅仅是在书本上，如果是在音乐上，那么就是另外一回事了。在这一点上，作为师父是很尴尬的。他向我提出了许多我作为师父都回答不上来的问题，他的水平几乎和我一样高了，甚至远超过我。

比如，他问："为什么给小提琴的弦定音时，只用这几个音符而不用其他的?"

我只能用我从来没有学过小提琴的知识作为理由来回答。

可是这种牵强的理由，在他问我乐理相关问题时，站不住脚了。

"每个人都这么说，这就是音乐的规矩。"

我只能硬着头皮说：

马西亚并不是一个没礼貌的孩子，他从来没有表现出不满的样子，那时他用一种无奈的眼神看着我，让我觉得心虚。

有一次，马西亚整天都在想心事，我试图引导他说出来，但他什么也没说。这对一个平常开朗的人来说，实在是一件怪事。

"你是个好师父，"他说，"没有人比你更好地教导我了……但是……"

"但是呢?"

"我想有些事你确实不知道。即使是一个学者，也有他所不知道的事情。对吧? 你经常说：'这就是那样，那就是那样。'但是我想，那是你没有学会的缘故。因此，如果你愿意的话，我想给我们弄一本关于乐理的书，不管它有多老，有多便宜，能看就行。"

"哦，那挺好的。"

"你是这么认为的，我很高兴。你的知识不是从书上学来的，那么，我相信书中一定有你没有学到的。"

"再好的书籍也比不上一个好师父。"

我是有意这么说的，可是马西亚却抓住了这个机会。

"如果你这么认为，那么我也可以这么说。说真的，我希望有一天，我能到真正的师父那儿去，向他提出各种问题。"

"你完全可以在独自挣钱的时候去的。"

"必须有许多钱才能见到真正的师父吧。我总不能拿你的钱去用吧？"

他那一声"真正的师父"让我很受伤，但他对我的忠诚也让我很受触动。

"你真是个好人，难道我的钱还不是你的？你的收入可比我高多了。你想跟师父在一起学习多久都可以的。好了，既然你要去，那干脆我们俩都去学习我们不会的东西。"

我们寻找的真正的师父，不是乡村里的舞蹈演员。我们要找一个真正伟大的乐师，他不是一个生活在穷乡僻壤的人，而是一个真正的大城市里的师父。我赶紧掏出地图，在前往克莱蒙的路上，会经过一个叫蒙德的小镇。我不知道这个城市是不是一个大城市，但是，从这张地图上可以看出，这个城市曾经有一位伟大的音乐家居住过。我十分相信我的地图。

于是，我们就打定主意，要上那儿去，找个伟大的乐师，把钱送到师父那里去学点东西。我们再次上路了。

在去蒙德的路上，我们经过了荒凉的田野，那里只有贫穷村子，而且人们的收入也很低。我们怀着一种失望的心情继续往前走，很快，我们来到了蒙德市。天快黑了，我们都累坏了，就赶紧找了一家旅店，住进去了。

在马西亚看来，蒙德这里并不像一位出色的乐师居住过的城市，因此，他十分忧虑。我们走进餐厅，向老板娘打听一下，这儿有没有好的乐师。"您真的不知道？难道您没听说过甘特的大名就跑到这儿来了？"

"我们来自很远的地方。"

"这么说，是从很远的地方来的？"

马西亚回答说："来自意大利。"

夫人这才恍然大悟。如果我们说的是里昂或者马赛，那么她就不会跟我们这些什么都不知道的孩子说话，因为我们连甘特先生都不知道。

"很不错呢。"我用意大利语对马西亚说。

马西亚的眼里燃起了一丝希冀。甘特先生肯定会回答他的问题的。他应该不会说"事实就是如此"之类的废话。

但是我还是有点害怕。这么著名的师父，会愿意教导我们这些小人物吗？

"甘特先生有很多事情要做吗？"我问道。

"我想，他一定很忙。他应该很忙才对。"

"他愿意来见我们吗？"

"他会愿意的。谁身上有钱都行。"

我们讨论了许多明日要讨教的问题，然后就放心地去睡了。

到了次日，我们精心打扮了一番，尽管没有换上新衣，但还是擦掉了衣服上面的尘土。马西亚带着他的小提琴，我也把竖琴放在背后，就一同走了。

卡彼本来也要和我们一起去的，不过，我今天把它绑在了狗窝里面。因为把一条狗牵到一位著名的音乐家的房子里，这不是一件很体面的事。

我们找到了这所房子，但是我们怀疑，这所房子到底是不是一名音乐家的住处，又或者是我们自己少见多怪了。情况有些不对劲。在店铺的门口，摆满了理发用品。门口两侧，是铜制的剃须脸盆。不管以哪点来看，这都不像是一位音乐教师的风格。

最后，我们得出的结论是，这是一家理发店。我们正犹豫着要不要进去，这时，一个人从我们身边经过，我们把他拦住，向他打听甘特先生住在什么地方。结果他指向了这家理发店，说："就在这里。"

一个伟大的音乐教师，怎么也不应该在理发店吧。但不管怎么说，我们还是要进去看看。

店铺被分成了两个区域，右边是镜子、梳子、香水和香皂什么的；左侧的墙壁和沙发上，摆放着几把小提琴、长笛、小号、大提琴之类的乐器。

"我们是来找甘特先生的。"马西亚走进店铺，问道。

一个身材瘦小、精神矍铄的男人，正给一个村民刮着胡须，他说："甘特就是我。"

出乎所有人意料的是，甘特真能回答马西亚的所有问题，还被马西亚的天赋所折服，想要把马西亚留在这里，他想把马西亚培养成为一位伟大的音乐家。

可是马西亚却执意要走，甘特只好送给他一部名叫《音乐理论》的书，并为我们的前途祈福。

我不知道这里还有没有别的乐师。不过，蒙德的那位理发匠甘特，对我们来说，终生难以忘记。

chapter
✦ 王 子 的 奶 牛 ✦

在我们离开蒙德时，我和马西亚的感情又加深了几分。

他之所以拒绝甘特的邀请，完全是出于对我的友谊。如果他和甘特待在一起，他就可以安心、愉快地学习音乐，并攒下一笔钱，但是现在，他又过上了每天都要为吃穿发愁的日子。

我紧握着马西亚的双手，说道，"我现在明白了，你会和我永远在一起的。"

他咧嘴一笑，睁开一双大眼睛看着我，说道："我老早就在考虑这样了。"

马西亚在拿到《音乐理论》后，阅读能力有了很大的提升。我们沿途所到之处，都人迹罕至，村民们都勒紧了钱袋，我们只求尽快赶路。

没过多久，我们就在温泉城里演出，要熊的人果然没有骗我们，我们确实有了意想不到的收获。

在挣钱这一点上，马西亚的能力比我更好，我认为，表演时，大声唱歌就可以了，但是马西亚会想得更多。他会首先观察观众的神情，如果他觉得时机不合适，即使把观众聚集在一起，马西亚也不会急着演出。他最擅长的就是察言观色和相机行事，知道什么时候演出对我们来说能获得更大的好处。

喀尔对于如何让人们把钱掏出来很有一套，他能揣摩出每一个人的情绪。马西亚跟在后面多年早已学会了这些，也正是因为如此，马西亚才会在研究观众的心理上颇有造诣。

大多数来泡温泉的人都是巴黎人，他们是马西亚的常客，因此马西亚对他们的情绪比较了解。"你听着，"马西亚对我说，"她要听一首忧伤的曲子，因为这位身穿黑

衣的面带愁容的女士，是一
位年轻的寡妇。你知道吗？
我们必须让她想起那个逝者
来。但愿她能哭，这样她会
给我们更多的奖赏。"

　　当我们看到脸色苍白、悲伤的人坐在椅
子上的时候，我们就停下来，用眼角的余光打
量着他们，试着简单弹弹使他兴奋起来。如

果我们发现他生气了，我们就立刻
走开，到别的地方去。如果他在聆
听，我们就走近一些，唱一首抒情的
曲子，让卡彼衔着碗到他身边来，这

样，我们就不用害怕被他一脚踹飞，也不用害怕他会把我们赶远些。

马西亚很能洞悉孩子们的心理，他一开始演奏，孩子们就手舞足蹈，他一微笑，哭丧着脸的孩子也笑起来。我不明白马西亚为什么能做到这一点，但这就是全部的事实。

在温泉城的演出大获胜利，除去所有杂七杂八的开支，我们一共挣了二十九法郎。加上原来的五十八法郎，一共是八十七法郎，不必挣更多钱就能买牛了。我们不再犹豫，立刻向沙凡侬进发。

我们正好在路上听到消息，说于赛尔镇有牲畜交易的市场。因此，我们便打算到那儿去看看。我们要用我们自己的积蓄，来购买一头每天都能产出牛奶的奶牛。

当你在做一个甜美的梦想的时候，一切都是美好的，但是当我们真的要去买一头奶牛的时候，却出现了一个意想不到的现实难题。

我们理想中的最佳奶牛，该如何挑选？这是一件大事。

特别是，当我们旅行的时候，经常听到旅行者们谈论牲畜贩子的骗局，这是一件特别令人担心的事。他们口中的骗局已经足够让我们两个人发抖了。传说有一位农民，在牛市场上，购买了一条漂亮的长尾奶牛。它的尾巴可以扫到头顶，立刻就赶走所有的蚊子，这是最好的奶牛。农夫非常高兴，把它带回了家，但是，当他走进牛棚的时候，他发现他的牛的珍贵的尾巴已经不见了。另一位则购买了一只带犄角的奶牛。除此之外，还有一些人买的奶牛根本挤不出足够的牛奶。我不得不担忧，如果我们花了很大的力气，去买一只假的，这就太可怕了！

在许多谈话中，我们听到了一些有趣的事情，这些小把戏在兽医面前根本不值一提。我们要做的，就是让兽医替我们挑选，这样，我们就不会中了黑心贩子们的圈套。当然，兽医的费用应该也很高，但这是必需的。于是我们决定向兽医求助，达成了协议以后，我们就可以放心地上路了。

从蒙德到于赛尔，原本需要两天时间，但由于我们加快了速度，我们在次日下午到达了那里。

于赛尔是我的第二家乡，这一点大家都很清楚。这就是维塔利先生第一次给我买鞋的地方。就是在这儿，我首次公开登台表演，扮演乔利的侍从。

啊，乔利，多么不幸啊！我们再也看不到它身上的英国将军制服了！调皮的彼奴和温顺的朵儿姑娘也都找不到了。

啊，我再也看不到维塔利老人的身影了，他曾经意气风发，挺起了他的胸脯，用他的笛子带领着他的队伍向前走去。

离开的时候，我们班一共有六个人，今天却只剩下了我和卡彼。这种回忆让我有一种说不出的悲哀。在我的幻觉中，在每一条街道上，好像都有一个身穿皮衣的维塔利老人，他说："前进吧！"

这时，我看到了一间商店，就是维塔利老人给我买破旧的制服和帽子的店，这使我松了一口气。店铺里的一切陈设，都没有任何变化。入口处仍然悬挂着那件旧的、镶着金边的制服，那件衣服曾经让我很喜欢。

我把马西亚带到了我首次演出的地方，在那里，我曾扮演乔利的侍从，面向观众们表演，卡彼仿佛陷入了回忆，摇晃着它的尾巴。

我看到了维塔利老头曾经住过的那家旅馆，于是我就在那里住下，把行李放好后稍作休息，距离睡觉的时间还很长，我立刻向店员打听了一下，就出门去找兽医了。

那兽医是个五十来岁的人，他见到我们非常愉快。当我向他解释了我们的来意时，他带着微笑对我们说："市场上没有卖会杂耍的牛的。"

"不，我们不需要会杂耍的牛。我们只希望它能有好的牛奶。"当我说完这句话时，担心买到假牛尾的马西亚补充道："要一头有真尾巴的牛。"

"我们想让您帮我们挑选一头好牛，因为我们听说买奶牛容易被骗。"

"哦。你要这牲口有何用？"

我们大概给他讲了一下我们买奶牛的目的。

"是吗？你们真是太善良了。这样吧，我明早跟你们一起到城里看看。我肯定不会挑到一头有假尾巴的牛的。"

马西亚说："还有那对角，也要真的。"

"嗯，保证还有真的牛角。"

"还有，它的奶一定要真的。"

"嗯，还有真的牛奶。不管怎么说，我绝对会给你们一个不错的建议。但是这些东西不是免费的，你懂不懂？"

我一句话也不说，只是打开装着钱的口袋，让他看看。

"太好了。你们可以在早晨七点钟到我这儿来。"

"我们要给您买几件礼品吗，先生？"我问道。

"呵呵，别这样。像你这么好的孩子，你以为我会收你的东西？"

我真不知道该怎么感谢这位善良的兽医先生。但是马西亚好像想到了什么，他问先生："您喜欢音乐吗？"

"为什么不喜欢？我最喜欢的就是音乐了。"

"您晚上什么时候睡觉？"

"嗯，九点钟以后吧。"

我们说好第二天早上七点回来，然后就离开了。我明白了马西亚的计划，因此，当我走出先生的房间时，我对他说："你愿意和我一起给他演奏一些曲子吗？"

"嗯，没错。现在他快睡着了，不如弹一首良夜曲吧？"

那首良夜曲，是向心爱的人倾诉心声的曲子。

"好主意。好了，回家去准备训练吧。当我们在大街上卖艺时，演奏的好坏都无关紧要；不过，今天晚上我们一定要奏得好。"

快到晚上九点的时候，马西亚拿着他的小提琴，我拿着竖琴，来到了兽医先生的房子外面。

明月已经升起，街道上一片漆黑。所有的商店都关了门，行人也几乎没有了。

九点整，我们奏起了良夜曲。在这条狭窄而安静的街上，可以听见一种音乐的声音，这声音好像是一所著名的教会所发出的回音。每一户人家的窗户都被推开了，每个人都把自己的脑袋伸到窗口，互相询问发生了什么事情，怎么有音乐奏起来。

兽医先生就住在那条街的拐角处，房子顶上有个圆塔。正在此时，一座高塔的窗子被推开，从里面走出来的是我们的兽医。他一看见我们，似乎知道我们要干什么，让我们把音乐停下来，然后对我们说："让我给你们开门，请在我家里弹。"

门立马就开了。兽医先生向我们伸出了双手，说："两位都挺好的，就是太大意了。大晚上的在大街上拉小提琴，这不是打扰大家休息吗？"

于是，我们在庭院中齐声高唱。小院不大，却很美，围墙、庭院、绿地、凉亭、椅子，一应俱全。

这个医生有很多小孩，我们马上就被他们包围了。三四支烛光沿着这条绿路一路前行，直到十点钟。我们每弹奏完一支曲子，那些孩子就非要我们继续演奏。

"让他们早点睡吧，"兽医先生告诉孩子们，"他们约好明天早上七点到这里来。"

这一趟总算不是白来的。他请我们到屋里吃了一顿香喷喷的晚饭。他实在太友善了，我们连连对他说感谢，叫来卡彼为我们表演了两三个好玩的小把戏。几个孩子和医生都很开心。等我们回住处的时候，已经快半夜了。

于赛尔的夜里很平静，但是到了早上，整个城市就变得热闹了起来。天还没亮，我们就听到了车轮转动的声音、赶着往市场跑的马儿的嘶叫声、母牛的叫声、羊的叫声，以及路上的农民的叫声。

我们不能继续躺着了。匆匆起床，走到楼下。路上满是马车，从马车里走出来的，都是穿着华丽服饰的农夫。

街上人来人往，热闹非凡。我们穿戴整齐后，才六点，还有一小时。我们都说好了，要到市场上看看，挑一头合适的奶牛，所以，直接就往市场里跑去了。我们搜寻了三十分钟，一共发现十七头奶牛。其中三头褐色的，两头白色的是最好的。我认为就要胡赛特那样的褐色的，而马西亚则推荐我改选白的。

七点钟，我们来到了那位兽医的住所，他已经在那儿等着我们了，于是我们一起急急忙忙地往镇上赶。在途中，我们把对奶牛的需求又说了一遍，总之，就是要能多生产一些牛奶的。

我们一到集市，马西亚就指向他看中的白牛说："我认为这头是最好的一头。"

"我觉得褐色的是最好的，"我说，指向褐色的奶牛。

然而，兽医仅仅是匆匆一瞥，并未在大白牛或褐色奶牛面前停下脚步，反而来到了一头之前我们未曾留意过的小奶牛面前。它的脚是红的，它的两耳和两颊都是灰白的，它的眼睛是黑色的，它的鼻子是白色的。

"这头好。"先生温柔地说。

一个穿着破旧衣服的农夫牵着这头小奶牛。医生问他要多少钱。

"120。"

这样的一头小牛犊，要卖 120 法郎！我们对此感到非常吃惊，于是让他另寻他处。但是他叫我们等等，要跟农夫商量价格。

兽医讨价还价。农夫的出价比原来低了 5 法郎。

兽医停止了讨价还价，开始挑这头奶牛的毛病：它的身体是如此瘦弱，它的脖子是如此短，它的犄角是如此长，它的牛奶看起来也是如此不好，以至于并不值那个价钱。

于是农夫说："你对这头母牛很了解，别再讨价还价了，给 100 法郎吧。"

我们当时有些害怕，因为我们还以为他说的是真的。

"算了，先生，我们换一头吧。"

农夫一听，又把要价减少了 5 法郎。

他们还在讨价还价，农民一步一步地把价钱降到 85 法郎，然后不管再说什么，也不愿意降价。

那个兽医先生用胳膊肘捅了捅我，示意我，他刚刚一直是想以低价把那头好奶牛买下来。但是 85 法郎，对我来说，这可不是一个便宜的价格。

　　这时，马西亚来到奶牛后面，从它的尾部拉下一条长长的毛发，它生气了，差点把他踹倒。

　　它真实的尾巴让我下定了决心。

我付了 85 法郎，正要去拉那头牛的绳子，那农夫忽然问道："你给我的打赏是多少？买卖成交后，买主要付小费，这是城里的规矩。"

我付了 40 生丁小费，以为这件事就这么过去了。

我伸出手来，要拉住缰绳，但农夫却紧紧地握住了我的手。

"我们是朋友，我要出去喝酒，别忘了你要请我喝酒。"

我给了他 20 生丁。

第三次，当我把手伸向那头母牛时，他又制止了我，说道："你没有准备鼻环吗？我卖的是牛，不是鼻环。"

他还对我说，看在我是他的朋友的份上，算我 60 生丁。

既然没有鼻环，那头牛也不能带走，那就只能按照他说的价给了。经过计算，口袋里只剩下 40 生丁了。这些钱加在一起，一共是 86 法郎 20 生丁。

当我再一次伸出手来的时候，他的声音再次响起："你带来了缰绳没有？我这里的缰绳不是免费的。"

无奈之下，我只得再去买他的缰绳。他向我要了 40 生丁，我口袋里一点钱不剩了。这时，什么也没有了，农夫就把他的牲口，连着鼻环和缰绳都交给了我。

我们得到了那头奶牛，但是我们没有足够的钱去买饲料，甚至没有足够的钱来养活自己了。

chapter

◆ 偷牛贼 ◆

我们牵着奶牛回到旅店，拴在马厩里，然后沿着街卖艺挣钱。下午回去算账的时候，我们挣了三法郎。

我们已经商定，让厨房的女仆把今天早上从那头母牛身上挤出来的奶拿出来给我们做晚饭。"我从来没有喝过这么好的奶，"马西亚补充说，"好极了，比我以前在医院里喝过的那种带有橘子香味的奶还要好。"

我们欣喜地品尝了一阵，然后，我们就走进马厩，在它的脸颊上亲了一口。那头奶牛好像很高兴，用它的舌头在我们脸上舔来舔去。

"嘿，母牛也会亲吻！"马西亚兴奋得手舞足蹈起来。

你们可以想象一下，当我们和奶牛嬉戏时，我们有多么快乐。

第二天，我们在阳光下起床，穿好衣服，牵着奶牛，沿着斜坡走去。

我想着，如果不是马西亚帮我们挣钱，我们也不会弄到那头母牛，我就把它交给马西亚牵着，自己跟在他们后面走，作为对他的感谢。当我们走过斜坡后，我和奶牛并排而行，这样我们就可以一直往前走，一直看见它。

真是一头好奶牛！我从来没有见过这么可爱的奶牛！它的外表是那么温

柔，它的步伐那么坚定而缓慢，它好像也知道自己的可贵。

在这里，我不再需要经常看地图了。我和维塔利在一起的第一个晚上，就是在这里度过的。虽然已经过去了这么多年，但是这里的一切，都能让我回忆起当时。

我打算在这里过夜，休息一下，别把奶牛累坏了。明天一早我们就动身，中午就可以回到巴贝兰妈妈的住处。

但是，一直以来这么好运气的我们，却突然被命运开了玩笑。

在我们休息的时候，我们一不注意，奶牛就不见了。后来，我们两个在追牛的过程中被误认为是小偷，被警察带到了监狱，幸运的是，审判官是个很公平的人，他曾经偶然读到过关于我被困在矿洞里的消息，并告诉我们，这件事已经解决了，我们要做的，就是等到一切都水落石出，我们就能出来。从他那里，我也知道了耶路姆在巴黎的消息，我就放心多了。

这时，狱卒端着一只大盘子走了过来，里面放着一大块白色的大面包和一块凉牛肉。然后放下，声称那是审判官送给我们的礼物。

我想应该从来没有一个囚犯会受到像我们这么好的待遇。我高兴地吃着牛肉和面包，对监狱有了新的看法，监狱确实比我以前认为的要好。

马西亚也同意我的看法。他微笑道："在这里可以免费吃，又可以免费住，我们可算撞好运了。"

"可是，"我说，"要是于赛尔的兽医突然病倒了，那该怎么办？我们又没有更多的人证。"

"你可别吓唬我啊。我倒霉的时候，头脑一片空白，对任何事情都感到恐惧，我的脑子里容不下你这种奇怪的想法。"

囚室里的床铺，对我们这种长期风餐露宿的人来说，并不算太难受。

"我做了个梦，是关于奶牛的。"第二天早晨，马西亚起床后说。

"我也是这么梦的。"

八点钟的时候，监狱的大门打开了，于赛尔的兽医和法官走了过来。兽医亲自过来，就是为了救我们。

法官不但昨日盛情款待我们，而且今日还为我们颁发了一份加盖印章的通行许可证。

"这是你们俩的证件。有了此物，就可以到处走了。孩子们，前途顺利啊。"

说完他跟我们握了握手，那个兽医也给了我们一个拥抱。

我们被拖到这个村子里来时，实在太可怜了，但是现在却大摇大摆地离开了这个村子，我们把脑袋抬得高高的，拉着奶牛，用一种轻蔑的目光看着村子里的人然后向外面走去。

马西亚瞥了我一眼，说道："我唯一不高兴的就是这一点！我真希望能碰到昨天不分青红皂白就逮捕我们的那位警察。"

"有些人很糟糕，他们总是折磨那些可怜的人。"

由于有了昨天的教训，我们认为不能把奶牛松开，虽然我们的奶牛是温顺的，但是它并不很勇敢。

不久，我们就来到了我第一次和维塔利先生住过的那个村子。穿过一片荒原，翻过一座小山，便进入了沙凡侬山脉。

当我们经过彼奴曾经偷肉的店铺时，我突然想到了什么，对马西亚说道："我不是跟你说过，要去巴贝兰妈妈那里吃可丽饼吗？要吃法式可丽饼，不是要加点黄油、面粉、鸡蛋吗？"

"味道不错吧？"

"那是自然。我把它全吃了也不够尽兴呢！不过巴贝兰妈妈那里没有牛奶，也没有面粉和鸡蛋，我现在就把这些东西都买好，你看呢？"

"好啊。"

"好吧，你去拉住我们的牛吧，别松开手。我到这家商店里买一些黄油和面粉，然后到时候让巴贝兰妈妈从附近邻居那里借一些蛋好了。如果在这里买蛋的话，路上可能会摔坏的。"

我到商店去，买了一磅黄油、两磅面粉。

我们希望这头奶牛能走得慢一点，但是我们的心很紧张，步伐也越来越快。三公里，两公里，一公里，真是奇怪，距离巴贝兰妈妈的家越来越近了，回想起那日与妈妈分别时流下的泪水，又想到今天便要相见，我的心怦怦乱跳。

我一边跟马西亚说话，一边不时地掏出我的手表。

"我的家乡怎么样？"

"你们村子里连一棵树也没有。"

"那边，从这里过去，就是沙凡侬，有许多大树，有橡树，还有栗树。"

"板栗会长在这里吗？"

"那是自然。而且，在巴贝兰妈妈那里，有一棵梨树，我小时候经常坐在那棵树下。那梨有你脑袋那么大。"

我想，我把马西亚领进了一个奇妙的地方，那里没有什么邪恶的东西。至少对我来说，这是个好地方，我在这儿快乐成长，并且认识到世间最珍贵的爱。在这里我得到了生命中的第一段宝贵的记忆，这段记忆让我克服了离开家乡以后所经历的一切困难，我离这个村庄越来越近，那些快乐的记忆就越像火焰一样在我的胸膛里燃烧着，我感到一股淡淡的香气在我的周围弥漫开来。眼睛看到的，心里想的，没有一样是不快乐的。

马西亚听了我的描述，被迷住了。

"如果你到我的家乡来，我也可以给你看些好东西。"

"咱们是不是一起到卢卡去？不过在那之前先去找艾迪、丽莎、本杰明。"

"那你想要到卢卡去吗？"

"你跟我一起来了沙凡侬。我也要跟你一起到你妈妈和姐姐妹妹那里去。如果你的妹妹还小的话，我一定会把她带到我们身边来玩的。你的家人就是我的家人。"

"啊，谢谢你！"

马西亚眼泪汪汪，感动得说不出话来。

不一会儿，我们就走到了小山上，再往前走，就要到巴贝兰妈妈在沙凡侬的家了。曾经就是在这里，我请求维塔利老人允许我再看一眼我那将要远离的房子。

在我下面，我们看到了老房子的房顶，它们在树林里若隐若现，我吓了一跳。

"怎么回事？"

"嘿，我看见了。"

马西亚也到了跟前，他踮脚去看。我向他伸出手来：

"我的巴贝兰妈妈就住在那里，我还看到了我的梨树呢，我的花园。"

马西亚没有对这里的回忆，他当然不会感到很激动，他没有说出话来。

就在这时，一股炊烟从烟囱中冒了出来，在寂静的峡谷中飘荡着。

"妈妈回来了！"我大声喊道。

从树上刮来的风，把烟雾带到这里来，我想，这烟雾里有一种橡树的味道。我的眼泪立刻夺眶而出。我猛地从较高的地方跳下来，抱住马西亚，亲了他一口。

"赶紧的。"

马西亚说道："巴贝兰妈妈在这里，我们总不能吓到她吧？"

"怎么了？你带着奶牛进来，说它是被王子命令带进来的，她一定会很高兴，然后，她就会知道你是什么人，然后我就可以进来了。"

"最好再配上音乐！"

"嘿，别闹了。"

"我不会干那种蠢事。但是，王子的奶牛，理应伴随着悠扬的乐曲出场。这是很合理的事。"

我们绕过山顶，拐过巴贝兰妈妈家的拐角，一眼就看到了一个系着白色围巾的身影。不是别人，就是巴贝兰妈妈。她打开木门，出了家门，朝村子里走去。

我站住了，呆呆地看着她。

"巴贝兰妈妈出来了，我们得换一种惊喜。"

"你要不要喊她一声？"

我真的太想喊住她了，可我还是忍住了！因为我花了太长的时间想着要怎么给她惊喜，最终还是没喊出口。

我们来到了那扇我熟悉的大门前，就像我第一次进来时那样，我们打开了木门。

我很清楚巴贝兰妈妈每次出门都不会上锁，只要不锁上门，我们就可以轻松地进去。我们必须先把奶牛带到牛棚里。

我把奶牛拴在牛棚里，然后我们就开始往角落里搬干柴，这样做不会耽误太长时间，毕竟巴贝兰妈妈家里的干柴本来就不多。

做好以后，我对马西亚说："我像从前那样坐在炉火旁。你和卡彼先藏起来。等她看到我时，肯定会大吃一惊的。"

我坐在炉火旁的小凳子上，把头发朝衣服领子里塞了塞，尽量装成小时候的样子。

我可以从窗口看到那扇木门，因此，我不必害怕自己会被她吓一跳。

我默默地坐着，向房间的周围看了看。我感觉就像是回到了当初。所有的东西，都和以前一样。曾经被我打碎过的窗户还是原来的样子，只是已经显得很旧。

我很想摸摸这些东西，回忆一下以前的事情，可是却不知道巴贝兰妈妈什么时候回来，在那之前我不想离开这个座位。

过了几分钟，我看到一个系着白围巾的妇女，从栅栏后走出来，接着传来一扇木门被打开的响声。

"找个地方隐蔽一下。"我对马西亚说，自己又往后退了一步。

房门打开，妈妈走进来，看到炉火旁边站着一个人，她顿时问道："是谁？什么人？"

我没有说话，只是看着她。突然，她的手开始颤抖，嘴里还念念有词："啊！我没做梦吧？不过……"

我朝她走去，伸出双臂拥抱了她。

"妈妈！"

"太棒了！"

当我们松开彼此，擦去脸上的泪水时，已经过去了很久很久。

"如果不是我每天都在想念你，我可能都不认识你了。你的变化很大，比以前大了很多，也结实了不少。"妈妈一边抹眼泪一边说。

我喊了马西亚一声，叫他出来。

"妈妈，他叫马西亚，是我兄弟。"

就在这时，她忽然双眼一亮，说："啊！这么说，你碰到你亲生父母了？"

"没有，我和他是好朋友。还有，这位也是我最好的朋友，卡彼，跟你班主的妈妈打个招呼。"

卡彼也学着马西亚的样子，单拳抱胸，严肃地鞠了一躬。巴贝兰妈妈看了，笑得眼泪都出来了。

这时，马西亚并没有像我一样因为高兴而什么都不记得了，他立刻向我眨了眨眼睛，提醒我注意到奶牛。

我懂了这个暗示，装作若无其事的样子，对巴贝兰妈妈说道："妈，马西亚说，他想去参观我们的花园。"

"嗯。你也到花园里走走吧。我没改变过那里。我一直相信你还会回来的。"

"土豆呢？是不是很美味？妈妈。"

"当时意外地找到了土豆，我高兴了好久。我想，肯定是你在暗中种植的，因为你总是给我带来意外的喜悦。"

我想现在是时候让奶牛登场了。

"牛棚里后来有什么变化吗，妈妈？当牲口贩子拖着胡赛特走的时候，它用它的后腿撑着作为抵挡，就像妈妈不在的时候，我也被那样拖走了。"

"胡赛特走了之后，那里除了柴火什么也没有了。"

说话间，我们已经到了牛棚，巴贝兰妈妈为了让我看看牛棚内的情况，就打开了牛棚的大门。这时，我们那饥饿的奶牛发出一声哞叫，以为是谁要来喂它。

巴贝兰妈妈吓了一跳，连忙后退了几步，瞪大了双眼说道："哎呀，那是一头奶牛！那是一头奶牛！"

听到巴贝兰妈妈的惊呼，我和马西亚开心到了极点，我们再也忍不住了，欢快地又唱又跳。

"妈妈，我可不想两手空空地来找你，因为你对我这个被捡来的孩子这么好，我就想给你送一件有用的东西，最好是一头奶牛，代替胡赛特，我把我和马西亚的收入都花在了这奶牛身上。"

"啊，你真是个好孩子！"她把我搂得更紧了。

她开始细细观察我们的奶牛，然后点评。

每当她知道了一项这头牛的优点后，她都会发出一声满意的惊呼：

"真是一头好奶牛！"

忽然，她回过头来对我们说："这么说，你们是有钱人了？"

我没有回答，马西亚微笑着说："这两个有钱人，口袋里只剩下 1 法郎 20 生丁了。"

巴贝兰妈妈看了我们一眼，然后说道："真是两个可爱的小家伙！"

我很开心看到巴贝兰妈妈也喜欢马西亚。

在这个时候，奶牛发出了叫声。

"我想是该挤奶了吧，"马西亚说。

我走进屋子，想找到一只铁皮牛奶桶。这是我以前给胡赛特挤奶的时候用过的，现在我又看到了，它就在老位置上——尽管那头奶牛已经走了。

我首先往水桶中倒入一些洁净的水，然后清洗沾满尘土的牛奶桶。

看着那乳白色的牛奶，巴贝兰妈妈脸上露出了幸福之色。

"那它对我们家的帮助岂不是要超过胡赛特了？雷米。"

"嗯，它的牛奶也很好，"马西亚插嘴说，"有橘子味！"

巴贝兰妈妈听不懂马西亚的话。

"牛奶有橘子味是什么意思？"

"这是因为我生病的时候在一家医院里喝过一杯很好的牛奶。"

挤完了奶，解开了奶牛的绳子，让奶牛在院子里自由地走动，我们就进了屋。事实上，当我进屋之前就已经在桌子的正中间放了一些面包和黄油，因此，当她看到这些"令人惊讶的东西"的时候，她就忍不住要说些什么了。

"这是我们带来的，妈妈。"我对妈妈微笑着说，"马西亚和我都快饿死了——用它来做可丽饼，我们会很喜欢的。妈妈可曾想过？那次的'油腻的星期二'，妈妈说要给我做可丽饼，一切都准备好了，可耶路姆将所有的食物都拿走了，但现在我们已经没有必要担心这种事情了。"

"我说，耶路姆已到巴黎，你知道吗？"

"是的。"我点了点头。

"好吧，你知道他是为了什么而去的？"

"不知道。"

"这与你有关。"

"你在说什么？"我脸色一白。

妈妈似乎有什么事情想跟我说，可是她却不想当着马西亚的面说。

"妈，你想说什么就说什么吧。我不是跟你说过，马西亚是我兄弟吗？"

"妈妈，耶路姆爸爸不会这么快就赶回来的。"

"不用担心。他一时半会儿回不来了。"

"好吧，好吧。你先别急，跟我说说。"我松了口气，"快来做点吃的。今天没有人敢把我们的锅掀翻，这是属于我们的时间。有没有鸡蛋，妈妈？"

"没有鸡蛋，已经吃完了。"

"我怕我在半路上会打碎，就没有买鸡蛋来。你可以向邻居们借一些。"

巴贝兰妈妈脸上露出一丝尴尬之色，我这才意识到，她应该是欠了邻居们很多钱，一直没有还清。

我说："我会自己买的。我可以去商店买到它。"妈妈往锅里加了些牛奶，又让马西亚去劈柴。

我赶紧去商店，买了十几个蛋。

当我回到家的时候，面粉已经和好了，我要做的就是把鸡蛋敲下来。但是，由于我们太着急了，所以没有足够的时间来把它们混合好，不过，即使煮得不好，我们也不用担心饿肚子了。

巴贝兰妈妈还在不停地搅拌着手中的鸡蛋。

"雷米，你这么想念我，怎么现在才找我？我经常在心里想，雷米会不会已经死了。否则，总该给我一些消息吧？"

"我是想过写信的，但是我又想，妈妈不是一个人，你和爸爸一起生活，而爸爸用二十个法郎把我卖掉了。"

"雷米，你就别提以前的事了。"

"我不是在抱怨。只是想说我爸爸就这样出卖了我，如果我写一封信给你们，他就会发现我的住处，我担心他会再次出卖我，因此，我没有给你写信。"

"雷米，那个带你走的师父，是不是还活着？"

"哎呀！他去世了。师父去世的时候，我曾无数次落泪。前两年，我和巴黎郊区的善良的园丁一家住在一起，经历了一段艰难而幸福的时光。我想，如

果那时我给妈妈写一封信，你也许会来看我。但我害怕爸爸会到照顾我的人家里来要我的钱，所以，我不能这样做，于是，我就把这封信留了下来。"

"是吗？原来如此。"

"我从来没有给妈妈写过信，可是，不管我高兴还是难过时，我都没有忘记你。我一恢复了行动能力，就立刻想到妈妈这里来，只是，我当时没有办法给你买头牛，因此，我就和马西亚一起，花了许多时间，等赚够了钱、买了牛才来到这儿。像我们这样的孩子，是没有人肯把一枚硬币送给我们的，我们得一枚一枚地靠自己攒；在大街上走来走去，汗流浃背，忍受着饥渴。我们真是吃尽了苦头。不过，人越努力就越幸运，这句话说得好，

不是吗？马西亚。"

"对，每天晚上数着一天的收入，那就是我最快乐的时候了。"

"我不仅要把当天的所得加在一起，而且要把以前所有的积蓄都加在一起，一定要全部拿出来。"

"是吗？你们真是一对很好的朋友。"

巴贝兰妈妈一边说着，一边把手里的白糖和面粉混合在一起。马西亚把木柴劈成两半，放在炉子里，就生起了大火。我把碟子、叉子和茶杯放在桌上，又出去打了些水。

打完水，我就回到了炉子旁，巴贝兰妈妈正对着一口大锅，她用小刀的尖端蘸了点黄油扔到锅里，黄油很快就化了，还带着悦耳的响声。

"啊，你在唱歌，我来和你一起弹。"

马西亚立即拿出他的小提琴，然后缓慢地拉奏起来，和煎黄油的声音混合在一起。巴贝兰妈妈笑得前仰后合。

巴贝兰妈妈用铁勺舀了一勺面粉，然后把面粉倒入了锅中。她拿着平底锅的把手，巧妙地把它抬起来，一只可丽饼从锅里跳出来，几乎跳到房顶上，把马西亚吓了一跳。不过，也不用怕沾上灰尘，那块飞来的可丽饼，在空中打了个滚，然后安全无伤地掉进了锅里。

我把托盘递给他，那块又圆又平的可丽饼就被放进了托盘里。

第一个享用的人是马西亚，烫伤了他的手指，灼伤了他的嘴唇。不过，这已经不是他能够控制的了。

他一边往嘴里塞美食，一边叫道："啊，太美味了。"

第二块归我，我也像马西亚那样，不顾烫嘴，狼吞虎咽。

　　当马西亚再次伸出手来时，卡彼大叫一声，要求把它的那份食物给它。马西亚把饼丢了过去，巴贝兰妈妈却是一脸的疑惑，瞪大了眼睛看着我们。在这一点上，她也像那些农村人那样，认为狗是一种动物，而现在人要和它分享食物，这在她看来是很不合理的。然后，为了让她理解，我告诉她，卡彼是一条很通人性的狗，是一位可以帮助我们买到好奶牛的伙伴。还叫她也给它一块饼，就像她对我们做的那样。

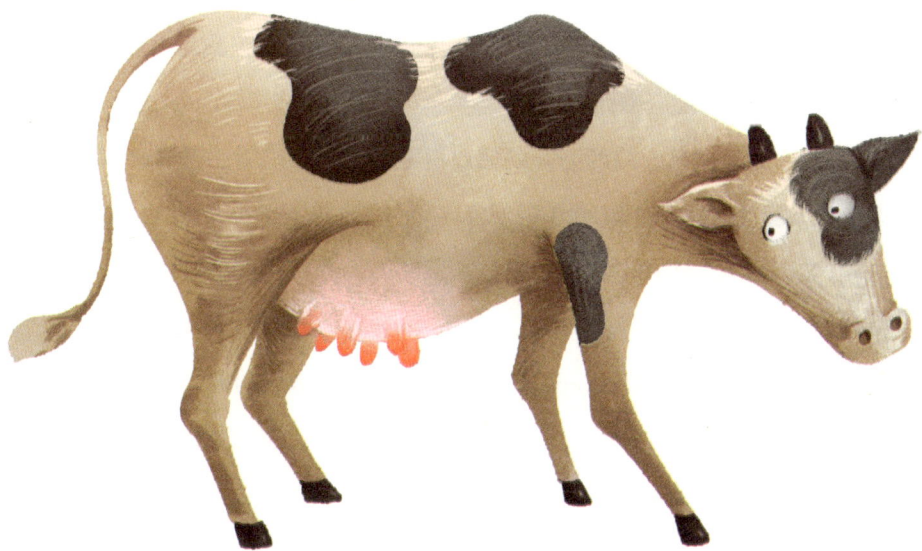

chapter
◆ 旧家庭和新家庭 ◆

有时候我们看巴贝兰妈妈没时间做饭，所以就自己动手帮她做饭。往锅里抹黄油，往里面撒点面粉，这当然没什么问题，但是你得先让可丽饼在空中打个滚，最后用锅托着，这可是个很厉害的戏法。有两次，我几乎把饼子摔到地上，还好被马西亚忍烫抓住了。

等饼做好了之后，马西亚就找借口说要去看那头奶牛，直接走到了院子里面，想要让巴贝兰妈妈和我单独说几句话。

其实，我刚才还在考虑要不要打听耶路姆为什么要去巴黎，可是一心扑在做饼上，竟忘了这件事。

我有一个想法，那就是耶路姆去巴黎一定是找维塔利老人，问他要多少年才能付清我的抚养费。如果真是那样的话，他对维塔利老人的死亡就无可奈何了。该不会来找我要钱吧？即便不是这样，那也是为了要我回家。他的目标很明显，就是为了钱，可以把我卖给任何人，或者是任何一个有钱的地方。如果他这么认为，那他不会如愿的，因为在他的手碰到我之前，我就已经打定主意，要离开法国，跟马西亚到意大利去了。不管是意大利，还是世界上的任何一个角落，我都可以去，反正是不能让耶路姆再把我当成商品处理了。

抱着这样的想法，我和巴贝兰妈妈说起话时，就更加谨慎了。我明白她对我的感情，可是我也明白，当她站在耶路姆的面前的时候，她就像一只被关在笼子里的耗子。如果我不小心说漏了嘴，耶路姆一定会逼她告诉他，让她说出我的下落。所以，我不能在她面前随意说话，只能像现在这么拘谨地跟她说话。

"妈妈，"我目送着马西亚离开屋子，说道："我们单独在一起了，妈妈，你能不能给我讲讲，爸爸去巴黎的原因？"

巴贝兰妈妈很严肃地说道："这是个好消息。"

好消息？我不明白。

她走到门前，向门外张望了一下，发现没有人，这才松了一口气，走到我跟前，微笑着对我说："你的家人好像在找你。"

"我的家人！"

"对，雷米，你的家人。"

"那我的家人呢？妈妈，作为一个被抛弃的孩子，我也有家人！"

"也许，你的家人并没有抛弃你。他们已经开始寻找你了！"

"到底是什么人在寻找我？妈妈，你快说啊。"

我说完这句话，就发疯似的大喊了一声。

"妈！他一定是在骗你！耶路姆要见我，那是不可能的。"

"耶路姆在寻找你，是受你家族之人所托。"

我觉得不要被耶路姆骗了，就告诉她："他肯定是要将我找出来，然后再出卖一次。既然如此，我就不会再让他发现我的下落了。"

"唉，瞧你说的！难道你以为，我会帮助耶路姆去害你不成？"

"他可能对你撒谎了。"

"你仔细地听着。你真是个傻孩子。如果你这么恐惧的话，等我把话说完，你就会明白的。让我来告诉你我所知的一切吧。大概一个月以前，有一天，我正在做饭，忽然有一位非常体面的绅士走进家里，他严肃地问道：'这就是耶路姆家吗？'于是耶路姆回答说，他就是耶路姆。那位绅士还问道：'你多年前是从巴黎伤员医院前面的街上捡到了一个孩子吗？'耶路姆就说，他曾经捡到过一个孩子。那位绅士马上就问那个孩子眼下在哪儿。"

耶路姆回答说："你问这个，是为了什么呢？"

我屏住了呼吸，等着巴贝兰妈妈继续说。

"你知道的，像我们在这儿谈话，在厨房里都能听到。我听到这事跟你有关，就把耳朵贴在墙壁上，免得被他们发现我在听。那位绅士说，好像这里还有别人。"

耶路姆回答说：'我太太在家。我们到外面去说。'于是，他们走了。准是到乡村酒馆去了。三四个小时以后，耶路姆独自一人返回。我有一种感觉，这位绅士就是你的爸爸，因此我等不及就去找耶路姆，问他说了些什么。但是他却什么也没说，只是说，那个绅士并不是你爸爸，只是奉了你家族的命令，前来寻你而已。别的他什么都没说。"

巴贝兰妈妈说什么，我就相信什么。

"我的家人在哪儿？我有没有爸爸？有没有妈妈？"

"我曾向耶路姆打听过，但他也说不清楚。只是对我说，他必须到巴黎去看你，把你买走的那个人留给了他一个住址。因此，他打算到那里去看看。第二天，他离开了自己的家。我还记得那个地方，巴黎唐人街有个叫喀尔的把戏师的房子。雷米，你要记得。唐人街，在巴黎。"

我插嘴道："妈妈，我对喀尔的房子非常了解。我想知道，耶路姆在巴黎的时候，你有收到过任何关于他的信吗？"

"没有，他肯定在拼命地寻找你。正如我所说，这位绅士把五十法郎交给了他，作为他的路费。我估计他一到巴黎就会收到那笔款子。我的意思是，你的爸爸和妈妈肯定都是有钱人，所以你曾经穿过丝绸。我不知道耶路姆为什么还没有消息，但是我一看到你回来，还以为你见到了你的爸爸和妈妈。而且，当你告诉我马西亚是你兄弟的时候，我还以为他真是你的兄弟呢。"

就在这个时候，马西亚经过了我们的门前，我把他叫了进来。

"兄弟，我爸妈正在找我！我真正的家人在找我呢！"

马西亚对这个惊人的新闻并没有像我这样激动，他好像没有理解我的喜悦一样。

我把刚才听到的事情跟他说了一遍。

这一夜，我几乎没怎么睡觉。我从小就习惯了在这张床上睡觉，没有哪里是比这里更让我怀念的了。蜷缩在被子里，我已经睡过那么多个美好的夜晚。在那些野外露宿的夜里，繁星点点又寒气逼人，我曾无数次地想到这张床。我必须感激上天，因为我还能睡在这张令人难忘的床上。

过了一会儿，由于白天的劳累，我很快就睡着了，但没过多久又清醒过来，此后再也不能入睡了。

"啊，我的家人！"

这个念头让我精神振奋，无论我睡觉还是醒来，都在想着这个念头。当我闭上双眼的时候，我仿佛看到了我的父母、我的兄弟姐妹。梦里出现的有马西亚、丽莎、巴贝兰妈妈、米利根夫人、亚瑟等，在梦里维塔利老人是我的爸爸。他还活着，而且变得很有钱，之前疑似被野狼咬死的彼奴和朵儿也都被他带回了家。

在短暂的几分钟里，我看到了过去几年里发生的一切。由于梦里每个人我都认识，所以我不能把这只看作是一场梦。当我醒来时，仿佛我已经跟那些人共同度过了一个晚上，我清楚地看到了他们，听到了他们的说话声，这一切都使我无法入睡。

当幻想的阴影变得暗淡的时候，幻想的满足就妨碍了我的睡眠。

毫无疑问，我们全家都在寻找我，但是我必须通过耶路姆，才能找到他们。这么一想，我的幸福，就少了许多。我对他打扰了我的快乐感到不快，可是我能怎么办？他对维塔利老人说，他能把我抚养成人，是为了一份丰厚的回报。我可没有忘了！

从他的说话里，任谁都可以看出，他当初收养我，并不是出于同情，而是看上了把我包裹起来的丝绸，这样等他把我带回到我的爸爸和妈妈那里去的时候可以卖个好价钱。但是，他的愿望并不是那么好完成的，他就将我出卖给了维塔利老人，直到今天，他终于达成了自己的目标，准备将我交给我的爸爸和妈妈。

这耶路姆与巴贝兰妈妈是多么不同！巴贝兰妈妈这么疼我，可不是为了那些破铜板！我也不清楚他到底有什么打算，只希望巴贝兰妈妈能够得到好处，却不愿意让耶路姆沾光。可是怎么也想不到办法，只好辗转反侧。当我想到有一天耶路姆把我送到我的爸爸和妈妈那里，得到他们的报酬，巴贝兰妈妈却无福得到，这让我很是失落。

至于耶路姆，我就不再去想了。不过以后我应该就是有钱人了，虽然短时间内不会实现。但我打定主意，以后一定要好好感谢巴贝兰妈妈。

现在，我要到耶路姆那里去。巴贝兰妈妈虽然知道他去了巴黎，但是却不知道到底在巴黎哪里。自从耶路姆到巴黎之后，妈妈再也没有和耶路姆联系过。不过，他过去常常在穆福达街上找廉价的小旅店，也许，我们可以到那些旅店去打听打听。

我们本以为可以在巴贝兰妈妈那里，安安静静地度过一段平静的生活，可惜命运就是不允许我们有长期的幸福。

原计划是从巴贝兰妈妈那里出来之后，我们就去艾斯南德那里看看艾迪。我认为，不管怎么说，我都要见一见她，她对我那么好，那么疼爱我，可惜在这种情况下，我没有时间先去看她了。

原计划见过艾迪后，便要前往图卢兹去访丽莎，向她汇报哥哥和妹妹的情况。难道也要和艾迪那样以后再看？为此我整晚都在烦心。有时候，我想，不管怎么说，我也不该这么绝情，必须去看艾迪。有时候，我会想着把这个计划留到以后。我应该第一时间赶到巴黎，好让我的父母早点放心。

我陷入了两难的境地，犹豫着。这一晚，本该是最幸福的一晚，却是以一种烦躁的方式度过的。

第二天早晨，当我们三个人围在火炉旁，煮牛奶的时候，我向他们请教昨天晚上没有想明白的问题。

巴贝兰妈妈说："你必须立刻动身去巴黎。你的爸爸妈妈正在寻你，你快快过去，让他们高兴高兴，这也是孝顺。"

她把这一点说得很动人，我认为她说得很有道理。

"好啦，我和马西亚立刻动身回巴黎。"

但是，马西亚对我的决定表示不满。

"马西亚，你不同意我们立刻动身前往巴黎？这是怎么回事？我妈妈已经把我应该到巴黎去的原因给我讲了，你为什么要这样呢？"

马西亚摇了摇头，避而不谈内心想法。

我坚持了很久，他终于说："我觉得，即使我们有了一个新的家，我们也不能忘记我们的老家。艾迪、阿莱克西、本杰明、丽莎，难道不是你以前的一家人吗？他们四个都是你的兄弟姐妹，他们对你那样好。即使你找到了一个新的家庭，你也别忘了，他们曾经把你扔在大街上。他们现在来找你，你却抛弃了原来这么好的家人，这也太残忍了吧？"

巴贝兰妈妈说："雷米的父母肯定没有把他丢掉。我想他们当时就在找他了。"

"这我就不清楚了，但是，丽莎的爸爸阿甘，把躺在家门口奄奄一息的雷米救活了。他们对待雷米如同家人一般，在他生病时为他找医生；阿莱克西、艾迪和丽莎对他的感情比对自己的兄弟还深，这一点我很清楚。因此，我想，那些关心他的人，要比雷米的家人更加可贵——尽管我不清楚他们是不是有意把孩子弄丢了。这件事应该不是那么容易就能忘记的。不管怎么说，阿甘并没有不把雷米当成自己的亲人，这么亲密的家庭，我觉得是很难得的……"

马西亚好像对我很生气，他没有看我的脸，也没有看巴贝兰妈妈，只是用颤抖的声音解释着。他的话让我很难过，但我并没有被他的指责激怒，也没有失去判断力。我不得不承认，马西亚的话是很合情理的。

"马西亚是对的。我还没有狠心到要忘掉艾迪和丽莎她们的地步，所以，我们还是最后到巴黎去好了。"

"没有人比得上自己的亲生父母。"巴贝兰妈妈说道。

我考虑了一下，还是选择了一个折中的方案。

"我们暂时不到艾迪那里，因为去艾斯南德要绕一大段路。不过，既然她识字，又会写，那我就把这件事写信告诉她吧。我们到达巴黎之前，可以到图卢兹。路程差不多，晚一点去巴黎，也不算什么。丽莎不识字，我这一段时间的漂泊，很大程度上都是为了她，因此我必须到那儿去，把阿莱克西的情况告诉她。要艾迪把回信也送到丽莎那里去。那岂不是更好？"

马西亚闻言，脸上露出一丝笑容，道："哦，那很好。"

我打定主意出发，就在出发之前给艾迪写了一封长长的信。

第二天，我们就在一种离别的气氛中分开了。但与维塔利老人拉着我的手走出家门时的处境已是天壤之别。我可以亲吻巴贝兰妈妈，然后我们就可以去见我的爸爸妈妈了。其实，昨天晚上，我就跟巴贝兰妈妈商量过，如果我要跟我的爸爸妈妈去的话，我该给她买些什么。那时她说："无论你富贵后送我什么，都不如你现在送我的这头奶牛好！"我们和奶牛都免不了要经历一番悲伤的分离。

不久，我们就像街上的流浪汉，把背包和乐器都扛在肩膀上，我们迈着沉重的步伐，仿佛被人从后面推动着，我们一边往巴黎前进，一边不由自主地加快了速度。

马西亚一声不吭地跟在我后面，然后告诉我，要是持续以这么快的速度前进，他很快就会累得走不动了。我停下来等着他，但我的速度就还是会不自觉加快。

马西亚带着一种厌烦的神气说道："你真是个急性子。"

"是啊，我很着急。不过，你也可以更着急一些，因为我的家人也是你的家人一样。"

马西亚忧愁地晃了晃脑袋。

"我们不是一家人吗？"

"我现在是你兄弟，将来也一样。但是——"

"但是什么？"

"但是，我并不是你爸爸妈妈的孩子。如果你有了真正的兄弟，那我就不是你的兄弟了。"

"如果我跟你一起回到你的家乡，我不能和你的妹妹做兄妹吗？"

"可以啊！"

"那你怎么就不能是我的兄弟呢？"

"这不一样。根本就不一样。"

"哪里不一样了？有什么区别？"

"我又不是你，生下来就被丝绸包裹。"

"丝绸怎么了？这算什么？"

"非常重要。你不也是这么想的吗？如果你进了有钱的亲生父母的家门，如果你是个有钱人家的孩子，你就永远也上不了我的家门了，因为我们是没有牛奶喝的可怜虫，如果你的爸爸妈妈真的是巴贝兰妈妈所说的那种有钱人，他们就会以一种居高临下的态度对待我们。我这个可怜的家伙，怎么可能接近他们呢？"

"其实我和你一样，都是个可怜虫。"

"今天还一样，明天你就会变成有钱人的儿子了。我明天也会像现在一样穷困潦倒。你的爸爸妈妈会让你上学，还会为你找一个师父。而我独自一人，直到死去，总是在路上游荡，思念着你。你是不是也会想我？"

"哎，马西亚，你这话是怎么说的？！"

"我说完了我的心里话。和你在一起我真的很幸福。我从来没有想过，我会有一天离开你，我以为我们会一直这样下去，直到今天。我们两个都很努力，希望我们都能在美丽的舞台上表演，我们永远在一起，永远在一起，这就是我的梦想。"

"以后还能这样啊！如果我爸妈很富有，他们就应该把你当成和我一样的亲生孩子。我们要一起上学，我们要彼此依靠，永远在一起生活。我是这么认为的，希望你也这么认为。"

"我明白你的意思。可是将来，我担心你有了爸爸妈妈后，他们就再也不放开你离开了，那时如何？"

"你仔细地听着。我的爸爸妈妈都很心疼我，因此他们在寻找我。既然心疼我，我提出来的条件，他们也没有拒绝的理由。我所要请求的，只是要告诉他们，当我还是个孤儿时，照顾我的那些人都是我生命中最最亲密的人，我要让他们都幸福。要帮助巴贝兰妈妈；要将阿甘从监狱中解救，并和艾迪、阿莱克西、本杰明、丽莎四个孩子团聚；我们会被一起送到学校。我觉得如果我爸妈真的富有，他们一定会很乐意帮我的！"

"我倒希望你的父母真的很穷。"

"你这个笨蛋。"

"可能是我太笨了吧。"

马西亚不再说话，对着卡彼喊了一句。

这时正是午餐时间，所以我们就在路边停了下来。马西亚把它搂在怀里，用一种商量的口吻说道："嘿，卡彼，你和我都希望雷米的父母是穷人吧？"

卡彼听到我的名字，满意地哼了一声，两条前腿放在了胸口。

"如果雷米的父母都很穷，那么，我们三个就可以继续过以前那样的日子了，想到哪儿就到哪儿去，不管是在英国，还是在意大利。另外，你要做的，就是讨好主人、讨好客人就可以了。"

"汪！汪！"

"如果他的父母是富翁，卡彼，你会被带到一个笼子里去，被锁在用铁栅栏围起来的院子里。这可不是我们经常用来拴在酒店的笼子上的绳子，而是一条很结实的锁链！但不管怎么说，锁链就是锁链。富人的狗不能进房子，得用链子拴着。"

我从巴贝兰妈妈那里得到有关亲生父母的消息之后，就一直沉溺在那种幸福的幻觉之中，马西亚并不像我那样高兴，而是希望我的爸爸妈妈都是贫穷的，当我看到这一幕的时候，感到很难过，但是我也可以理解，为什么他会有这样的悲伤。他并没有咒骂我的快乐。当我意识到这一切都是出于对我的深厚的友谊，以及对分离的恐惧，我就不能责备他了。而且，我还很高兴地发现，他是那么爱着我。

如果不是因为要在途中演出赚钱的话，我真想一步不停地赶路。但是我们必须在经过人多的村庄时停下来，在我的有钱家人分享他们的财富给我和我的朋友之前，村民们扔给我们的每一分钱都是珍贵的。

从沙凡侬到图卢兹一般用不了几天时间，但是我们必须在途经的几处地方停下来演出，这就耽搁了许多时间。

如果仅仅是为了谋生，我们也不必如此辛苦，但我们却另有目标。我还记得巴贝兰妈妈曾经对我说过，贫穷的人送出的礼物，要比富裕的人送出的礼物要珍贵得多，所以我要让丽莎像巴贝兰妈妈一样高兴。如果我有一天变得富有了，我也会和她分享，但那只是把我剩下的余财分出去而已，那是任何人都能做到的。我的心愿，就是用自己现在赚的血汗钱，送给丽莎一份"穷人的礼物"。

我把到图卢兹之前的积蓄用来给她买了一只漂亮的洋娃娃，价格不菲，不过幸运的是，它的价格还没有奶牛那么高。

当我们走在路上，走到岸边的树林里时，我看到有小船在平静的水面上被马匹拉着走，这使我想到了"天鹅号"上的幸福生活。我们就像一只驳船，在水道中航行。

那么，"天鹅号"后来究竟到了什么地方？

当我和马西亚向南进发的时候，每当经过运河，我总是想打听一下，有没有人看到过这样漂亮的船，到处都找不到他们的踪迹，也许是亚瑟的身体恢复了，他们回到英国去了。这是最合理的推测。每当我们沿着河岸走，看见一只由马匹拉着的小船在水中行驶时，我的心就怦怦直跳，因为也许这就是"天鹅号"。但每一次，"天鹅号"都不见踪迹。

这是秋季的一天，天很早就黑了。到达图卢兹的那一天，我们走得很快，走进村子的时候，已经是日落时分了，我们找了个地方住下。

要到丽莎的姑妈家，就得顺着运河往前走，卡特琳娜姑妈的老公负责管理船闸。

离丽莎住的地方越走越近，我的心跳就越快。屋子里好像生了一堆火，火苗映在窗户上，映在街道上。

　　当我走到姑妈家门口的时候，门和窗户都是紧闭着的，但是有一扇窗户可以让我们从外面看见里面的情况。我看见丽莎坐在窗户前面，她身边坐着卡特琳娜姑妈，一个看起来像是她姑父的男人，背对着我，正对着丽莎。

　　"很巧，他们在吃饭。"马西亚说。

　　我示意他别出声，然后把卡彼拉到身后，拿起竖琴，准备演奏。

　　"好吧，好吧。来一首良夜曲。"

　　"不，这次我一个人就够了。"

　　我开始弹唱那首那不勒斯歌谣。我一开口，她就能听出我是谁。

　　我一面说，一面向窗里望去，只见丽莎立刻抬头倾听，她的大眼睛里闪过一丝亮光。

　　是我在歌唱。

　　于是，丽莎便从座位上一跃而起，奔到了门外。我几乎还没有来得及把竖琴递给马西亚，她就把我搂在怀里了。

　　我们被请进了屋子。卡特琳娜姑妈亲了我一口，添了两套餐具摆在桌子上。

　　"姑姑，麻烦您再给我安排一张椅子吧，我带来了一位年轻的客人。"

　　说着，我小心翼翼地从盒子里掏出了洋娃娃，让她在丽莎旁边的椅子上坐下。丽莎当时闪耀的眼神，我永远也忘不了。

　　要不是我们急着要去巴黎，我们也许会在那儿待上很长一段时间。我和丽莎还有很多"话"要说。

　　丽莎是个幸运的人，她来到图卢兹后，姑妈和姑父对她都很好。卡特琳娜姑妈已经抚养了五个孩子，同时，她还像这里的很多其他妇女那样，到巴黎去做保姆补贴家用，她对丽莎就像对自己的女儿那样。

　　我和她说了分开之后的经历，也把我那富裕的家庭的事又重复说了一次，就像对马西亚说的那样。然后对她说，我会把阿甘从监狱中解救出来，以后让我们所有人都能过上快乐的生活，让她耐心地等着。

　　丽莎不是马西亚那种阅历丰富的人，她单纯地相信，世上没有比富人更快乐的人了。她明白，如果有钱的话，任何事情都能办到。因此，她并没有像马西亚那样沮丧，反而表示真的很希望我能成为一个富有的人。爸爸阿甘被关在监狱里，是因为他太穷了，如果他有足够的钱，他很快就会被放出来。没有什么是金钱办不到的。如果我可以成为一个大富翁，我和丽莎就不会再去想其他的东西了，不管我们谁成为富翁，对她来说都没有什么区别。我们俩都非常高兴。

　　我们不仅在运河边玩耍，有时还和马西亚、洋娃娃、卡彼一起，在树林和田野上漫步，玩得很开心。

　　傍晚的时候，我们在院子里放了一张小圆桌。当夜幕降临的时候，我和马西亚都在家里表演自己的才艺——唱歌。丽莎最喜欢听我唱那首那不勒斯民谣，睡觉前，她一定要我给她再唱一遍。

　　不得不向丽莎道别的时候终于还是到了。

　　我对她说："等我再来找你的时候，我会坐四轮马车来迎接你。"

　　丽莎完全信任我，一副耐心等候的样子。

chapter

◆ 耶 路 姆 的 行 踪 ◆

如果不是耽搁了这么些日子，那我肯定只要能挣到一天的干粮，都会尽可能快地赶赴巴黎了。

我们现在既不需要奶牛，也不需要洋娃娃。就算有了钱，也不用送给我爸爸妈妈。等我找到他们，我就可以得到许多钱了。

不过，马西亚并没有像我那样的想法。

"能赚钱就先赚钱吧。到了巴黎，还不一定能找到耶路姆呢。"

"没关系，就算上午没找到，下午也能找到。穆福达街并不算太大，要挨家挨户打听也不算麻烦。"

"如果不在穆福达街的话，怎么办？"

"那我也要找到他住在哪儿。"

"如果他找不到你，就会回到沙凡侬去，那就不好说了。所以你不如给他写封信，然后一直等着他的答复。这几天要是没有钱就没法吃饭了。巴黎是个什么样的地方，你一定很清楚。你还记得你和师父找马厩的那个晚上吗？"

"那是自然。"

"我也永远不会忘记，我是怎样在你的帮助下，不用在街头饿死的。我可不想在巴黎身无分文地饿死。"

"以后在我爸爸妈妈的家中，我们可以享受很多顿丰盛的大餐。"

"我可不想不吃午餐，只等着吃晚饭。要是晚饭没得吃，那可就糟糕了。所以一定要把早餐和午饭都准备好，就当作是要给你爸妈买头奶牛，我们必须多挣点钱备用。"

毫无疑问，这是一个明智的建议。只是，我再也不能像为了给巴贝兰妈妈买一头奶牛，或者给丽莎带一个美丽的娃娃那样热情地唱歌了。

"等你有钱的时候，你一定会变得很懒。"马西亚说。

很快，我们就接近巴黎了，来到了郊区的村庄，我和马西亚之前就是在这里的婚礼中首次合作的。当时的那对新人还记得我们，立刻又举行了一次舞会，并奖励了我们晚餐和床铺。

第二天，我们就动身去巴黎了。这次我们又回来，距上次正好隔了六个月加十四天。

天气比我们上次离开巴黎时更阴沉、更冷了，没有阳光，也没有花朵，只有秋天的雾气笼罩着群山。枯黄的叶子从树上掉下来。

四季并没有好坏之分。此时我们的心被欢乐填满了。当然，这么称呼我们，未必就是对的。我是两人中唯一快乐的人。

离巴黎越近，马西亚就越显得忧郁。他一言不发，继续往前走。

马西亚没有说出原因，但是我相信，他心里一定有一种错觉，以为我快要离开他了。我不愿意再用与之前同样的方式来安抚他，因为安抚的话我已经说过很多遍了，因此我没有说话。

我们到了巴黎的城市边缘，现在正是吃中饭的时候，离巴黎只有一步之遥了。于是，我们就在城堡的矮墙上坐下，把准备好的午餐拿了上来，马西亚一边吃着，一边说着他一直憋在心中的话：

"当我知道我们要到巴黎去的时候，你可知道我在想什么？"

"我不清楚。"

"我刚才想起了喀尔。我担心，也许他已经被释放了。我所知的只是喀尔被关了进去，可是我不知道他会被囚禁多久，这太可怕了。至于他有没有出狱，有没有被送回唐人街，就不得而知了。唐人街就在穆福达街的拐角处，如果我在穆福达街（不管怎么说，他是我的师父，也是我的叔叔）看到他，他会怎么样？一旦被他抓住，我就跑不掉了。我害怕他，正如你害怕耶路姆一样，一旦被他抓住，我就永远不能见到你，也不能回家看望我的妈妈和妹妹了。"

我被家里的事情弄得晕头转向，竟然忘了喀尔。马西亚的担忧，并非没有道理；如果被喀尔看到，就麻烦了。

"这可如何是好？你是不是很不愿意去巴黎？"

"也没那么夸张，我只是不愿意去穆福达街。"

"好吧，你别上穆福达街去，我们分头行动。不过，我们可以说好了下午七点在哪儿见面？"

我们约好七点在圣母院前见面，然后便动身前往巴黎城内。

我们一起走到意大利广场，马西亚把卡彼带走了，我感到非常伤心，好像害怕再也见不到他了。他把卡彼领去了植物园，而我则沿着穆福达街往前走。

这是我在过去的一个多月里，第一次没有马西亚在身边，也没有和卡彼一起，独自一人穿过巴黎的街道。一股酸涩涌上心头，让我有种想要落泪的感觉。可是，我不能流泪，因为我还要去寻找我的家人。

我听巴贝兰妈妈说，在那条街上，有两三个耶路姆可能去的地点，我都记了下来，然后抄在本子上带了来。不过，这只是一种心理安慰，因为我根本就不需要抄下来，这三个地点我都记得清清楚楚。

我在穆福达街上走进的第一家是一家餐馆。我打定主意要往里走，去打听耶路姆的事，我的嗓音微微发颤。

"您知道那个叫耶路姆的家伙是谁吗？"

"耶路姆，来自沙凡侬。"

"耶路姆，来自沙凡侬？他做什么工作？"

我给店老板讲了耶路姆过去是石匠，还给店老板描述了他的脸，他的脸就是我几年前印象中的样子。

"这儿没有这个人。我对他一点印象都没有。"

我对他说了声谢谢，就出去了，然后去下一家继续打听。这家人在卖水果的同时，还做出租屋子的生意。

我边往里走边问。

起初，我没有得到他们的答复。他和他的妻子都在忙碌着，男人拿着一把刀子，切着好像是菠菜的东西，而他的太太则在和客人讨价还价。他们谁也不理睬我。

我第三次发问时，才得到了回答。

"啊，对，就是那个叫耶路姆的人。那是四年前的事了。"那个男人回忆了起来。

"五六年了吧。他还欠我们一个星期的房租都没付，就跑掉了。在哪儿，那个人？后来再也没见到过了……"

　　这女人也想知道他在哪里。

　　我垂头丧气地离开了这家水果铺，心中的担忧更甚。如今，我们就剩下一个可能的地方没问了，如果耶路姆的住址还没有找到，我们该如何是好呢？还能去哪儿打听到他的住处？

　　最后一家和第一家一样，也是一家很小的餐馆。当我进入餐馆的时候，老板正在为一大群客人准备食物。

　　我问的时候，他正拿着一把大调羹给客人准备餐食。

　　"耶路姆？他已经走了。"

　　"在哪儿？"我用颤抖的声音问道。

　　"我也不知道他在哪里。"

　　我眼前一片模糊，一切都好像在旋转。

"怎么才能找到他？爷爷，您能不能给我讲讲？"

"这我可就不知道了。"

当我听到这些话的时候，脸色一定很难看，失望的心情一定反映到了我的脸上。有一个男人正在炉边吃饭，他对我说："你到底要找耶路姆做什么呢？"

我不能对他说实话，就说："我是从沙凡侬来的，他妻子让我转告他一些话。她跟我说，只要我来了，就能找到他……"

店主也对和我谈话的那个人说："你既然知道耶路姆的住处，就对这孩子说。他似乎并没有可能伤害耶路姆的意思……小家伙，你说是不是？"

"对，对。"

我的心里瞬间又有了希望。

"他可能在简达尔旅店，奥斯顿横街。后来我就再也没有见过他了，至少三个星期以前，他还在那儿。"

我向他们表示感谢。我想，奥斯顿横街就在奥斯顿桥附近，正好路过唐人街，所以我要打听一下喀尔的情况，好把这个情况告诉马西亚。

在那横街，我看到了我和维塔利老先生初次来这边时看到的那个老头儿，他把他那件破烂的衣服，悬挂在阴凉的庭院里。我问道："老伯，喀尔先生回来了没有？"

老人看了看我，没有说话，只是咳了一声。我想，我应该让他明白，我也了解喀尔，于是狡猾地说："他还在那儿？真没意思。"

"你说得对，是很没意思，不过日子还是一天天地过着。"

"不过里面哪有外面的时间快。"

老人放声大笑，但很快就变成了一阵令人毛骨悚然的咳嗽，我等着他咳嗽结束，问道："他还没到时间出来吗？"

"六个月后才出来呢。"

喀尔还要蹲半年的监狱。马西亚这半年也不用担心了，只要我向我爸爸妈妈求情，帮忙让喀尔跟他侄子断绝关系，那就好办了。

我离开了这儿，飞快地跑到奥斯顿横街去。我心中欢喜，对耶路姆也多了几分包容。

或许耶路姆并不像表面上看起来那么刻薄。虽然此前我从来没有想过这一点，但是，如果我没有被他带回家，也许我早就死了。巴贝兰妈妈将我抚养长大，可最开始救我的却是耶路姆，我对他不该有怨言。想到这里，我决定等见到了耶路姆，自己必须微笑以对。再往前走，马上就是奥斯顿横街了。

简达尔是一间破旧不堪的小旅店，是个耳朵不太好使的老妇人开的，她总是不停地摇头。

"这是沙凡侬的耶路姆住的地方吗？"

当我问她的时候，她把一只手放在耳朵后面，示意我靠近些。

"我不是很明白。"

"我为耶路姆而来！来自沙凡侬的耶路姆！我听说他就在这儿。"

但是，由于某种原因，那个老妇人并没有回答我，而是把双手伸到空中，把躺在她腿上的小猫吓了一跳，掉到地上去了。

"哎呀！啊！"她叹了口气。

她摇头的幅度更大了，看得我有点摸不着头脑。

"你就是那个小孩吗？"

"什么那个小孩？"

"他在寻找的那个小孩……"

听到这里，我的心像是被揪住了一样颤抖起来。

"那么耶路姆……？"

"不错，耶路姆已经死了……"

我感到头晕目眩，扶着我的竖琴停了下来。

"哎呀！耶路姆已经死了？"

我喊得很大声，甚至那个老妇人都听见了，我的喉咙好像要炸开了一样。

"对。八天之前，他就已经去世了，就在安特尼医院。"

我呆呆地站在那儿，就像一个失去了理智的人。耶路姆已经死了！之后我要怎么去找爸爸妈妈？！要怎么找？！

"这么说，你就是那个孩子了？耶路姆正在寻找的那个，说是要把那孩子还给他那富有的双亲。"

我打断了她的话，心里还存着一丝侥幸："老太太，你知道这件事完整的背景吗？"

"这是耶路姆告诉我的。他说，他十年前捡到的那个孩子的父母正在寻找那个孩子，如果能找到那个孩子，把他还给他们，他就可以赚一大笔钱，因此，他就到巴黎来了。"

"我的爸爸妈妈是不是也在巴黎？"我呼吸急促地问道。

"噢，原来你就是那个孩子！"

老妇人摇摇头，把我从头到脚看了又看。

可是我等不及让她把我细细地看一遍。

"老奶奶，您能不能跟我说说清楚？"

"噢，亲爱的……亲爱的少爷，我不知道别的了。"她严肃地说。

"耶路姆没有告诉您关于我的家族吗？您考虑一下再跟我说。您也知道，我是身不由己。"

老妇人没有回答，只是举起双手。

"嗯。一切都是命中注定的！"

就在这个时候，一个女仆模样的女人走了过来，她们两人说了几句话。

"真是造化弄人！这男孩，便是耶路姆口中的弃婴，哦，抱歉，他是耶路姆要找的男孩。耶路姆苦苦寻找却死了，他又回来了，真是奇妙的缘分。"

"老奶奶，耶路姆可曾提到过我的爸爸和妈妈？"

"他说了——说了至少二十遍。他们是有钱人。"

"他们住处在哪里？姓甚名谁？他没有说吗？"

"哎呀！那么……"老太太说，"这件事，他从来没有向任何人透露过。他以为自己能拿到一人笔钱。他可不是好惹的。"

唉，因为耶路姆的死亡，我的寻亲的线索也被断了。

啊，过去所有美好的梦想！心中所有的希望都在哪里？

"既然如此，老奶奶，耶路姆还能和谁说说话啊。"

"耶路姆绝对不会将自己的底牌都说出来。"

"我家人可曾寻到耶路姆？"

"没有。"

"耶路姆的好友，你清楚吗。跟我说说。"

"耶路姆根本就没有什么好友。"

我用双手捧着脸，我不知道现在该怎么办才好，我感到非常困惑，我站在那里，不知所措。

"少爷，耶路姆临死之前，我检查了一下他留在这儿的物品，并不是出于好奇，而是为了向他夫人通告他的死讯。我相信夫人一定会知道什么，讣告也就寄到了那里。"

"这么说，巴贝兰妈妈也得到了这个消息？"

我想了想，也没什么好问的了。她根本就帮不了我。耶路姆不会给别人透露任何有关他可能暴富的线索。

我没办法了，也顾不上感谢她，跌跌撞撞地往外走。

"往哪儿走？"

"我的同伴还在等着我呢。"

"你朋友就是巴黎的吗？"

"没有，我和我的朋友是从农村来的……"

"今晚住哪里？"

"我们还没有定下来。"

老太太立刻抓住了一个商机。

"那你就在我们家住下吧！我们有一些非常好、非常舒适的房间。这倒不是我自夸，而是我们一直都很诚信经营，客人们也都住得很安心。你最好别上那些坏旅店去。而且你的家人时间久了没有等到耶路姆的信，就会来看他，他们一定会来找你们的。过不了两三日，也许他们就会到，耶路姆的下落，只有我一人知晓。你留在这里就好，我没有骗你。少爷，你的亲人，只有我们这里可以联系到。我和你说话，也是看在能帮助少爷您的份上的……你朋友比你更大吗？"

"没有，他的年纪甚至更小。"

"喂，两位，巴黎是个残酷的城市，没有成年人照顾，没有人会注意到你们。再说，有些旅店很吵，或者经常有人进进出出，但在我们这儿，什么问题都没有，既安静又安全。"

如果我能马上找到我的爸爸和妈妈，就能立刻在市中心的高档酒店里住了；如果他们就在巴黎，我就可以直接住在一间很好的房间里，在那里躺着。现在，这两个选项的实现可能性都有些低了。

在简达尔旅店里住，也许是一笔很合算的买卖。我们必须考虑开支的问题。回想一下，我就明白了，那个劝说我从图卢兹到巴黎这段时间里不断挣钱的马西亚，他要比我更有智慧。如果我们口袋里没有几个法郎，那我们会怎么样呢？

我问老妇人："在这儿住的话我跟我的朋友要收几个钱？"

"一天两法郎吧。这么低的价格，简直就是亏本买卖啊……"

"那就多谢了。在这儿住。"

接下来就要去和马西亚会合了。离七点钟还早得很，所以，我就先到花园里去，在一个僻静的角落里坐了下来，我感到非常沮丧，连路都走不动了。

chapter

♦ 前往伦敦 ♦

　　我忽然被一脚踹进了绝望的深渊。我生下来就是要受罪吗？每当我伸出手来抓住一根援助我的棍子时，我抓住的那根棍子就会折断，让我摔在地上。

　　耶路姆去世的时候，我正要去找他。我怎么也找不到那个正在寻找我的人，而那个人肯定就是我的亲生爸爸！

　　我在一张树下的椅子上坐下，眼里噙着泪水，闷闷不乐地想事。这时，一对夫妇抱着一个小娃娃，牵着一辆玩具马车，在我旁边的椅子上坐下来。

　　他们一坐下，就喊出了孩子的名字，孩子离开了车子，向他的爸爸和妈妈走去。爸爸把他搂在怀里，在他毛茸茸的头发上亲了一口，我在这儿都能听见。然后他就把孩子递给妈妈，妈妈也在他的脑袋上亲了好几口。在他们亲吻的时候，那孩子咧着嘴，用他那肉嘟嘟的小手掌，轻轻地拍打着他们的脸颊。

　　当我看到别人的父母和孩子的幸福时，我的眼泪就流了下来。我从未感受过我的父母如此喜爱我。以后，我真的还能亲父母一口吗?！

　　我的眼睛里泛起泪光，我拿出竖琴，给那个孩子演奏了一曲。然后，那个小男孩用他的小脚丫打着节拍；没多久，他爸爸就过来给钱了。我礼貌地向他表示感谢，然后把他的双手推开，说道："不行，我当不起您的奖赏，我只是为了那美丽的孩子而弹奏的。"

那先生惊奇地、慈祥地望着我。正当这时，一位公园的警察走了过来，他说，如果我不立刻离开，他就会以破坏公园治安的名义把我带到警察局。他把我赶走了。

我默默地把竖琴扛在肩上，就走了。好几次我回过头的时候，都看到男人和他的妻子向我投以怜悯的目光。

我离开了花园，现在还不是去圣母院的时候，于是我就沿着塞纳河散步，看着流动的河水。

时间一分一秒过去，夜幕降临，街道上的煤气路灯，都亮了起来。然后，我就慢慢地走到了圣母院，只见塔楼耸立在傍晚的紫色天空中。

等了一会儿，马西亚还没有来，因为天还很亮。我觉得自己累得要命，好像是在路上跑得太久了，两条腿都像是木头做的一样。我碰巧看到了一条长椅，就匆匆地坐下，沉溺在悲伤中。我从来没有这么沮丧过。我觉得自己就像是一个迷路的人，孤零零地站在一片死寂的黑夜里。

我听着圣母院不时响起的钟声，把时间就这样打发过去了。马西亚那愉快的眼神和安慰的话，在这一刻对我来说，是很重要的！

大约快到七点钟，我听到了欢快的狗叫，我循声望去，只见黑暗中有一条白色小狗正朝我跑来。卡彼在我脚边跳来跳去，舔了我一下。我一把抱起它，亲了亲它的脸。

马西亚也到了，他远远地就问我："情况如何？"

"耶路姆已经死了！"

当他走近时，我用简短而急促的语言向他说明了我听到的情况。

马西亚真诚地向我表示了同情，我在悲痛中也有了一种说不出的安慰。我也明白，他是不会阻止我去寻找我爸爸妈妈的。

马西亚对我说了许多好话，特别是劝我别灰心。

"你的爸爸妈妈，都在等耶路姆的信，如果没有他的信，他们就不会安心，我们到简达尔旅店去吧。你为什么要沮丧？好事只是晚了几日来而已。"

安慰的话从马西亚的口中说出，充满了力量，充满了信服力。这只是时间上的延迟而已。没有什么好沮丧的。

我稍稍冷静下来，向马西亚讲述了我听到的有关喀尔的事情。

"好呀！还有足足六个月呢！"

马西亚尖叫着，在街上跳舞。他立刻停下了舞蹈，向我走来："你是因为没能找到家人而感到沮丧，而我是因为失去家人而感到快乐。"

"可是叔叔——喀尔这样的叔叔，还能算是一家人吗？如果你失去了妹妹，你还会不会跳得这么开心？"

"别胡说八道！别这么说，好吗？"

"你看那边！"

我们顺着小河向奥斯顿桥走去，在秋天的月光下，这条河是如此地迷人！

简达尔旅店也许是一家好的旅店，但它的肮脏和污秽却足以让你大吃一惊。老太太领我们参观的那间屋子，是一个小阁楼，里面空间很小，如果有一个人站立，另一个人就必须坐在床上。这真是一个很小的地方。我从来没有想过自己来到巴黎后，要睡在这么一间猪圈似的脏屋子里。床上还盖着一条褪色的、硬邦邦的被子。巴贝兰妈妈告诉我的，我的丝绸做的衣服，好像离我们还很遥远。临睡前的晚餐，只有一块意大利奶酪和一块面包。这和我想象中会在巴黎和马西亚所吃的丰盛大餐是完全不同的。

不过，未来并不是完全没有希望，耐心一点，以后总会好起来的。在我不情愿的情况下，我爬进了那床脏被。

第二天一早，我就写信向巴贝兰妈妈汇报了情况，并提出了一些安抚与建议。我请求她，如果有我的家人的信件，就往简达尔旅店寄过来，并且要仔细，别把我家的地址忘了写给我。

在写完这封信之后，另一项令人痛苦的任务必须完成。我要到监狱去见丽莎的爸爸阿甘。当我在图卢兹看丽莎的时候，我答应过她，等我到巴黎一见到我那富有的爸爸和妈妈，我就去把阿甘救出来。可现在，我必须得空着手来见他了！

但一想起我要把艾迪、阿莱克西和丽莎的消息带给他，我还是感到很高兴，于是，我就打定主意，要立即到克里希监狱去。

马西亚也说要到监牢里看一看，于是我就把他也带上了。

这一回，他已不必像前日那样，在牢门前来回踱步。我去请求守门的士兵，让他放我们进去。然后我们在会客室里等了一会儿就见到了阿甘，"你来找我啦！"他把我搂在怀里，吻了我一下。

我向他说明了阿莱克西和丽莎的情况，并解释了为什么我还没有见到艾迪，但他打断了我的话："你找到你的亲生爸爸妈妈了吗？"

"噢，这么说，阿甘爸爸已经知道了？"

阿甘对我说，耶路姆是在两星期以前来见他的。

"耶路姆已经死了。"

"啥？耶路姆在见到你之前已经去世了？"

阿甘也将耶路姆与他会面的经过说了一遍。耶路姆按照维塔利老人提供的地点，找到了唐人街的喀尔家。不过当时喀尔还在大牢里，于是他就去监狱里寻找，结果得知维塔利老人死了，而我则住在园丁阿甘的家中。于是，他立即打听到阿甘被关在克里希的牢房里，因此，他就到了阿甘这里。

阿甘对耶路姆说，我现在已经在法国各地演出了；他也许找不到我的下落，但早晚有一天，我会到他的孩子们中间去的。耶路姆又请阿甘给图卢兹、瓦尔斯、艾斯南德各地的孩子写一封信。我想，我一走，那封信就送到图卢兹去了。

我问道："耶路姆提到过我的家人吗？"

"他并没有告诉我更多的细节，只是说，你的爸爸和妈妈后来到了医院去打听到，在一个月的某一天，一个在医院门口失踪的孩子，被石匠耶路姆拾走了，他就找到了耶路姆，于是耶路姆就来见你了。"

"他有没有告诉你，我爸妈是谁？有没有告诉在哪里？"

"我向他打听过，但他只是说以后会有机会知道的，什么都不愿意多说。我明白，他是想独吞那笔酬金，我并没有强迫他说出来。他以为我当了你两年的爸爸，也试图从中得到一些好处，但我生气了，就把他赶走了。谁能想到，他会这么快死去，而他的贪婪，却使你离父母如此之远。你运气也太不好了。"

我对他说，没有什么好沮丧的，这只是一个迟早的事，这时，阿甘说："你们当然可以重逢。你的双亲必能寻到耶路姆，耶路姆必能寻到我与喀尔，其他人必会到简达尔旅店寻你。你再等等吧。"

这话给了我勇气，让我精神振奋。我讲到这里，把我在路上所发生的一切都讲给他听，包括丽莎、阿莱克西，以及我被困在矿洞里的经过。

阿甘听后大吃一惊，说道："这是一种多么可怕的工作！阿莱克西真是太不幸了，我想到我们以前种紫罗兰的时候，他有多高兴啊！"

"很快一切都会好起来的。"

"雷米，那该多好。"

我很想说，如果我一见到我的爸爸和妈妈，我就会请求他们把阿甘救出来，但这种愿望不能随便说出来，因为我已经从失败中吸取了教训。

我带着马西亚离开了监牢，他对我说："我们总不能空着肚子等着你爸妈来吧，既然今天有个好天气，为什么我们不在回住处前先挣点钱呢？巴黎对我来说就是家，我很清楚哪里能赚钱。"

我只好接受他的想法。马西亚确实懂得如何挣钱，从上一次的经历中，我可以肯定，我们两个人一起去挣钱是很有前途的，因为我们对这件事很拿手，再加上天气很好，我们在马西亚的指挥下卖艺演出，回到旅店时，口袋里有五法郎以上的钞票，这真是一笔意外的横财。

第二天，我又被他拖着去表演，挣了四法郎左右。正巧，现在到处都在举办节庆活动，正好可以大赚一笔。

马西亚欣喜若狂，"就算没有你爸妈的帮助，我们也很快就能成为有钱人了。没有什么事是比靠自己赚钱更好的了。"

在简达尔旅店的三天，我天天向那个老妇人提出同样的问题，她的回答永远都是一样的："耶路姆今天有什么人来找吗？""没有任何消息。"但是，到了第四天早晨，老奶奶却换了一种说法："我要把这份礼物送给少爷。"她把一张纸递给我。

巴贝兰妈妈寄来了一封信。她不识字，所以，这封信一定是别人代写的。

信上说巴贝兰妈妈在接到我的消息之前，就已经接到了耶路姆的死讯。就在这丧讯发出的日子，耶路姆写的一封书信也到了。那是一份有关我家庭的文件，也许对我来说是很重要的，因此，这封信也一并送来了。信封里有耶路姆的信。

"快点，让我看看你的信。"马西亚说。

我的心怦怦直跳，我颤抖着手，展开耶路姆的书信。里面是这样写的：

"我在安特尼医院，生命危在旦夕，这辈子都不会再见到你了。我简直无力再给你写信了，因此无法把我生病的原因讲给你听。但我说了也没用，我现在要做的，就是在我死前，把最重要的事情说出来。如果我去世的话，请给伦敦的克玛达律师事务所写信。那个叫克玛达的人，就是雷米父母的律师。你给他写信，说只有你才知道雷米的下落。你现在要做的，就是设法得到更多的谢礼。有了这些钱，你就可以舒舒服服地生活下去了。还有一张纸条，是关于目前被关在巴黎克里希监狱的一个园丁，名叫阿甘，他很快就会把雷米的事告诉你的。不过，我要严肃地请求你，这封信必须由教会的牧师来写，而不是由任何其他的人来写。如果你让其他人知道了，就会倒大霉的。在没有听到我的死讯之前，不要轻举妄动。再见！永别了！"

当我们读到这段话的时候，马西亚突然站了起来，说道："去伦敦！"

我一时搞不清状况，感到非常惊讶，以致我听不清马西亚的话。

马西亚继续说道："你的爸爸和妈妈一定都是英国人，因为他们是在伦敦拜托律师找你。"

"但是……"

"你是不是不想当英国人？"

"如果我是一个英国人，那么我就会像亚瑟他们一样了。"

"你准是个英国人。如果你的爸爸和妈妈都是法国人，为什么他们要拜托伦敦的律所来寻找你，而你却生活在法国？毫无疑问，你是个英国人，你一定要去英国的。另外，要想找到你的家人，这也是目前唯一的路。"

"给伦敦的那个律所写一封信吧。"

"事到如今，你还在犹豫？你不急着去见你父母吗？你可以亲自去见他们，这可比写信容易多了，你很快就会知道真相的。"

"这倒也是……"

"去伦敦是没有什么困难的。我们在巴黎的时候，身上还带着七法郎，头一天赚了五法郎，第二天赚了四法郎，昨天赚了五法郎，一共二十一法郎，只花了三法郎，还剩十八法郎。有了这笔钱，我们在伦敦吃饭是没问题了。"

"你对伦敦还不了解吧？"

"对，我对伦敦一点也不了解，不过，我以前在马戏团里待过两年，有两个小丑就是英国人。他们给我讲过伦敦的事，还教会我讲英语。为了不让老板听懂我们在说些什么，我们经常用英语交谈。我会把你送回伦敦的。"

"我的英语也是跟维塔利先生一起学会的。"

"距离你学习的时间太长了，估计早就忘了。可直到现在，我还能说，我可以给你当翻译。再说，我上伦敦去，可不仅仅是为了给你当翻译。其实，我这么做，也是有原因的。"

"你说。"

"如果你的爸爸妈妈在巴黎找到了你，他们当然不会把我带去英国，可是，如果我跟你回到英国，他们也许会不好意思把我赶走了吧。"

马西亚对我的爸爸妈妈会否在欢迎我的同时也接纳他产生了怀疑，这种想法可能会引起我的反感，但是，这是可能发生的，因此，我也理解他。

"好了，我们立刻动身去伦敦。"

"真的吗？"

我们在几分钟之内，收拾了一下东西，然后下楼。

"少爷，你要走了吗？这么说，你不在这儿等着你爸妈了？如果你爸爸和妈妈看到了我们对你的照顾，他们一定会很高兴的……"

我刚要离开，老太太又对我说："把你之后准备去的地方写给我，也许有人会来找你。"

这样做很有意义，于是我把我要去的地方，克玛达律师事务所的住址记在本子上。

"你要去伦敦！两个孩子要渡海到伦敦去了！"

我们打算到布洛涅去坐船。不过，在走出巴黎前，要先向阿甘告别，于是立即动身前往克里希的牢房。阿甘非常高兴，因为我很快就会找到我的家人，他还为我们的出发而感到高兴。我对他说，等我的爸爸妈妈和我一起回法国，我要感谢他。阿甘回答说："好，我们很快就会见面的。愿你一切都好。如果你有什么需要我的，请你写信告诉我。"

"我会的。"

当天我们为了省钱，找了个农家住了下来。

在从巴黎到布洛涅的这段时间里，我一直在努力地学习英语，我很高兴，同时也很担心。我的爸爸妈妈会说法语和意大利语吗？如果他们只会讲英语，而我英语不好，那就麻烦了。如果我有兄弟姐妹，那么，我该怎样向他们打招呼？如果语言不能交流，我们该怎么拉近距离？自从离开沙凡侬之后，我就一直在预想着各种各样可能发生的情况，但是直到现在，我才想到，我会因为语言能力的局限，而变得无能为力。如果早知有今日，我一定会每天都多学一点英语，但现在，我后悔也来不及了。

我们由巴黎步行至布洛涅，总共花了八天时间。因为我们得在途经的主要的大城市停下来表演赚钱，然后才有路费去伦敦。

开往伦敦的轮船定在第二天早晨四点钟起锚，我们在那儿等着，一直等到凌晨三点多，才在黎明前登上大船。我们在船上堆放着许多木箱的空地上躲避凛冽的北风，看着他们拉起风帆。

滑轮、卸货、水手的说话声，混杂在一起。过了一会儿，随着一声刺耳的哨音，所有的一切都安静下来了——到扬帆起航的时间了。它将驶向我的家乡。

我之前已经对马西亚说过很多次了，没有什么体验是比坐在一艘船里更舒适的了，当你意识到它在水面上航行的时候，那种快乐是无法用言语来形容的。每天我都会回忆起坐"天鹅号"航行水上时那种愉快的心情。可是，当我们在海上航行的时候，感觉却一点也不像在运河上时那样。

刚一驶离码头，在茫茫大海里，轮船就像个软木塞子，摇摇晃晃，在波涛中上下颠簸。

最让马西亚生气的事是，我居然没有晕船，而他晕了。

马西亚自从昨天看到大海以后，就说它是一片黄不黄绿不绿冰冰的水域，他否认了我关于海洋是如何美丽的看法。而现在，他又遇到了这样的事情，只能默默地坐在那里。过了一会儿，马西亚忽然起身，把我吓了一跳。我问："什么事？"

"我的头好痛。"

"你是不是在晕船？"

马西亚跌跌撞撞地朝船舷那边跑去。

我把他扶起来，让他靠在我的手臂上。他有气无力，对着海洋挥舞着他的拳头："英国的大海就是这么可怕。没良心的英国人！"

太阳已经升起，但是水汽仍然很浓，天色阴沉。很快，英国的海滨就出现在眼前，再往前走，到处都是大船，我们的船并没有太多的摇晃，缓缓地朝运河里驶去。两岸远处的树木，忽隐忽现。船正在泰晤士河入海口处航行。

"你看，我们现在到了英国。"我对马西亚说，可是他并没有注意到这个令人高兴的消息，仍然躺在甲板上，说道："好了，让我多睡一会儿。"

我在船上的时候，并没有感到头晕，也并不想睡觉。于是，我叫马西亚休息一下，自己趴在船舷上，把卡彼夹在双膝之间，欣赏风景。

船到了岸边，马西亚头疼欲裂，站起身来。不一会儿，我们就顺顺利利地到了伦敦市区。也许是由于我们身上穿着的衣服与周边路人不同，街上的行人都用一种奇怪的眼光看着我们。可是，没有人搭理我们。

"在这儿，"我对马西亚说，"你可以用英语了。"

他毫不怀疑自己说英语的本领，他向那个长着红色胡须的胖子走去，摘下帽子行了个礼，开口向他问路。

他们的对话持续了很久。我觉得并不需要问这么长时间。那个胖子好像让他说了好几遍同样的话。

过了一会儿，那个人好像终于听懂了，马西亚带着答案回来对我说："搞定了，沿着这条泰晤士河一直往前走。"

但是，伦敦和巴黎不同，它没有沿岸公路，在泰晤士河的沿岸是没有路的。河边全是房子。我们边走边问路。

这条路又黑又脏，来往看到的都是大车、提包和各种箱子，要想从这些地方过去，可不是一件容易的事。我一路跟着马西亚走。现在还只是下午一点多，但是各家的铺子里，却都亮起了灯。烟尘弥漫在街道上。

这是我第一次见到伦敦的样子，一点也不高兴。

我们不断地沿路打听，离格林广场还有多远。

按照马西亚的说法，我们要一直走到一个跨街的什么门那里。我起初怀疑没有这样的地方，后来发现马西亚说的是真的。我们真的经过了一个大拱廊。

就在我们以为自己迷路的时候，我们来到了一片墓园。这里有许多坟墓，墓碑都是黑的，就好像是被煤灰或者鞋子上的油染成的黑色。格林广场就是这里了。

我暂时停下脚步，不让自己的心脏跳动得太剧烈。我的呼吸已经急促起来，我的身子也在颤抖。

我跟在马西亚后面，来到一座房子前面，房子的门前挂着一块铜牌，上面刻着"克玛达律师事务所"的字样。

马西亚就要去拉铃，我赶紧拦住他。马西亚惊讶，说道："你干吗拦着我？啊，你的脸色真苍白！"

"不，不，让我冷静一下，好了，好了。"

马西亚拉响了门铃。看门人给我们开门，我们就进来了。

我的心怦怦直跳，没有仔细观察我所处的环境。屋子里好像点了许多煤油灯，两三个办事员在灯光下低头写着什么。

马西亚用英语和其中一个人说话。马西亚说了些什么，我多数听不懂，好在有几个词我听得懂："孩子""家族"和"耶路姆"。我想，他一定是要告诉他们，我就是他们这儿托耶路姆要找的那个孩子。

耶路姆这个名字，好像一下子就把来意解释清楚了，办事员们停下手中的工作，看着我们。那个同马西亚谈话的办事员，也起身对我们作了个指示，让我们跟着他走，他把门打开，放我们进屋。

房间里摆满了书，一位先生正坐在一张桌子旁边，一位头上戴着假发，穿着一身黑色长袍，手里拿着许多本蓝色卷宗的先生在和他聊天。

书记简单地将我们来访的理由说明了，那两位绅士从头到脚打量了我们一会儿，"谁是由耶路姆养大的呢？"这是用法语问我们的。

由于他讲法语，我放心地上前一步，说道："我就是那个人。"

"那个叫耶路姆的家伙呢？"

"他死了。"

先生们面面相觑。那位戴着假发的先生又和我谈了一会儿，便拿着卷宗离开了。

"好吧，您是怎么到这儿来的？"剩下的先生漫不经心地问道。

"从巴黎走到布洛涅，然后乘轮船从布洛涅到伦敦来的。"

我尽量用简短的语言把我们这次旅程从头到尾讲了一遍。我一面忙于讲述自己的经历，一面急切地想了解我的亲生父母家庭情况。

那位先生一面在本子上写写画画，一面倾听我讲话。他的声音像他的面容那样冷漠，脸上没有一丝温柔，他的笑容里隐藏着一层虚假的阴影。

◆前往伦敦◆

"好吧，那个孩子是什么人？"那位先生说着，把他的钢笔指向马西亚，就像用弓箭瞄准马西亚那样。

"他是我最好的朋友，最好的搭档。"

"哦，你们是不是在街上流浪的时候认识的。"

"他是我真正的朋友。"

"啊，这样吗？"那先生冷冷地回应。

我想，现在是我提问的好时机。

"我想打听一下，我的家人在英国吗？"

"对，至少目前是在伦敦。"

"这么说，我可以立刻看到他们了？"

"是的，我这就派人把你们送过去。"

先生一面拉响电铃，一面说。

"等等，我还想知道更多的事情。"

"你除了父母，还有兄弟和姐妹呢。"

"啊！"我惊叫起来，瞪大了双眼。我回头看了马西亚一眼，眼泪都快掉下来了。

就在这个时候，门打开了，办事员走进了房间，先生好像给他下了一个指令，要送我们回家。

"我差点忘了告诉你，你姓德里斯科尔。"

我不喜欢他这个人冷漠狡猾的样子。可是当听到他说起我的家人时，我高兴得真想抱住他。

领我们走的是一个身材矮小、满脸皱纹的人。当我们从屋里出来的时候，他穿着一件脏兮兮的滑稽衣服，头上戴着一顶老式的帽子，系着一条白色的领结，他不停地活动着他的手腕，走起路来晃晃悠悠，就好像要把他那双破旧的鞋子甩出去一样，然后，他的鼻子对着天空，用力地呼吸着弥漫在空气中的雾气。

马西亚用意大利语说："我闻到了一股难闻的金鸡纳膏的味道。"

办事员盯着我们，一言不发地哼了几声。我们明白这是在指示我们跟上他，于是我们紧跟在他后面。

我们来到了一条街上，那里有许多马车。办事员雇了一辆大马车，这是一种与巴黎的车很不相同的大车，车夫笔直地站在一个没有靠背的板子上，整个人显得比车厢的顶盖高许多。带着我们的办事员和车夫的谈话没完没了：有几次，我听他们提到了贝斯纳尔·格林，我想，这一定是我们一家人的住处。当我知道英语中"格林"的含义是绿色的时候，我想，我们要到的这个地方，肯定是一个长满了漂亮树的地方，一个有舒适生活的地方，它与伦敦的那些阴暗肮脏的、到处都是灰尘的建筑物相比，应当是两个世界。

两人的对话持续了许久。马车夫好像不知道贝斯纳尔·格林这个地方。我和马西亚坐在一起，把卡彼放在腋下，静静地听着他们说话。在我心里，一个伦敦的马车夫，怎么会不知道贝斯纳尔·格林这样一个漂亮的地方，世界上到底还有多少怪事呢？再说了，我们所经过的地方都是黑烟蒙天，伦敦怎么可能会有几处绿色呢？

片刻之后，马车夫终于像是明白了什么，对着马又是一鞭子抽了过去。我们沿着一条又一条的街道飞快地跑着。所有的一切都笼罩在一片浓雾之中，使我们看不清路上的情况。特别是当冷空气与大雾混合在一起的时候，我们感到很难受。

不过，"我们"这个词，只对我跟马西亚而言，对我们的办事员来说，他似乎并没有什么特别的感觉，只见他张开嘴，大口大口地呼吸，好像要把他的肺灌满似的，不时地活动一下手指，活动一下腿。这个人看起来已经像这样坐了很多年了，甚至连气都没有喘一口。

从律所出发，我们已经走了很长一段路，但是还没有看见我的亲生父母，我想，他们一定是住在乡间。我想，这辆马车很快就会从这些污秽不堪的街道上驶到更舒适的乡间去。

但是，他们并没有往乡间去，而是沿着一条更窄的路往前开。我有些担心，就让马西亚问一下办事员，看看还有多久才能到。马西亚的答复一点也不让我高兴。他说，这个办事员说，他从来没有去过这种小偷聚集的住处，因此，他自己也不清楚。我认为马西亚肯定弄错了，不然就是没听懂办事员的话。

但是，马西亚硬说他没有听错，办事员用了"thieves"这个词，这个词和法语中的"voleurs"是一样的，都是用来形容小偷的。我吃了一惊，但很快我就意识到，这一定是办事员说的，这条小路很偏僻，是很可能有小偷聚集的。我把这事对马西亚说了，马西亚也赞同了，于是我们都暗笑那个办事员是胆小鬼。一个不怎么走出城市的人，就是无知！

没想到这辆马车从来没有去过乡村。我想，英国是不是由伦敦的石头和泥浆组成的城市？泥浆在车厢里飞溅，特别是在泥浆漩涡里，溅在我们脸上。我们早就感觉到空气中弥漫着一股说不出的臭味。这就是最糟糕的地方，说明我们正在伦敦。也许，这是通往贝斯纳尔·格林的唯一道路，穿过这里，就会进入广袤的乡村。

赶车的人不知道要到什么地方去。最后，他停下了马车，和我们的办事员交涉起来。我想他们仍然在争吵。我问马西亚他们在说些什么，马西亚对我说，马车夫不认识这条路，不肯走，如果有人给他指路，他就会知道该到哪里去。但是办事员告诉他，他从来没有到过这种贼窝，他也不知道该怎么走，就让马车夫向过路的人打听一下，让他按照约定的地点开过去。"thieves"这个词，这次我也听到了。

这里不是贝斯纳尔·格林。

车夫和办事员之间的争吵越来越激烈，最后，办事员把车费付给了车夫，然后从车上跳了下来，示意要我们也下去。

我们先进到一家豪华的酒店问路，然后走出去，小心翼翼地跟在办事员后面，生怕跟不上。

这一次，道路变得更窄了，虽然有雾气，但是两边的建筑，已是清晰可见。这些房子前面都有一根绳索，上面悬挂着一些衣物和碎布片。

我们究竟要上哪儿去？！这让我很是担忧。马西亚好像知道我在想什么，他不时地看着我，但是什么也不说。

穿过了几条小巷之后，街道两旁的房屋就更加破旧了。即便是法国最脏的街道，也从来没有像这么脏的。周围与其说是房屋，不如说是一座座堆放杂物的小木屋。如果里面听不到妇女或儿童的声音，根本就不会让人认为这是一所住宅。妇女们脸色惨白；至于那些孩子，则是光着身子，只用一条布条绑在身上遮羞。街道上，一群猪正在街道上搅动着泥泞，一股难闻的气味扑鼻而来。

办事员突然停了下来，应该是迷路了。这时，一个警察从身边经过，他们开始谈话。那个警察在前面带路，我们默不作声地跟在他们后面。

穿过了许多曲折的街道和交叉路口，我们来到了一片空地上，那个警察停下来，对大家说："我们到了。"

警察为何在这儿停下来？"贝斯纳尔·格林"不应该在这里啊。难道我的爸爸和妈妈就住在这里吗？

我还在纳闷，这时，那个警察已经走到了广场对面的一所用木头砌成的小屋的门口敲门。办事员对警察道了谢，送他离开。我们是不是到了？！

马西亚紧紧地抓住我的胳膊，我也抓住了他的。我们能互相理解，我的心就像马西亚的心一样烦闷。

我脑子里一片混沌，一时想不起来那扇门是怎么打开的。不管怎么说，当我们进入这个空荡荡的屋子里时，我第一眼只看见一盏油灯，地上的炉子里烧着木柴，还有几个模糊的人影。

炉火前面坐着一个老头，他的头发是白色的，头上扎着一条黑色的头巾。他一动不动地坐在柳条椅上。在他的面前，是一男一女两个人。那男子年约四十岁，身穿一件灰丝绒衣裳，很精明的样子，有着冷酷无情的脸。那个女人大约比他年轻五六岁，一头亚麻色的金发披在一条黑白相间的大围巾上。房中除了他们三人，还有两男两女四个孩子，都有和女人一样的发色，男孩看着十一二岁，女孩最小的也不过三岁，正在地上学走路。

办事员和这家里的男人说了些什么，我听不见，也听不懂。当他们说完话后，所有的目光都集中在我

和马西亚的脸上，仿佛他们是一致的。就连那个一动不动的老头儿，也在看着我们。唯一被卡彼吸引的，就是那个年纪最小的女孩。

"谁是雷米？"男人用一口地道的法语问道。

我说："我。"

"你就是雷米啊？过来亲一下我吧，我是你爸爸。"

我本以为，当我看到他的时候，我一定会飞奔过去，拥抱他，亲他。但实际上，此刻我并不想这么做。我没有那个心思，但我还是走到爸爸的面前，亲了他一口。

爸爸松开我，说道："那个就是你爷爷。这是妈妈，他们都是你的家人。"

我被妈妈搂在怀里。妈妈没有说什么，让我亲她，但是她没有亲我。就说了那么三两句英语，我根本听不明白。

"你跟你爷爷握个手吧，"爸爸说，"但是要轻点，他瘫痪了。"

在他的命令下，我走到爷爷跟前，握了手，还跟我的兄弟姐妹们一一握手。我很想拥抱一下那个最年幼的妹妹，但是她正在和卡彼一起玩耍，一把将我推到一边。

在这种情况下，我觉得自己是残忍的。这是为何？当我看到了长期盼望看到的亲生家庭时，我并不高兴！我有爸爸，有妈妈，有弟弟妹妹，甚至还有爷爷。但我的心，却是一片冰凉！我怀着一种热切的心情等待着和家人见面。我一想起有一个家，一个爱我的父母，我就会高兴得发疯！但是现在，我却感到一种难以形容的绝望，我看着他们的脸，却什么也不能说，只是呆呆地站在那里。我是不是中邪了，连自己的身份都忘了？难道我不懂得享受天伦之乐？

如果我的家人能在富丽堂皇的宫殿中接待我，而不是居住在这些简陋的、污秽的房子中，情况会大不相同吗。

想到这里，我有一种难以言表的羞愧。这一瞬间的感觉把我带回了妈妈身边。我搂着妈妈，吻了吻她的脸。妈妈肯定不明白我为什么要这么亲她。她没有回应我的吻，只是用她那双疲倦的眼睛看着我，然后缓缓地耸起肩膀，对着我的爸爸说了几句话。爸爸微微一笑，没作评价。父母对我的微笑，就好像别人对我的态度那样相似，这就更让我难受了。

当我默默地想着这些的时候，我的爸爸用手一指马西亚，说道："雷米，这个孩子是什么人？"

我没有心思把我与马西亚之间的深厚感情讲出来，所以只是简短地解释了一下。

"噢，这么说，他到伦敦来是为了陪伴你？"

当我正要回答时，马西亚打断了我的话："对，就是这样。"

"还有耶路姆，他在哪里？你为何不与耶路姆同来呢？"

我把在巴黎收到耶路姆的死讯，从巴贝兰妈妈那里得到伦敦律所的地址，包括和马西亚到伦敦的整个过程说了一遍，然后他向我的妈妈转述了我的这番话。妈妈说了好多遍"很好，很好"，我也明白了。但我不知道，耶路姆的死亡，对他们有什么好的。

"你不会讲英语吧？"

"不太熟练，但能懂一点。是把我从耶路姆处买走的师父传授给我的。"

"哦，你说的就是那个维塔利师父？"

"爸爸知道这件事吗？"

"上次我上法国去找你，遇见耶路姆，他告诉了我这件事。我都离开了你十四年，现在突然来找你，你是不是觉得很奇怪？"

"是啊，我觉得很奇怪。"

"好吧，来吧。我跟你说说。"

当我走进屋子的时候，竖琴就被我靠放在墙壁上了，背包还在我的背上，我走到火炉前。

当我把那沾满黑泥的脚对着火炉时，爷爷没有张嘴，就像一只发怒的小猫，朝我咘了一声。我不需要解释，因为我已经明白了他为什么会这么愤怒，因此，我迅速地收回了我的腿。

"不，没关系，"爸爸说，"没关系。老头子不喜欢别人靠近他的火炉，可是你也很冷，尽管伸出一条腿来，别跟这个老头子客套。"

我听到他对那白发苍苍的老人说这话，不禁一怔。我想，即便我对别人没有必要礼貌，但对自己的爷爷，同时也是这样一个老头子，还是要有礼貌的，因此，我就把腿缩了回去。

按照爸爸的说法，我是他的长子。生我的那个时候，爸爸还算富裕。在妈妈出嫁之前，另外一位女人也爱上了爸爸，她本以为他会向她提亲，直到爸爸已经娶了妈妈，这让她非常地吃醋，因此一直在暗中谋划着报复。

我父母对这件事全然不知，在我出生后的一个夜里，她便趁机把我偷走，送到法国，把我扔在医院门口。我的父母此前一直都在寻找我，可是他们从来没有想到过我会被扔到巴黎，因此他们从没有想过到法国来寻找我。不管怎么说，他们都以为我已经死了，所以才会伤心欲绝。

但就在三个多月前，那个女人突然生病将要去世了，她说出了自己的秘密。因此，我的爸爸立即到了法国，在失去我的那个城市的辖区警察局里，打听到我被石匠耶路姆拾走，带回家抚养了。

后来我的爸爸去找到耶路姆一问，他告诉我，我已被卖给维塔利老人，在法国流浪卖艺。可是，他不可能在整个法国去找维塔利老人，于是他把路费交给耶路姆，叫他去寻找我，如果找到了，就联系克玛达律师事务所。我的爸爸没有把现在的住处告诉他。因为他们一家人，除了冬天在伦敦，别的时候，都会一起到其他地方去办事，而不在家。

"所以，我才能找到你。你懂了吧？这就是你离家十四年后回家的背景了。你不知道他们在说什么，他们也不知道你在说什么，不过这只是一时的，我们很快就会变得很熟，很亲密。"

这是肯定的。如果连自己的亲人之间都亲近不起来，那就太奇怪了。

曾被丝绸包裹的婴儿，终无荣耀可言。这对巴贝兰妈妈、丽莎和阿甘来说，都是一件非常不幸的事情。我再也不能向那些人，兑现我曾经做过的梦了。我的生父充其量也就是一个流浪的小贩，他的家就像一座堆积杂物的房屋，他的钱会有多少呢。不过，这并不重要。我所追求的不是金钱，而是一种温馨的亲情，这对我来说，已经是最大的快乐了。

就在他和我谈话的时候，妈妈和姐姐正在收拾餐桌上的晚饭。他们把一只巨大的铁制盘子放在桌子中间，盘子上放着烤好的牛排，还有许多土豆。

爸爸对马西亚和我说："你们饿不饿？"

马西亚咧嘴一笑，点点头。

"那我们就一起吃饭吧。"

说完，他就拉过爷爷的椅子，让他正对着桌子，而他自己则站在那里，尽到了主人的责任，他把牛排分成每人一份，又分了肉和土豆给我们。

chapter
· 马西亚的疑惑 ·

　　我吃得津津有味。我从来没有学过什么餐桌礼仪，但我还是被这顿饭的场面吓了一跳。孩子们都扔掉了刀叉，抓起牛肉或土豆就往嘴里塞，或者用手指蘸着汤汁。爸爸妈妈也假装没看见。爷爷也是这样，他的嘴在动，他的另一只胳膊在移动着盘子。每次爷爷想把一块烤肉放进嘴里，却不小心掉在地板上时，我的两个兄弟都哈哈大笑。

　　我原以为晚饭过后，全家人都会高高兴兴地聚在一起聊天，但爸爸却说："好了，都上床睡觉吧。"于是，他点燃了灯，把我和马西亚送回自己的卧室。这是一间仓库，里面停着两辆做生意用的大车。他拉开了一扇门，里面有两个卧铺。

　　"你们可以在这儿休息。"他说着就离开了。

　　他走的时候，把蜡烛留给了我们，锁上了门。我们不得不去睡觉。事实上，这个晚上，我们并没有谈论任何睡前话题的兴致，也没有谈论今天的感觉，只是说："晚安，马西亚。"

　　"雷米，你也晚安。"

两人说完，就各自上了床。

我非常感激马西亚可以在这个时候不跟我说话。

之所以不说话，并不是真的困了。我睁大了眼睛，尽管蜡烛已经熄灭了。想到这一天，我忍不住悲伤，在自己的小床上翻来覆去。

我的旁边，马西亚好像也不能入睡，也像我那样，辗转反侧。"你还醒着？"我低声说。

"好像还没有睡意。"

"是不是哪里不舒服？"

"没有，我没事。只是眼前的一切都好像在旋转，我想，我好像又回到了那条船里，就像这车也在上下晃动一样。"

难道这就是马西亚没有睡着的原因？难道不是我亲生父母的事情在干扰马西亚睡觉吗？马西亚对我的感情是如此之深，以至于我们之间有一种心灵上的联系。

在半梦半醒之间，时间流逝。一股无边无际的恐惧，随着时间的推移而变得越来越强烈。我从来没有意识到，这是一种比悲伤、不安和困难更强烈的感觉，它把我完全控制住了。但很快我便意识到，这是一种可怕的想法。有什么可怕的？我对此一无所知。这并不是由于我在意料之外的"贝斯纳尔·格林"的恶劣环境中的一个空荡荡的汽车房里睡觉。我曾多次在荒凉的乡村的空地上，或者一座堆放杂物的屋子里过夜，在这个与所有的危险都隔离开来的地方，按理来说我应该感觉到安全感的，但是我还是害怕！我越想，心里就越慌张。

应该已经过去了很长一段时间，因为没有时钟报点的声音，我只知道现在大概已经是半夜了。忽然，我听到一阵敲门声。不过，那声音很有节奏，就好像是在打什么暗号似的。

一束不知来源的光线照进了我们的车厢，我惊恐地看着四周，而躺在我身边的卡彼也被惊醒了，它几乎要吠叫。光线是从车厢里的一扇窗户里透出来的，由于窗户被窗帘挡住了，我没有注意到它的另一面是马西亚睡觉的地方，这面是我睡觉的地方。

我不想让卡彼吵醒家里的人，便用手堵住它的嘴，让它安静下来，然后悄悄地从窗户往外看去。

我的爸爸提着一盏灯笼走进了仓库，他缓缓地打开了门，然后缓缓地关上。随着大门打开，两名扛着大包裹的人悄悄走进来。

爸爸赶紧把一个指头按在嘴巴上，让他们别说话，并向我们睡觉的车子做了个手势。我明白了，这是让他们别吵醒我们。

他的举动感动了我。我很想告诉我的爸爸，我还没有睡觉，你不必对我这样彬彬有礼，但是我怕打扰到马西亚，因为他好像睡着了。

爸爸帮他们把东西搬了下来，然后又走进屋子，把妈妈也带出来了。在他回屋的时候，那两个人把包裹里的东西都拿了出来，里面有布料、袜子、手绢、短裤之类的东西。

起初，我被吓了一跳，不过，我很快就意识到，这两个人应该是向我父母卖货的商人。爸爸拿着这些东西对着灯光一件一件地看，然后交给妈妈，妈妈再用剪子从商品上剪下标志，装进衣袋里。

这是我所不能理解的。这么晚了，还在这里做买卖，实在是太古怪了。

爸爸在查看货品的时候，对另外两个人低声说着什么。如果我能听懂英语，也许我会听懂，可是我不懂，除了偶尔听到他们说"警察"以外，我一个词儿也听不懂。

看完了货品以后，他们就和另外两个人一起走进了屋子。仓库里重新变得漆黑一片。毫无疑问，这四个人是去算钱了。在我的心里，这并不奇怪，因为我的爸爸和妈妈是从他们那里进货的。但我又不由得在想这两个人大半夜地跑到这里来做什么？他们干吗这么小声地谈论警察？妈妈为何要一件一件地剪掉商品的标志？

不管怎么说，我都无法回答这些问题。我越不去想这件事，好奇心就会变得越强烈。过了片刻，车厢里亮起了灯火。我悄悄地从帘子的缝隙里往外看。在第一次观察的时候，我认为这是非常正常的，但是慢慢地，这种观察却使我感到不安。我在心里告诉自己，我不该看到这一切，但我还是忍不住要往外看。

那两人已不见了踪影。如今，那里就剩父母两个人了，妈妈把包裹放好，爸爸用扫把把墙角的泥土扫走，地上竟然出现了一块板子。爸爸掀起板子，妈妈用一盏灯为他照亮，他抱着东西钻了进去。随后，两手空空地钻了出来。然后盖好，用扫把将泥土和沙子都扫平，以免留下任何脚印，然后走到就近的地方，取了些草屑，撒在了上面。

做完这件事，他和妈妈回到了客厅。

当主屋的大门关上的时候，我感到马西亚的床铺好像在移动。

马西亚有没有看到这一幕呢？

我不敢和他交流这事。我的恐惧是显而易见的。我浑身湿透了。

我整夜都在烦恼中度过，过了一会儿，公鸡叫了几声，天就亮了。听到公鸡的叫声，我才睡着，但总是被噩梦缠身。

第二天，我的一个弟弟打开了房门把我叫醒。

马西亚并没有询问我昨夜是否入睡。我也没有问他。马西亚望着我，我就把目光移开了。

我们来到主屋的餐厅，爸爸妈妈都不在家。爷爷仍然坐在椅子上，对着火炉，好像从昨天晚上起就没有移动过一样。年纪最大的那个名叫奥利弗的姑娘正在把桌布铺好，而金佐弟弟则在打扫屋子。

我走上前去，握住了他们的手，但他们并没有搭理我，而是自顾自地干着自己的事情。这时，我才记起来问候爷爷，当我准备走到火炉前的时候，他朝我吐了一口唾沫，于是我就不过去了。

"你能不能问问我的爷爷，"我强忍住眼泪，对马西亚说，"我的父母呢？"

马西亚怯生生地对爷爷问了。当爷爷听到马西亚用英语对他说话时，他的脸色发生了变化，他很愉快地同马西亚交谈起来，尽管他刚才说出的答案显得很冗长。

"爷爷说了什么？"

"他说，爸爸一整天都不回家，妈妈就在房间里睡觉，你想怎么玩就怎么玩吧。"

这个解释，实在是太简短了。

"爷爷一共就说了这些？"

马西亚看起来有些不好意思。

"我不太懂后面的是什么意思。"

"好了，说说你明白些什么。"

"他说，让我们出去走走，看看有没有人注意我们。要干什么，我也不清楚……不过，他说……把别人的一切都当作是我们的吧。"

看来，我的爷爷已经明白了马西亚告诉我的一切。他盯着我，用另一只没有受伤的手假装在往衣袋里拿什么东西，然后用锐利的目光向四周张望，示意我。

"好了，出去走走。"马西亚对我说。我们在外面走了两三个小时，担心走远会迷路，就在这一带绕来绕去。白天看到的贝斯纳尔·格林比夜里更糟，房屋的外形和人们的衣着看上去都是那么凄惨。

我们互相看着，谁也不说话。

没多久，当回到家中的时候，发现妈妈正从房间里走了出来。当我走进来时，我看到妈妈趴在桌子上一动不动，我以为她生病了，我向她走去，把她搂在怀里。

她抬起头来，也许是因为她那模糊的双眼没有看见我，我觉得她呼出的一股很重的酒气喷在我的脸上，我向后退了一步，她又把头压在放在桌子上的手上，开始打鼾。

"这是杜松子酒。"爷爷微笑着对我说。可我不明白他又说了些什么。

我好像失去了所有的感觉，呆呆地站在那里。有一瞬间，我看了一眼马西亚的脸，他的眼泪流了下来。

我向马西亚眨了眨眼睛，然后我们就出去了。

我们默默地牵着手，漫无目的地往前走。

马西亚非常忧虑，他问："接下来，我们要去哪里呢？"

"我也不清楚。我们会找到一个安静的、可以不被打扰地说话的地方吧。

我想告诉你一件事。这里人多眼杂，不是个好地方。"

我从维塔利老先生那儿学来的一个做事方式是，不要在街路中间谈什么重要的事情。每当有人经过的时候，我都会特别注意，然后就会忘记刚才说过的话。因此，我想找个无人之处，把心事讲给马西亚听。

过了一会儿，我们来到一条安静的路上，在道路的尽头，出现了一片树林，也许这就是乡村。好吧，我们朝那里走去。只是，这里不是乡村，这是一个空旷的花园，有着宽阔的草坪，到处都是灌木丛。

这是一个很好的谈话地点，我们可以在草坪上坐下。

"也许你已经完全了解我的想法了。你把我送到我的爸爸和妈妈这里来，只是为了我好。我很珍惜和你做朋友，这一点你是明白的。"

当我这么说的时候，马西亚打断了我的话："一点也不有趣！怎么突然就说这样的话？"

"还有，我——"我的心中涌起一股苦涩，"也许你会笑话我，但是我在这里连个哭泣的地方都没有。我只愿对你一个人哭。"

我一下子抱住马西亚，眼泪流了下来。即使在我还在流浪的时候，我也从来没有像现在这么痛苦过。

我哽咽着，强忍着不让自己哭出来。我把马西亚拉到这花园里来，不是为了我自己的眼泪，也不是为了向马西亚讨同情。这可不是我一个人的事，而是因为对马西亚有事要说。

"没什么，就是要你现在就走，回法国去。"

"哎呀！我要走了，把你一个人丢在这儿吗？我绝不答应！"

"我明白你非这么说不可。听了这话，我真高兴。不过，我已经心满意足了。不管怎么说，你一定要走。你可以回法国，也可以回你自己的故乡意大利，反正只要你不在英国，在哪里都可以。你必须尽快地从伦敦逃出去！"

"而你做什么？你上哪儿去？"

"什么？我必须留下来。我有责任待在我的家中，坐在我的爸爸和妈妈的膝盖上。这些钱我一个子儿都不要，你就当旅费好了。我想，也许在法国你能挣更多钱呢。"我把我的钱包递到马西亚跟前。

马西亚没有动。

"我不喜欢你把我当成别人。我永远不会再回到法国了。"

我大吃一惊。

"为什么？"

"怎么会这样……"

马西亚话没说完就停住了。他一碰到我那惊讶的目光，就移开了目光。

"嘿，马西亚，我想问你一件事，别跟我客套，也别怕，直接说出来就行。你昨晚是不是睡着了？"

"我没有睡着。"听上去他好像在哽咽。

"看到没有？"

"我都看到了。"

"那你听没听懂？"

"那两个人不是商人，他们的货不是买来的，而是偷来的。当你的爸爸问他们，怎么不是从正门进来，而是从后门进来的时候，那个人回答说，在门口有一个警察。"

"嘿，马西亚，你现在应该知道，为什么我想要你走了。"

"如果我一定要走，你也必须走。我们两人是一起的。"

"好了，我把话说完。我把你带到伦敦来，是因为从巴贝兰妈妈那里听说，我父母都是有钱人，应该会把我们送到学校里面去。那样的话，我们就可以长久地在一起学习和生活了。可是，当我来到这里的时候，一切的希望都破灭了，不管怎么说，你都必须跟我分开了。"

"绝不会的！"他斩钉截铁地说道。

"别说了，仔细地听着。别让我更难过了。如果我们在巴黎遇到喀尔，而你又被他带回去，你会不会说服我跟你一起拜他为师呢？你不会的。你是不是会想告诉我，我不能留在喀尔身边？"

马西亚没有回答。

"如何？你觉得我说得对吗？"

马西亚考虑了一下。

"我想说的这些话也请你听听。当我听到你的家人在寻找你的时候，我很难过。你找到了你的亲人，真是太好了，我本应当为你高兴的，可是我只顾着想自己的处境，心里难过。在你的心里，你是有兄弟姐妹的，他们也会像我那样，不，你会更喜欢你的家人的。你的那些家人应该都是些有教养的贵族子弟。这引起了我的妒忌。我就是这样一个自私自利的人。我已经向你坦白了，如果你觉得你能原谅我，那么请你告诉我，原谅我吧，我会很高兴的。"

"哎呀！马西亚！"

"雷米，如果你觉得可以原谅我，请你原谅我。"

"我跟你之间，有什么是不能原谅的？换作我是你，你也绝不会因此而动怒的吧。"

"虽然跟我有关，但你真好。对坏人发火，这很正常。即使你原谅了我，我也不会原谅自己。你也许不明白，我对你有多少亏欠，当我们刚到英国的时候，我就想，我陪着雷米到英国，可是，当雷米找到了他的家人，他就会把我忘得一干二净，那时，不管他说什么，我都会离开英国，到卢卡去找我的妹妹，可是，事情发展到这个地步，我再也没有离开英国的念头了。我也不想找妹妹了。我想陪伴的只有我的兄弟，雷米你就是我的亲兄弟。"

马西亚抓住我的双手。我的眼睛里噙满了泪水，那是一种从未有过的感动，一种滚烫的泪水。

我被深深地打动了，但是我并没有改变我的决定。

"不管怎么说，你都不能住在我家。我恳求你，你先回法国，跟巴贝兰妈妈、阿甘、丽莎解释一下，为什么我没有遵守诺言。你只管对他们说，我爸爸妈妈不是我原来以为的那样富有就行了，好让他们原谅我。好吗？马西亚，不是个富人，也没什么好丢人的。"

"你让我走，并不是因为你的家庭条件不好。不把话说清楚，我是绝对不会走的。"

"啊！我请求你，让我放心，我请求你离开。否则我该有多难过啊！"

"你让我回法国去，并不是因为你的家庭贫困，对吧？如果你担心你的家庭贫困，不能养活我，那么，我可以用我的收入来资助他们。要是这样，你就不要让我回去了，如果你是怕我看到你昨晚看到的那些东西，又或者，我会为了你的父母……"

"哎，以后不许再说这件事了……"

"把小偷拿来的东西的货标用剪刀剪掉。"

"哎，别说了，别说了……我求你，马西亚！"

我用双手捂住自己通红的脸，感到非常羞愧。

马西亚继续说道："如果你担心我会成为这样的人，我也有同样的担心。不管发生什么事，我都不希望你做违法的事。如果你愿意跟我一起去法国的话，我并不会拒绝。我们回法国，跟巴贝兰妈妈、丽莎还有阿莱克西他们在一起生活。"

"不过，这也太难了吧。你和我的爸爸妈妈没有任何关系，因此你是自由的；可是，我对他们而言却像宝贝一样。不管怎么说，我一定要跟我的家人在一起。"

"你的家人！一个瘫痪的爷爷对着你吐口水，一个喝得烂醉如泥的妈妈趴在餐桌上睡觉，这样的一家人……"

我瞪着他，用一种命令的口吻说道："好吧，马西亚，我不允许你说出这么粗鲁的话来。即使是瘫痪了，他不还是我爷爷吗？就算是喝醉了，那也是我妈妈。既然是我的家人，我自然要敬重他们，孝敬他们。你也必须尊重他们。"

"我明白了。我必须尊重他们，如果他们是你真正的爸爸和妈妈。可是，如果你的爷爷和爸爸都不是你的亲生家人，那么，你还应该尊重他们，热爱他们，对他们表示敬意吗？"

"我爸跟你说的，你没听到吗？"

"没有任何证据。他们只是丢了一个跟你差不多大的孩子啊。"

"可是，那个孩子被扔在了医院前面，就在同一天，我在医院门口被人发现了，怎么可能弄错？"

"可是，谁能保证在医院门口就不会有两个孩子失踪？他们中有一对不是

你的父母，但他在警察局里找到了你。这就是他们会走到这里来的原因。"

"你这个傻瓜，这种事情是不可能发生的！"

"也许是我笨，我说话没有说服力，你以为不会有这样的事。我是个笨蛋，我会说些愚蠢的话，如果是另一个更有智慧的人告诉你，你不会觉得这是愚蠢的。这不是愚蠢的话，而是我愚蠢。"

"不是这样的！"

"另外，我跟你说一声。你跟你的家人完全不一样。和你爸爸、妈妈、爷爷都不一样。而且你的发色和你的家人们都不一样。你瞧他们的脸全都是一样的，就是你不一样。最令我感到惊奇的是，你那个可怜的爸爸怎么给得出耶路姆这么一大笔钱来找你，你一定不是这个家庭的人。因此，我建议你跟我一起去法国，如果你坚持要留下来，那我就跟你一起。我打定主意了，不管你说什么，我都不会答应自己单独离开的。不过，你可以给巴贝兰妈妈写信，问问她，你的家人怎么样？等她把你的身世弄清楚之后，你再去询问你的父母，这样才能弄清楚真相！对，你必须这样做。在此之前，我是绝对不会离开的。我可以和你一起，和卡彼一起赚钱。"

马西亚的怀疑，是我心中不安的根本。

我们还进行了一次长谈。午餐就吃了点面包，在这漂亮的花园中走了一整天。太阳已经快要落山，我们才返回了住处。

chapter

◆ 贼 犬 卡 彼 ◆

我和马西亚二人回到家中，见爸爸已经回来了，妈妈也醒了。对于我们出去玩了一天，我的父母什么也没说。但是，晚饭后，他说他有话要对我们两个人说，他就让我们坐在火炉旁，尽管爷爷很恼火，但他还是向我们问道："告诉我，你们在法国是怎么生活的。"

于是，我把我们是怎么赚到钱的，简单地告诉他。

"难道你们就不担心自己会被活活饿死？"

马西亚回答说："从来没有这样的事。我们攒了点钱，还买了一头奶牛。"

"是吗？为什么要买奶牛？"

"这是给巴贝兰妈妈的，是一头很好的母牛，值八十五元。"

"这么说，你们的才艺不错，可以试试表演一下。"

我就取来竖琴，开始弹琴。可是，我并没有演奏最拿手的曲子。

"很好，很好，"爸爸点了点头，又对马西亚说："你会些什么，马西亚？"

马西亚先拉了拉小提琴，再吹起了他的小号。

当马西亚吹小号的时候，聚集在我们周围的人都为他鼓掌，称赞他。

232

"那卡彼，"爸爸看了我一眼，"它好像也有点本事。你们不会随便拿一条狗来消遣。它肯定能挣到自己想要的食物。"

在卡彼的能力上，我是最自豪的。这不只是在炫耀卡彼的天赋，还是在炫耀自己已经逝去的师父。卡彼照我说的去做了，孩子们比平时更开心了。不管在什么时候，卡彼的表演都会收到热烈的掌声。

"一条会赚钱的小狗！"爸爸赞叹道。

卡彼受到了赞扬，这让我很满意。我还对他们说，不管我教它什么，这条狗都能很快地记住，而且学会别的狗所不能做到的事情。

爸爸用英语把我的话说了一遍，然后用我不知道的语言对他们说了些什么，他们都哈哈大笑，包括我们的妈妈和孩子，甚至爷爷也在微笑，他的两只眼珠骨碌碌地转着，一连说了几遍："多么可爱的小狗啊！"我听懂了这一句话。

他又对马西亚说："那么，我有一句话要问你。你是不是想跟我们一起住在英国？"

"我想留在雷米身边！"马西亚坚定地说。

爸爸听懂了他的意思，显得很满意。

"哦，那就好。所以，我要跟你们谈一谈，我们这些可怜的人，除了自己去干活挣口饭吃，别无他法。天气转好了就又要到处跑，只是在这么一个严寒的季节里，没有好的买卖，我们不得不在伦敦度过冬天。可是我们又不能潇洒度日，所以雷米、马西亚你们就像在法国时那样去沿街唱歌挣钱吧。伦敦肯定是很能赚钱的地方，特别是在圣诞前夕，这里的业务肯定会非常火爆。另外，金佐和杰克，你们也不能光看着他们，你们可以带着卡彼，顺便去赚点小钱。"

"可是，爸爸，如果没有我，卡彼是不会表演的。"

"没关系，聪明的小狗很快就会适应新环境。只有通过这种方式，我们才能赚到更多的钱。"

"不过，只靠我和马西亚两个人赚不了这么多钱，如果没有卡彼，我们不可能赚这么多钱。"

"行啦行啦。按我说的做。这是我家的规矩。你既然是我的亲人，自然要遵守家规。明白了吗？"

我再也不会跟他吵架了。我曾经梦想过要让卡彼的生活变得更好，但这只是我的梦了。我必须得离开卡彼！世上怎么会有这么多伤心的事！

我们上了车，上了床，但今晚爸爸没有把门锁上。

我很快就上了床，马西亚溜到我的枕头边，低声对我说：

"嘿！你爸爸根本就不像个好人。他带着这些孩子，就是为了赚钱。难道他没有把你的那条狗带走？因此，我建议你尽快清醒过来。你可以把这些事写封信告诉巴贝兰妈妈。"

第二天我还是得和卡彼分开了。我把它搂在怀里，吻着它的脸，告诉它要离开我一段时间了！

当我把那根绳索递给金佐时，我已经告诉了他很多东西。卡彼是一条聪明又温顺的小狗，它一副很难过的表情，并没有表示反对，跟在他们两个后面走了。

马西亚和我，就被爸爸领进了一个合适的、能挣钱的地方。我们穿过伦敦漫长的街道，来到了一个广场，广场上有许多漂亮的房屋，到处都是纪念碑和塑像，就像是一座美丽的公园。在这个宽敞的广场上，没有像我们以前看到的周围的那些衣衫褴褛的人了。只有打扮得花枝招展的妇女，大路上的四轮马车崭新干净得闪闪发光。

我们整天都在这种地方混日子，很晚才到家。从我们的家到伦敦有一段很长的路程，回家时，卡彼把它的尾巴甩来甩去，这是它最大的乐趣。它浑身沾满了泥土，但是它仍然很高兴。

我们坐在床边，用稻草擦拭它的身体，清理着上面的泥土，然后用旧衣服裹住他，让它躺在我的床上。卡彼是幸福的，我也是幸福的。

我们天天如此，一连好几天。卡彼天天被金佐和杰克带出去表演。有一天下午，爸爸告诉我，金佐和杰克必须待在家里，而卡彼则由我们带出去。这给我们带来了极大的欢乐。我和马西亚计划要挣到更多的钱，这样才能让爸爸明白，把卡彼从我们身边分开是多么愚蠢。

第二天早上，我们把卡彼打扮好，然后带上它一起出门。

可惜，昨晚的大雾还没有散去，而且好像还会更浓，五六英尺以外的地方都看不见了。如果没有特别重要的事情，很少有人出门。平时卡彼开始表演的时候，屋子里的人都会从窗户往外张望，但现在大雾弥漫，什么也看不到了。至于我们的损失，那就更不用说了，马西亚一直在咒骂伦敦那著名的大雾，可是任谁也想不到，过了一会儿，它就成了我们的助力了。

我不断地呼唤卡彼，好让它不会走丢。我们很快就到达了目的地。一条伦敦最为著名的购物街。我忽然发现，我已经找不到卡彼了。这是从来没有过的事情。不过，我们想，我们很快就会找到的，碰巧那儿有一条横街，我们就在街角等着。怕卡彼从远方看不见我们的身影，我们只好继续吹奏。

我开始很害怕，生怕它被人偷走了，然后，卡彼就从迷雾中出现在我们身边。一瞧，原来它嘴里是两双带着标签的新袜子。它摇晃着尾巴，用前腿抓住了我，示意我们抓住它。它的眼睛里流露出一种得意的神气，那是它等待着我的赞扬时的表现。

就在我茫然不知所措的时候，马西亚一把夺过了它嘴里的袜子，把我拖到了横街上。

"赶紧走！赶紧走！离开这里。"

过了好一阵，马西亚才缓过劲来，解释了他让我们逃跑的原因。

"当我和你一起惊讶于这袜子是怎么来的时候，我听到街道上有一个男人的喊声，小偷狗呢？这就是我们跑得那么快的原因。如果不是雾气太重，卡彼和我们早就被抓住了。"

我明白了，我心里有一种说不出的羞愧。我的家人把它养成了一条贼犬。我让那个正义而又美丽的卡彼，变成一条贼犬了！

"快回去！"我说，脸上的血色都没有了。我飞快地掏出一根绳子，把卡彼绑了起来。

马西亚默默地答应了我的请求。我们以最快的速度返回贝斯纳尔·格林。

我回来的时候，爸爸妈妈和孩子们都围着桌子，正在折叠衣服。我脸色一沉，把袜子扔到餐桌上，金佐和杰克都被逗乐了。

"卡彼把这两双袜子给偷来了。这条狗以前可不是这样一条狗，肯定是被家里的人给带坏了。不过我怀疑，他是在开玩笑的情况下学会的，而不是故意的。"

我的声音颤抖起来。我现在有一种前所未有的意志力。

爸爸盯着我说："如果是故意的呢？你又准备怎样。"

"那我就把它用绳子绑起来，然后扔进泰晤士河。我非常喜欢卡彼，但我宁愿杀死它，也不愿看它变成一个小偷。连我自己也不例外。如果我要当小偷，我会在泰晤士河和卡彼一起死去。"

他盯着我的脸，作势要搂我。他的两眼冒火，可是我没有低下头，而是直视着他。于是，他的脸色缓和了下来。

"嗯，这倒也是。也许他们并不是有意让它当小偷的。对金佐和杰克来说，它看起来也不太管用，从明天开始，我想把它交还给你。"

这还真是个惊喜，我和卡彼不用再分开了。

虽然我没对他们做什么，我的两个兄弟都表现出了对我的憎恨，他们显然不承认我是他们的兄弟。自从卡彼事件之后，我们之间的仇恨就更深了，只要有机会，他们就会想方设法地伤害卡彼，我不能直接报复，但我总要握紧拳头，告诉他们，如果他们敢伤害卡彼，我一定不会同意。

我对于他们没有一点指望了，我试着接近奥利弗，但她也并没有把我当成自己的兄弟。她无时无刻不在想方设法地捉弄我。在这个方面，她有着与她的年纪不相称的邪恶智慧。

兄弟们反对我，奥利弗又不喜欢我，所以，我只能跟那个什么都不知道的三岁小姑娘亲近了。她还太年幼，还不能参加哥哥姐姐们对我的排挤，因此，她可以保持一种中立的态度，让我照顾她。我不停地让她和我一起玩耍，每次回家，我都会把那些孩子们送给卡彼的糖果零食带回来给她，她也因此很喜欢我。

当我坐上轮船来英国的时候，我的心怦怦直跳，幻想着我的一家人的种种可能，而我现在唯一能真正去爱的家人，只有这个三岁的小姑娘。

每当我靠近火炉的时候，我的爷爷总是向我吐口水。爸爸对我从来没有说过一句温和的话，除非我们挣到了钱带回来。金佐、杰克、奥利弗，都是这样冷漠的人。三岁的小姑娘对我很好，因为我天天都有糖给她，要不是有糖，她也是连一个笑容都不会给我的。

啊！真是个狠心的家庭啊！

我最开始想，不管发生什么事情，都不能怀疑我的爸爸和妈妈，因此，马西亚一开始让我给巴贝兰妈妈写一封信，被我一口回绝了，直到现在，我才意识到，我必须怀疑我的爸爸和妈妈。如果我是这个家庭里的一个孩子，即便我是一个不会说英语的人，也至少应该把我当作一个家人来看待。但是，我在这个家里却被当作陌生人看待，我感到很残忍，很不公平。

马西亚看出了我的情绪，对我说道："你能不能写信让巴贝兰妈妈帮你打听一下呢？"

最后，我给巴贝兰妈妈写了信，不过我担心回信会被送到我的家里，于是让她把回信送到邮局再送到我的手里。接下来的几天里，我们一直在等待巴贝兰妈妈的消息，等了好久，才终于等到她的回复。

我们走出邮局，找了个安静的角落，平复了一下激动的心情，打开了巴贝兰妈妈的来信。很显然，它是从沙凡侬教堂来的。

我的雷米：收到你的来信，我感到很惊讶。从死去的耶路姆时常对我说的话，再加上那个到我这里来看你的人回去以后，耶路姆对我说的那些话，我相信你出身富贵之家。

我这么想，多半是由于耶路姆在巴黎捡到你的时候，你裹着的婴儿衣服，贫穷的家庭是买不到那么高档布料的。你想让我把你身上的衣服给你看，那很简单，我把所有的东西都保存得很好，我会把一切都给你讲一遍的。

那时你穿着的是用金线和丝绸做的漂亮的帽子，镶着金边的衬衣，白色的毛线袜，白色的天鹅绒鞋，白色的法兰绒大衣，法兰绒的被单，还有一件带着刺绣的上衣。不过我要提醒你，衣服的刺绣章上有一个角，但已被割掉了。

如有需要，我可以立即将它们给你送去。

你说无法再给我送礼，我一点也不难过。你省吃俭用，为我买来的这头奶牛，在我看来，它是世界上最珍贵的东西。这头牛仍然健壮，像往常一样，有大量的牛奶。这对我来说是最大的快乐。当我爱着这头奶牛的时候，我常常想到你和马西亚。

求你随时给我来信，告诉我你的平安，我天天等候。即便你的新家家境不富裕，但你是个善良的好孩子，我相信你的家人和兄弟姐妹们都很喜欢你，你的生活肯定很快乐。这让我感到宽慰。

再见了，雷米，照顾好自己，替我向马西亚问好。

◆ 巴贝兰妈妈 ◆

读完这封信，我是如此感谢她。她太爱我了，她以为世界上所有的人都会喜欢我。

"啊，我是多么幸福啊！巴贝兰妈妈也很想我。"马西亚十分兴奋，"只要你能把婴儿衣服的事弄清楚，那就再好不过了。这跟你在你的房子里被人偷走的婴儿的衣服是不一样的，所以你爸爸的解释一定是错的。"

"可能是他忘了吧。"

"这是不会的。唯一的线索，就是当时的婴儿衣服，如果这都忘了，怎么还能找到那个孩子呢？"

"这倒也是，不过，在我爸爸没有回答之前，你什么也别说，好吗？"

那天，我们假装什么也没做，可是很难找到机会认真地问爸爸，当我被人偷走的时候穿了什么衣服。如果我是无意中问出来的，这并不是什么大问题，但是因为心里忐忑，我的勇气却变小了，不管怎么说，我都不能把它说出来。

这种情况持续了好几天，我什么也没说，直到有一天，我们出门的时候，正好下着雨，我们很早就回家了。妈妈和孩子们都外出了，爷爷和爸爸没有出门。我觉得时间差不多了，就壮着胆子问了一句。

他盯着我，好像要把我看透似的。他看着我，我对他所做的任何事情提出反对时他都会这样。我勇敢地望着他的脸，以示我坚定的请求。

他的脸色本来很难看，可是转眼间又突然变得和蔼可亲，笑容满面。那是一种很恐怖的笑容，假使说那是笑容。

"雷米，如果你真的很好奇的话，那我就说给你听好了。我能找到你，就是因为那个婴儿的线索。你就等着听罢。用金线和丝绸编织的帽，镶有金边的罩衫，一件法兰绒大衣，一双白色的毛线袜，一双白色的天鹅绒鞋子。还有一件白色的刺绣上衣，你就是这样。衣服上都有雷米的记号，但都被剪掉了。你知道吗？我这里还有你的出生注册证明，如果你想看的话，我可以把它拿给你。"

他从衣柜里掏出一大沓证明，递给我。

可是我读不懂它的意思，于是问道："我能不能请马西亚为我翻译一下？"

"好的。"

马西亚不知道是怎么读出来的。马西亚告诉我，我出生于××年8月2日，真正是这家的大儿子。

但马西亚仍然不满意。当他上了车，准备睡觉时，他弯下腰来，靠在我的枕头上，说道："他说得倒也不错，不过他只是一个小生意人，怎么可能把那么多好东西给一个孩子穿呢？"

"肯定是经商的缘故，才会有这么好的东西。再说了，我爸爸也说过，当年他也不是像现在这么贫穷的。"

马西亚摇了摇头，叹了口气，在我耳边说道："我担心你是被他偷走的！"

chapter

♦ 米利根叔父 ♦

如果我和马西亚互换立场，我也会像他那样猜想，而且可能会猜得更离谱。可是，我的立场，并没有给我任何想象的自由。那个男人对马西亚来说，就是一个普通人，而对我来说，那就是爸爸。

我也想像马西亚那样，把他当作一个平凡的人来看待，但我爸爸的名字，却使我感到沉重。爸爸也不过是一个普通人而已，他可以随意地去想。我却有责任尊重我的爸爸。

面对一个爸爸、一个妈妈、一个爷爷，我还是有许多不安的，可是我不能像马西亚一样，随心所欲地去想。

怀疑别人——这是马西亚自己的事。怀疑爸爸，这是我所不允许自己做的。

我有责任在他的猜疑中保持沉默，即使他是对的。不过，在许多时候，我是无法让马西亚闭嘴的。

马西亚不时地提出这样一个问题：

"金佐、杰克、奥利弗，还有那个三岁的小姑娘，为什么只有你一个人长得和他们不像？怎么他们的头发都跟妈妈一样是金色，而你就不一样了？"

"怎么家里的所有人都把你当成了外人，把你当成了路边的一条野狗？"

"你在还是个婴儿的时候，干吗要打扮得像个贵族的孩子？"

我无法向马西亚提出任何理由来说服他，不过，我有一个笼统的问题：

"假如我不是他的亲生骨肉，即使他发现了我的下落，他也不会理睬我。为何给耶路姆如此多的赏金，叫他找我来，又为何要请律师事务所来做这件事？"

马西亚听了这话，也说自己很纳闷，无法理解。

"不过，即便搞不懂，也不能说我错了。要不是我，要不是我这么蠢，准知道你爸爸干吗要花这么大一笔钱把你找回来。我只是还没想明白这一点而已。我对那些恶棍一无所知，不过不管怎么说，你肯定不是这家的亲生骨肉，尽管我不能说出原因，但我心里很清楚。如果你真是这家人之子，我倒要惊奇了！这一个原因，你很快就会知道的。我也很敬重你爸爸，不想多说几句坏话。如果在这里生活的时间长了，我们是可能会产生一种盲目听从的感觉。"

"你觉得我应该做些什么呢？"

"我们一起回法国。"

"眼下可如何是好？"

"你会选择留下，是为了履行你对这个家庭的责任，如果这里不是你自己的家，就不会有什么问题了。"

这些话不仅没有尽头，而且会把我引向痛苦。

啊，没有什么人能对别人产生怀疑后而不内心难过。

情感上，我想，这是不可能的，但是，理智上，我不能不这样想！

这就是我爸爸？这个女人是我妈妈？难道这个家庭就是我家？

这是一件很恐怖的事情！独处的时候，我要快乐得多，痛苦也要少得多！我带着这种忧郁的心情，每天都带着竖琴，在街上唱歌。

对我们来说，星期天是最快乐的一天。伦敦和巴黎不同，在英国，星期天不许奏乐，所以在这一天，我们就不再唱歌了，尽情地沉浸在悲伤的记忆里。我和马西亚一起离开了卡彼，沮丧地在附近散步。现在的我，跟两个月前，简直判若两人！

这个星期天，当我准备和他们一起去散步的时候，我的爸爸说要告诉我一件事情，请我留在家里。他只把马西亚放出去玩耍了。这是个不寻常的日子。爷爷也待在自己的房间里。妈妈把奥利弗和那个小姑娘领到外面去了。两个兄弟也没在家，都在外面玩耍。最后只剩了我和爸爸两个人。

大约一个小时后，门被敲响了。爸爸赶紧打开门，领着一个人走了进来。这人看起来跟平时来家里的人不太一样。这就是英国人所说的那种"绅士"。他衣着华贵，戴着一顶高帽，一副绅士的模样，但脸上却满是风霜之色，看起来已经五十多岁了。最叫我吃惊的，是他的微笑。他笑的时候会吓到我，因为他的牙齿全是尖的，就像狗牙一样。

这位先生对我爸爸说的是英语，眼睛一直盯着我。可是每当我视线一碰到他，这位先生就移开了目光。

当那位先生不再讲英语，改成讲法语时，我很惊讶。他能说一口流利的法语，没有一般英国人说法语时的那种腔调。

"你是不是很健康？"先生问道。

"嗯，身体还不错。"

"你从来没有生病过？"

"我得过一次病。"

"嗯，怎么就得了病呢？"

"有一天，我和师父在雪地里睡觉，当时师父被活活冻死，我被人救活，然后得了肺炎。"

"从那以后，你的病没有再犯过吗？"

"从来没有，先生。"

"晚上会感到疲倦、乏力和盗汗吗？"

"我有时走路走得多了会感到累，不过我已经习惯了。"

那位先生起身向我走来。他挽起衣袖，检查我的胳膊，给我把脉，让我脱掉外套，把一只手放在我的胸口上。把他的耳朵贴在我的胸膛上，让我深深地吸一口气，让我咳嗽给他听。

然后，这位先生盯着我看了好一会儿，就和我爸爸一起出门了。

留下我独自一人，心里琢磨着到底发生了什么事情。这位先生干吗要打听这么多事情呢？他是想找一个仆人吗？那样的话，我就不得不离开马西亚和卡彼了。但是，我打定主意，不管我爸爸说什么，我都不会去别人家寄人篱下。

我待在家，心情非常烦闷。外面下起了大雨，我回到睡觉的库房里。让我吃惊的是，马西亚正在里面。他用手捂住我的嘴巴，低声说："你去把库房的门打开，我悄悄跟在你后面出去。"我不知道他要干什么，还是照做了。我们跑到大街上以后，马西亚对我说："刚才那位先生，是詹姆士·米利根先生！你朋友亚瑟的叔叔！"我惊得目瞪口呆。

"我今天不想出去散步，"马西亚接着说，"所以我就在家休息。结果无意中听到那两个人的谈话。那个先生说：'结实得像头牛。换作一般孩子的话，早就死了，居然还能挺过来，太不走运了！'我就猜他们说的是你。我竖起耳朵继续用心听。

你爸爸问这位先生：'你侄子最近好吗？'这一次，他又活过来了。三个多月前，先生都说没有希望了，但那个疼爱儿子的妈妈，又让他逃过一劫。你爸爸说，这是一件很糟糕的事，而且，米利根夫人也很了不起。

"一提到米利根夫人，我的心跳就开始加速了。你爸爸还说：'万一你侄儿的病好了，你的一番功夫岂不是白费了？''是的，'那位先生说，'是的，不过，亚瑟只是多活几天罢了。这个世界上是没有奇迹的。你的爸爸说，您不用担心，我会处理好这里的一切。然后，这位先生似乎很满意，说了谢谢您。他们还说了几句我听不懂的话。然后这位先生就走了。"

在马西亚讲述这个故事的时候，我第一个想到的就是打听亚瑟和米利根太太的情况，我很想回到爸爸那里去，向他打听詹姆士的住址，但我也意识到，这只是一个愚蠢的想法。细心的马西亚提醒我，绝对不应该去找一个盼望侄子死后继承遗产的人打听消息。

如果亚瑟还活着，而且他的病情正在好转，那对我来说，是一件好事。

chapter

◆ 圣诞前夕 ◆

亚瑟与她妈妈在哪里？我去哪里可以找到他们？

詹姆士到我家来，给了我一个思路。既然来了，那就可能会再来几次。也许他会经常来找我爸爸谈这件事情。下次等他再来的时候，我可以把马西亚送到后面房间去偷听，这样，我们或许就可以知道他的住处了。如果能打听到他的住处，到时再找他的女仆或用人打听一下，就能打听到米利根夫人的住处。

像往常一样，我们又陷入了从早到晚的忙碌中，再忙一段时间，就要到圣诞了。

这件事发生后，马西亚不再提他要到法国去的事了。

有一次，马西亚问我："你知道我为何如此急切地想找到米利根太太吗？"

"为什么？"

马西亚犹豫了一下，然后说道："你说过她对你很好，对不对？"

这好像不是马西亚提出这个问题的原因。他继续说："还有，我相信，米利根太太会帮你找到你的父母的。"

248

"马西亚!"

"我从来没有想过你会是这个家的人。把你的家庭成员仔细地检查一遍，把你自己仔细地检查一遍，不要只检查你的脸和头发。你是否也能像爷爷一样，笑得这么开心？你会不会像你爸爸一样，把衣服放在地下室里？你会不会也和你妈妈那样，喝得烂醉如泥？你能不能让卡彼帮你，比如金佐和杰克，让卡彼帮你偷一对袜子？嘿，你也没办法，对不对？什么藤就会结出什么果来。如果这个家是一根藤蔓，那么你就是一个西瓜。我真希望金佐和杰克也能像你一样。你们肯定不是一丘之貉！例如，如果我不是我爸爸的孩子，我就永远不可能在没有系统学习的情况下，学会演奏小提琴、吹小号。我生来就是一个音乐人，只是因为我爸爸是个音乐人。这还用说？如果你是米利根夫人生养的，你就会是一个真正的绅士。"

"这是什么说法？"

"我自有主张。"

"说说你的理由。"

"我不能告诉你。万万不可！"

"为什么？"

"没有比这更傻的了。"

"傻就傻吧。"

"关于贝斯纳尔·格林的初印象，你还记得吗？我们来之前本以为这里是一个美丽的植物生长之地，来之后才知道是一个泥泞不堪的沟渠。假如我的幻想也有错误，那也是同样的道理。这也是我不想说的原因。"

我不能强迫他说下去。

我们在等待机会。

于是，我们就耐心地等着，一天又一天地在伦敦的街道上走来走去。每到夜幕降临，街道上的乐师，都会用自己的方式来赚钱。有些新来的乐师，如果没有固定的演出场合，不在某个特定的位置上唱歌，就会被竞争者打得落花流水，然后被赶走。

有几次，我们发现了一个很好的表演地点，突然看到，那个苏格兰的乐师，光着两条小腿，系着一条围裙，穿着一件渔夫的外套，头上戴着一顶插着羽毛的帽子，立刻向我们飞奔而来。我们被吓得立刻跑开了。

我们的主要竞争对手之一是黑人乐队，他们在伦敦大摇大摆地走来走去。英国人把他们叫作"奴隶"，实际上，他们并不是真正的黑人，只是故意把脸晒黑的，他们穿着奇怪的礼服，把自己的脑袋裹在奇异的硬邦邦的白色领子里，演奏着乱七八糟的乐器。当遇到了他们时，我们就只能在一旁耐心等他们演完。

有一次，我们正看着黑人乐队表演，其中一个特别奇怪的人，突然注意到了马西亚，向马西亚问好。我吓了一跳，心想他们是想当着这么多人的面，把我们当作一个玩具，来消遣我们吗。但是马西亚非常友好地向那个黑人打了个手势。我吓了一跳，问道："你认识他吗？"

"这就是鲍勃了。"

"鲍勃是什么人？"

"他就是我经常和你说的我在马戏团的朋友。他就是那个教会我讲英语的人。"

"可是你一开始没认出他是鲍勃吧？"

"当初在马戏团里，他还是白脸。现在他脸上改抹鞋油了。"

等他们演完后，鲍勃朝马西亚走了过来，我又一次见识了我的朋友是多么受人欢迎，他们两个简直像久别重逢的亲兄弟一样。

我们后来又见到鲍勃好几次。马戏团生意不景气，他不得不转而做了流浪艺人。我没有想到，鲍勃之后会成为我们很大的助力。

很快就到了圣诞前夕，节日氛围很浓，当时我们很晚了还在街头一边演奏一边喊着"圣诞快乐"。

在我们演奏的时候，我们的手指被冻僵了，在浓雾中，我们的衣服都被打湿了，在这样寒冷的夜晚，寒风凛冽，我们的身体已经冻僵了。路过的行人有人给钱，也有人不给，圣诞夜在街头演奏真的不好受，尽管我们收入还可以。

我们曾多次在开着店门的商店门前驻足过，天知道我们在家禽、水果、糖果和糕点铺前面待过多久！那只烤鸭的气味！又肥又漂亮的法国火鸡！瞧这儿，橘子和苹果叠得像个金字塔，那儿还有糖栗和梅子小山！光是看着这些美味的果子，就让人垂涎欲滴。世界上有很多快乐的孩子，他们一伸手，就能得到这么多美味的食物。

我们只是匆匆地看了一眼这些美味，之后就独自在寒风凛冽的街道上游荡。

啊！对于那些有疼爱自己的爸爸妈妈的孩子而言，每个圣诞真是太幸福了！

詹姆士真的一次也没有在圣诞期间来家里。至少，他没在我们面前出现过。

圣诞过后，我们一大早就出门了，因此几乎没有什么机会见到詹姆士。

马西亚之后又和鲍勃保持着联系，有一次，他向鲍勃打听，能不能找到一个名叫亚瑟的男孩和米利根夫人，他们家在哪儿，或者，如果能知道一个名叫詹姆士的先生的地方，那就更好了。鲍勃说，米利根这个姓氏在英国非常流行，有可能许多个叫詹姆士·米利根的人都有个侄子叫亚瑟，除非你知道他是干什么的，他家在哪里，不然是不可能找到他的。

我们之前从来没有想过这件事，我们以为只要知道亚瑟的妈妈是米利根夫人，而詹姆士是亚瑟的叔叔，这件事情很快就会水落石出。

从那以后，马西亚就经常提到要回到法国去。为了这件事，我跟他争吵了无数次。

"这么说，你是不是很想去找那位米利根夫人？"我问道。

"米利根夫人可能住在英国，只是我们没有任何的线索。"

"想在法国找到她，岂不是更加没有机会了？"

"我并不这么认为。我想，如果亚瑟病得更重的话，他们就会把他送去法国，因为伦敦太冷了。把他送到法国，这不是天经地义的事吗？"

"不过，并不是只有法国才温暖。"

"亚瑟在法国病好了，他们肯定还会再去法国。依我看，无论如何她都不会把亚瑟留在英国这么寒冷的地方。这么说，你是不是决定要回法国了？"

"我想，"马西亚继续说道，"我们很快就会遇到麻烦的。我有一种预感，我们为什么不赶快离开英国呢？"

◆ 圣乔治教堂的盗贼 ◆

一直以来，这家人对我的态度都是老样子。他们仍然不喜欢我，除非爸爸有命令，否则没人会对我说任何话。当我站在妈妈身边的时候，她从来没有正眼看过我。兄弟们都在偷偷地给我使坏，奥利弗经常对我怀恨在心，可是，我不能接受马西亚的建议，逃去法国。还有，马西亚硬说我不属于这家，我也不愿意相信。

时间就这样平静地过去了。每天过着相似的生活，一天又一天，一星期又一星期，直到我们一家人从伦敦出发，到别的地方去办事。

两辆大车都重新刷上了漆，家里所有人都要走。大家把地下室里藏了一冬的大包小包全拿了出来。

当两辆马车都被塞得满满当当的时候，四匹健壮的骏马不知从什么地方跑了出来。我很好奇，它们是从哪里来的。

我和马西亚两个人都不知道以后会发生什么事，以后是不是要和爷爷住在一起，我们会不会和另外几个孩子一样靠卖商品为生，还是说我们会跟在马车后面，去一个个村子里靠表演赚钱？

　　那天晚上，我和马西亚进行了一次私下的争论。马西亚硬说要趁机逃跑，可是我坚决不同意，于是他就不再说话了。

　　第二日早上，我们跟随这两辆四轮马车，出了贝斯纳尔·格林。旅途很愉快，告别了伦敦肮脏的恶臭，呼吸了清新的乡村空气，我们觉得精神为之一振。

　　在这一天里，我们看到了这家人是怎样做生意的。到了一个大村子，他们选了一片开阔的地方，把马车停在那里，打开一扇门，里面摆放着许多陈列品，吸引着客人。

　　爸爸大声喊道："清仓甩卖！你看一下价格！史无前例的大甩卖！不计成本，比任何时候都要便宜得多。请速速购买，不留遗憾。这不是白送吗？大甩卖，大甩卖！你看一下价格就多买点！抓紧时间！"

　　我听到有人在结账离开时说："这些东西肯定是偷来卖的。"

"嗯，我想是的，别人也是这么说的。"

如果他们看见我涨红的脸，一定会更加怀疑我。

他们谁也没有看见我的表情，可是马西亚一直在留意。"你的脸天天涨得通红，你的良心也在责备你。你能一直这样忍受下去吗？"

"别说了，说了只会让我更痛苦。"

"我不是要加重你的苦难，而是要拯救你。我以前就说过，一场灾祸很快就要来了，而且我感觉得出来，这是千真万确的。我早就闻到了臭味。很快，警察就会来调查大甩卖的原因，或者说，金佐或者杰克就是贼。"

"嘿，停下来！"我脸色一白，想止住他继续说。

马西亚又说：

"你对你家里的事总是睁一只眼闭一只眼，摆出什么也不在意的样子，这就是我担心你的原因。过不了多久，那个警察就会来，把你的一家人带走。到那时，你我都会被抓起来的。我们怎么还自己一个清白？这些东西，不都是大家共同偷来的吗？"

这句话出乎我的意料，我的脑袋就像被人用锤子敲了一下。我竭力否认这个想法。

"不过，我们还是要养活自己的，对不对？"

"对。但是，如果我们和一群小偷生活在一起，又该如何证明我们不是小偷呢？你的兄弟和你的爸爸要坐牢，我们也要跟你一起坐牢，像我这个可怜的孩子，坐牢也无所谓，但我不想被认为是小偷而坐牢。如果你真正的家人知道你是小偷，而且还被关进了监狱，那你会有什么想法？还有，如果你被囚禁起来，你真正的家人和米利根夫人就再也找不到你了。不如，我们现在就离开这个鬼地方！"

"你是不是想跑掉了？"

"别胡说八道。你要坐牢，我也要坐牢。我不是要跑掉，而是要救你。如果你必须养活自己的家庭，那就算了，但现在，不管你在不在，你对于你的家庭而言都无关紧要，他们是靠偷东西为生的。我不知道你为什么要这样犹豫，如果你真的决心要摆脱这种不幸，我们早就走了。"

"让我考虑一下。"

"在你犹豫的时候，魔鬼的爪子可能已经伸出。要做就赶快做。我说过很多遍了。"

马西亚的言语给我带来了极大的痛苦。可是，我拿不定主意，因为胡思乱想，我自己都变得很低落了。我认为我有必要了解这件事的真相。

没过多久，一次偶然的事件使我看清了一切。但为时已晚。

我们在伦敦待了六七周以后，来到了附近的一个村子，那里有一群马。在英国乡村，最令人兴奋的活动莫过于赛马会了。这可不仅仅是为了看赛马，早在五六天以前，许多流浪汉和商贩就聚集在这周围，等着凑热闹。

我的爸爸并不是一个普通的生意人，他并没有走进那熙熙攘攘的人群，而是在一个偏僻的角落里，驻足沉思。他肯定是个老油条，看出了这里的商机。

由于我们到得还很早，现在还不是卖东西的时候，所以我牵着马走到马场附近，想知道是怎么回事。在赛马场周围的宽阔的草原上，到处都是棚屋、木屋和马车，还有一些吃饭的地方。

我们在室外走来走去，竟然看到了鲍勃，他正把一口大锅放在了一个在路边的小屋前面。我们看到鲍勃，都很高兴。鲍勃和另外两个朋友一起来准备演出。不过，现在另外几位乐师们都不能过来，他也有些担心自己的演出不能顺利进行。一见到我们，他就建议我们帮他一起演出，然后平分利润，当然，卡彼也可以拿一份。

我从马西亚的眼睛里看出，如果我同意了，他会很乐意的，于是我立即同意了。鲍勃心里美滋滋的，特别希望卡彼能来。

演出是第二天最忙碌的一件任务，我们告别鲍勃回到家中，将这件事情跟爸爸说了。

"你可以帮他唱歌，不过我需要用一下卡彼，所以卡彼需要留下。"

我听了很担忧。倒不是担心鲍勃会不会对我失望，而是担心自己的爸爸会不会让他去干什么伤天害理的事情。正当我犹豫不决的时候，我的爸爸注意到了我的担忧，说道："我只是因为卡彼的听力好，才让它留下来，让它在这儿守着马车。第二天是赛马会期间最重要的一天，也是最混乱的一天，稍有不慎，所有的一切都会被偷走。所以我要让卡彼看顾马车，免得有人偷东西，你可以带着马西亚去鲍勃那里。演出可能要持续到午夜，所以，你可以到奥加旅店和我们会合。"

奥加旅店是村子外面一片荒野上的一座独立的旅店。在深夜的演出之后，要回到那儿是件很麻烦的事情，但是我必须服从我爸爸的命令。第二天早上，我和卡彼一起走了一圈，让他吃了点东西，确认一切正常，又叫他好好看顾马车，把它绑在马车旁边，我和马西亚一起走到赛马场去。

我们一进赛马场，就开始排练，一直排练到天黑，我的手指像被针扎一样疼，马西亚的号声到最后听上去只剩一些模糊的呜呜声。只有在吃晚饭的时候，我们才停下来休息会儿，然后，就不得不继续演奏了。鲍勃他们也累了，就像连轴转的机器。

快到半夜的时候，鲍勃说这是赛马会的最后一天了，要更加地努力了。不仅是我们累了，观众们也累了，到了后来，鲍勃的动作发生了严重失误，一根巨大的柱子掉了下来，正好砸在了马西亚的脚上。我大叫起来，马西亚也痛苦地大叫起来。我想马西亚的脚一定是骨折了，我和鲍勃一左一右将他扶住，所幸伤势不重，并无大碍。只是他当晚走不了路了。

马西亚决定当天晚上就睡在鲍勃的车里，而我要返回旅店去和家人会合。

马西亚对我说："雷米，我可不想你今晚就回去。要不要等到明早再回去？"

"要是我明天回去，找不到他们了，那该如何是好？"

"看他们能做出这样的事！"

"我不想就这样离开我的家人。"

"今晚你得跟我住在一起。我真舍不得和你分开。你一个人出去，肯定会出什么意外。"

"胡说，怎么可能会有这种事情。不管怎么样，明天我都会来找你的。"

"要是他们不让你来怎么办？"

"好吧，好吧，我就留下这架琴，不管怎么样，我明天一定要来。"

马西亚内心有许多恐惧，但我还是离开了他，独自一人离开了赛马场。

我认为，我没有任何必要害怕，但是当我离开赛马场时，一种难以言喻的悲伤涌上了我的心头。我独自一人走在荒野上，路边那神秘的夜间的声音，那惨白的月光，足以把我的心撕碎。

尽管我很累，我还是走得很快，不一会儿就到了旅店。院中没有一辆大车，也没有马厩。看来，爸爸他们并不在。

我在旅店周围转了一圈，看到一扇窗户上亮着灯光，以为有人醒着，就悄悄地敲了敲房门。"你的马车不见了，"旅店老板说，"你的马车已经开走了。在路易斯那里。你今晚就跟过去吧，这是你爸爸的命令。你知道吗？路易斯！"

老板说着，就把门关上了。

我在英国待了很长一段时间，所以我已经可以听懂这些句子，但是他说的路易斯，是不是很近呢？往哪个方向走？我对此一无所知。我还没来得及再开口，老板就毫不留情地关上了门，仿佛生怕被人听到一样。尽管我的两条腿软得像两团棉絮，但我想到我不能丢下马西亚，所以，我又决定回去找他。

我拖着两条疲惫不堪的腿，又走了半个小时，才走回来。要找到鲍勃的小屋，可真是一桩难事，马西亚枕着稻草安稳过了一夜，倒也是一桩幸事。我只是简单向他们讲述了这一夜的奇遇，就由于过度劳累而进入了睡眠。

到了第二天，我醒来的时候，感觉体力完全恢复了，因此，当马西亚还在睡觉的时候，我决定在今天追到路易斯去。

我走出屋子，只见鲍勃已经在我面前的草丛里生火了。那堆火还没有燃起来，他就趴在那里，使劲地往火里吹气助燃。就在这时，我看到警察牵着一只像卡彼那样的小狗过来了。

我觉得很不对劲，仔细一看，果然是我的卡彼。我感到很惊奇，很困惑，当我看到我的卡彼时，它猛地用力，挣脱了警察的手，向我扑来。

"这条狗是你养的吧？"

"对，它是我的宝贝。"

"我现在以法律的名义逮捕你。"

他伸出一只粗壮的胳膊，把我紧紧地抓住，差点把我的手腕弄断。

鲍勃看着这一幕，连忙跑过来问："你们抓这个孩子做什么？"

"怎么，难道是你兄弟？"

"不，是朋友。"

"昨天晚上，圣乔治有一个男人和一个男孩一起偷走了一件东西，这条狗就在那儿守着。他们俩逃走了，不过，这条狗却是跑不掉了。我想它肯定能认出它的主人，就把它带过来了。这就抓到了一个。多亏了这条狗，我肯定能找到他的同伙。"

我感到一种说不出的痛苦，我张大了嘴。

我知道这是怎么回事。至少我能猜到发生了什么事。天黑以后，我爸爸就离开了集市，住在野外的旅店里。他没有被逮捕，是由于他很快就从酒店里逃走了，但他很快就会被抓起来。

现在，我没有时间去想爸爸的事。现在摆在我面前的问题，就是如何脱身。我不希望我的家人受到牵连，我只希望他们能证明我是无辜的。首先，我要做的，就是要让他知道我昨晚是怎么睡的。

就在我这样思考的时候，马西亚醒了。他听到了喊声，听到了一片混乱，明白了是怎么回事，就一瘸一拐地从屋子里走了出来。

我用法语对鲍勃说："求你帮我给他一个合理的解释。说我跟你们一起在这儿待到一点，才回奥加旅店！和老板聊了一会儿，就回来了。"

鲍勃照着做了，反而引起了警察的怀疑。

"那个小偷就是在一点钟左右偷偷溜进来的。这个孩子说，他是在一点多的时候走的，正好是东西被偷的时候。"

"二十多分钟就到了。"鲍勃道。

"十分钟就到了。再说了，你怎么知道那孩子是一点多离开的？"

"这一点，我可以作证。"

"哼。不管怎么说，这个孩子我是要带走的，还有什么话等上法院再说吧。"

马西亚朝我喊："别害怕！我们会帮你的。"

我用一句法语说："看好这条狗。"

不过那名警察好像也听懂了。

"我要把这条狗带走，顺便把那个跟它一起偷窃的小偷揪出来。"

我只能被当众抓走了。

这一回，我被送到的不是法国乡村里那种普通的、长着洋葱的牢房，而是一座坚固的牢房，每一扇窗户都装上了铁栅栏。房间里除了一把椅子和一张床之外，什么都没有。

我瘫坐在椅子上，好像失去了所有的力量。我想起了自己的悲惨处境。马西亚对我说一定要把我从绝望中拯救出来，可是，像马西亚这样一个孩子，能有什么办法来拯救我？就算是鲍勃，也未必能把我从这牢房中带出去。

我打开窗户，只见一根三英尺高的铁栅栏，牢牢地钉在墙上。窗户下面，是用石头砌成的，形成了一个狭长的院落，院落的另一端，是一堵高达两米的围墙。墙外，应该是一条街道。

不管是谁来帮我，都不可能从这牢房里走出来。不管是什么样的人，什么样的友谊，都不可能使我越过这道墙。

我会不会长期被关在这间牢房里？什么时候开始审判？！如果把我的小狗

送上法院，我要如何为自己的小狗辩护？我要如何证明自己是无辜的？鲍勃与马西亚的证词，是否可以让法官接受呢？啊！我越来越感到不安了。

漫长而痛苦的日子，慢慢地流逝着，快到傍晚的时候，狱卒把我的晚饭，一个馒头和一个土豆送来了。我记得以前在书上看到过关于囚犯的传说，说外面的人在送来的饭菜中间，夹着一张纸条，我想，也许鲍勃和马西亚也会把这样一封信放在里面，我把馒头撕碎，然后再把土豆捏碎，可是连一根草都找不到。

我必须等到第二天。啊！这一晚当真是彻夜难眠，这等痛楚，当真是要到何年何月才能忘记？

第二天早晨，监狱长端来了一杯热水和一只脸盆，告诉我，这次审判要开始了，要我收拾得干净点。他好心地对我说，当你在法庭上表现得好的时候，往往会发生一些对你有利的事情。

我照他说的做了，就把自己的脸和头发都洗干净了，把自己的衣服整理好了。在等待审判的过程中，我一直在思考着该如何应对，该如何辩解，但我发现自己已经从现实中脱离出来，进入了一个虚幻的领域，我的脑子里充满了童话般的、毫无根据的梦境。我想起故事里那漂亮的皇后，或者骑在飞鸟上的骑士，他们会不会来救我。

没多久，看守就回来了，告诉我要和他一起去。我跟着他离开了牢房，穿过几条过道，来到一间敞开的房间。

"嘿，进来吧！"

温热的风，灌进了我的喉咙里。我像是听到许多嗡嗡的翅膀扇动的声音。一进门，就到了审判厅。

我被带到了犯人的座位上，我感到头晕目眩，不过我还能看见法官。

法官的地位比较高。下面有几个人，后来我才知道，其中一个是检察官，另一个是领取赔偿款的，还有一个是秘书。另外，我的座位附近也有一些人，他们都穿着长袍，头上戴着假发，这是我的辩护人。

我什么时候请了个律师啊！是谁帮我找来的？我根本不懂，不过不管怎样，我的确有个律师。

在我附近的另一张桌子上，坐着鲍勃，还有他的两个同伴，以及奥加旅店的老板和那个抓我的警察，还有几个目击者，那几个目击者都是我从来没有见过的。

观众席上，也有不少人。在那里，我的目光碰到了马西亚。说也奇怪，我忽然有了勇气，鼓励自己不要沮丧。

检察官站起身来，讲述了昨天晚上一点钟，一个男人和一个男孩从圣乔治教堂的窗户溜了进来，他们是从一架楼梯上下来的。他甚至还牵了一条狗在院子里放哨。碰巧有一个过路的人，在夜里经过，发现了这座房子里有一种奇异的火焰，还有一种打破窗户的响声，他就起了疑心，把警察喊来，要他留神。警卫把许多人都领进了教堂。那条狗一看到这一群人，就狂吠不止。嫌疑人惊慌失措，慌忙找路，就从窗子里跳了出去，顺着楼梯，翻过了教堂的围墙，消失了。可是，这条狗不会上楼梯，只能在那儿走来走去，于是他们就抓住了这条狗。在这条狗的带领下，他们抓住了一个疑似同伙。另外，他们还找到了嫌疑人的踪迹。

法官询问我的名字、年龄和工作。我说自己是英国人，家在伦敦贝斯纳尔·格林，名叫雷米。后来，我得到允许，用法语解释了我在教会事件那天晚上所做的一切。

"不过，你有什么理由说明为什么你的那条狗在教堂里呢？"

"我完全搞不懂为什么我的小狗跑到那里了。当时我已经一整天都没有和它在一起了。我是当天早晨把它绑在马车旁边的。"

我无法解释更多。我怕再多说一句，就会被指责。

当我向马西亚望去的时候，他示意我继续讲下去。不过，这可不行。

接着是那个来作证的人，他被带上庭，他的证词对我来说很重要。

我的律师和看门的人进行了一场一问一答的辩论。看门的人说，当他把门锁上的时候，教堂里没有一条狗。律师说，他可能是在关门的时候，并没有注意到那条狗。后来，他向别人打听了一下看门人的情况，他们说，他是个酒鬼。如果有贼把狗带来了怎么办？他想不起来了。

在卡彼的问题上，律师们的辩护是有益的。鲍勃和奥加酒店的老板都是为我作证的。所有的目击者的证词都是一样的，除了我什么时候从马厩里出来的这一点之外，没有任何证据可以证实这一点。

一刻钟以后，审讯结束了，法官在宣读了他的判词以后，宣布把我送到高级法院，直到对是否移交给重刑厅作出结论为止。

啊！重刑厅！

我怎么没早点听从马西亚的建议！？

chapter

◆ 鲍勃 ◆

然后，我又被送进了牢房，倒在那张冰冷的椅子上，我想，我终于找到了我今天没有被放出来的原因了。或许，这位法官是打算先把罪魁祸首揪出来，再来判断我到底是不是真正的同谋。

就在刚刚，法官说他查到了一些蛛丝马迹。然后，我很快就会在重刑厅里，跟我的爸爸和金佐一起受到审判，即使我的爸爸和我的兄弟们都受到了惩罚，我能得到赦免，这对我有什么好处呢？

啊，这一天就要来了吗？我什么时候被送往阿西斯郡的监牢？这个监牢在哪里？

就在这个问题困扰着我的时候，有一天下午，我听到了小号声，从小号声中，我猜到了那是马西亚。马西亚是在对我说，他在想念我。小号声来自窗外。马西亚很可能就在城外的街道上，隔着一堵围墙，隔着四五米远，我们看不见彼此。但视觉虽然看不见，声音却能听得见。

除了号声以外，还可以听见人群的声音，从远处传来一阵波浪般的喧闹声，我就晓得是马西亚、鲍勃他们在那儿表演。

他们干吗要选这个地方？是不是这里的生意太好了？是不是要暗示我什么？

忽然，我听到马西亚用法国人特有的洪亮的嗓音喊道：

"明日的曙光！"

话音还未落，小号的喧嚣就开始了。

我根本不需要多么聪明，就能理解马西亚用法语所说的"明日的曙光"，并不是对着客人说的。不过，这里面的意思，却很难猜到。我知道他在暗示我明天有计划，可是，我不知道第二天早晨要做什么。

我想，唯一不应该遗忘的，就是当我们醒来的时候，对突如其来的事情做出反应。在此之前，我必须耐心等待。

为了不要第二天早上醒不来，我一到晚上，就爬上了床想睡觉。但我却怎么也睡不着。折腾了半宿，等我醒来的时候，已经是半夜了。天上的星星，隔着窗子都看得见。世界一片死寂。天还没亮呢。

我从床上下来，悄悄地在椅子上坐下，为了不打扰守夜的人，我一动也不动，只是默默地等着，过了一会儿，钟声敲响了。我想现在起床还很早，但我担心我会睡得很沉，很可能第二天早上还不清醒，所以我决定一直坐着等到第二天早上。

我所要做的只有一件事，就是听每隔15分钟敲响一次的时钟。但是，15分钟太久了！有几次，我以为它是在被敲响的，实则却是幻听。

我的眼睛一直盯着窗户，靠在墙上。过了一会儿，天色泛白了。

那不是我的错觉。远处，隐隐传来了公鸡的叫声。

我爬了起来，悄悄地走到窗前。要把那扇制造得很糟糕的窗户打开，而

使之安静，可不是一件容易的事情。

我耐心而又耐心地把它推到一边，

才感到满意。

我想，马西亚会怎样来拯救我呢？这里没有别的东西可以拯救我，只有这个窗户。在这里，有厚厚的铁栅栏，有厚重的墙壁，有铁门。如果他想把我从监狱里带出来，那就太愚蠢了。但是，我不能放弃任何可能获救的机会。

星星变得稀薄了，清晨清新的空气透过窗户吹了进来，冻得我直打哆嗦。但是我一步也没有离开过窗户。我就这么立在原地，一动不动，眼睛盯着前方。

我屏住呼吸，侧耳倾听。无声无息。只能听见自己的心跳声。

没多久，我仿佛听到围墙另一边，传来了窸窸索索的声响。可是，当我听到脚步声的时候，我以为我的耳朵出了问题，我就更加仔细地聆听了。窸窸窣窣的声响还在持续。忽然，我看到一张脸从窗口露出来。天色尚黑，我也看不清楚他的脸，但是我却发现，这并不是马西亚的脑袋，这是鲍勃的脑袋。

鲍勃一看到我，立刻低声说了一声："嘘！"

他打了个手势，要我从窗口走开。我不明白这是怎么回事，但我还是照做了，我想看看会发生什么事。鲍勃把一个管子放在嘴里，用劲儿吹了一口气。

我听到"嗖"的一声轻响。就在这时，我看到一个圆球样的东西掉进了我的房间。

我把它捡了起来。那是一颗纸团，纸裹在一个铅丸外面，上面好像写着一些极小的小字，可是天色已晚，我什么也看不到，只能等到明天。我小心翼翼地关上窗户，躺在床上，手里拿着这颗纸团。

这一天太难了！没多久，窗户外面变成了黄色，接着变成了玫瑰红色，房间里渐渐充满了光明。

于是，我小心翼翼地把裹在铅丸外面的纸片取下来，拆开一看，上面写着这样一段话："你明天将会被送到郡监狱。有一个警察坐火车陪同押送。你务必坐在靠门的位置。火车开出四十五分钟后，到了那儿，列车会拐个弯，停在一棵高大的白杨树旁边，然后，你打开车门，勇敢地跳下去。跳的时候两手前伸，一定要双脚落地。然后顺着左边的堤坝往上走。我们已经为你准备好了一部漂亮的四轮马车。别怕。再过两天，我们就要动身前往法国，万事俱备，只欠东风。"

我好像快得救了。我不想上重刑厅。我不必为见到爸爸而感到羞愧。啊！马西亚！啊！鲍勃！你们怎么做到的？我该怎么谢谢你们呢？这件事情，肯定是鲍勃主要策划的。若无鲍勃，马西亚决计不可能如此周全。鲍勃能为我这样一个平凡的朋友提供如此帮助，实在是太好了，我永远不会忘记他的。

我又把纸片反复看了很多次，把细节都记得很清楚。即便有可能被摔得粉身碎骨，那又有什么关系呢？我宁愿被摔死，也不愿意因被判为小偷而接受惩罚。

我们将在两日后动身前往法国！我太高兴了，太高兴了，但是当我想到卡彼的时候，我的心就碎了。不过，我转念一想，马西亚总不可能把卡彼单独留在这里吧？如果他能找到拯救我的方法，他就会找到拯救卡彼的方法。

我又读了一遍之后，便吃掉了它。从那以后，我就安安静静地睡着了。我就躺在我的床上，直到狱卒给我端来早餐。

时光匆匆而过。次日午后，一个我素未谋面的警察来找我，要我跟着他去。那个警察看上去是个五十多岁的和蔼的、有点迟钝的人，我高兴地想，这是好事。

所有的事情都按照马西亚的计划进行着。我上了马车，按照马西亚的命令，在门口坐下。那名警察并没有反对，只是和我相对而坐，周围并没有别的旅客。

"您能讲英语吗？"

"嗯，我大概会了。"

"能听懂我说的话呀？"

"嗯，你慢慢说，我能明白你的意思。"

"我劝你最好不要在庭审中撒谎。你必须为你的罪行感到忏悔。你们这些孩子，如果能主动悔改，那罪过就会减轻许多。看在你还没成年的份上，他可能会放过你。我也不瞒你，你还是乖乖地去吧。如果你向我认罪，我会帮你的，你看如何？"

我要说的是，我无罪可认。但我还是装作很欣赏的样子，静静地听着。

"你仔细想想吧。不是让你一见到什么人就马上交代，应该选择一个关心你的人，比如说我。我是诚心诚意为你办事的，你自己考虑清楚吧。"

"嗯，让我考虑一下。"

所以，我首先要说服那个警察。我看着窗外，然后对那个警察说，我能不能在窗口看一眼。

警察同意了我的请求。我打开车窗，向外望去，列车正在全速前进，而警察似乎并没有注意到这一点。

不久，由于窗口的风很凉，那个警察就向后退了一步。不过，这点风对我来说，根本不算什么。我悄悄地把左臂伸出窗外，准备打开那扇门，现在已经是行驶到了四十五分钟。我在那里看到了一棵树，它就是鲍勃信里所说的那棵树。当我的心脏剧烈地跳动着的时候，列车发出了刺耳的警报声，然后慢慢地降下了速度。啊，是时候了！前面就是拐弯处，前面就是一排白杨树。我想这是时候了，于是，我飞快地打开了门，以最快的速度从车上一跃而下。

我掉进了一条干涸的壕沟，由于剧烈的撞击和震动，我一下子就失去了知觉。

当我醒来的时候，我以为自己还在列车上，实际上是躺在一辆飞快的马车上。我的身子在摇晃，躺在草地堆上。

奇怪的是还有人在拍我的脸。我的手被什么在舔着。当我睁开眼睛的时候，我看见一条黄色的、脏兮兮的小狗，正趴在我的手边。

就在这时，我的目光迎上了躺在我身边的马西亚的目光。

马西亚把那条小狗推到一旁，抱了我一下，叫道："你得救啦！"

"这是哪里?"

"在马车上。鲍勃在驾车。"

鲍勃听到这话,转过头来,问道:"你没事吧?"

"我也不清楚。好像没事了。"

"那就试试活动身子。"鲍勃说道。

我趴在稻草上,照他说的做了。

"啊,别担心,一点也没有受伤。"马西亚说,心里充满了喜悦。

"我怎么会在这里?"

"你是按照我给你的那封信里的指导跳下来的。可是你掉进了沟里晕过去

了。我们一直在等你，总没等到，鲍勃就到堤坝下面去看看，他发现你已经晕了过去，就把你抬上了马车，当时我们都以为你已经死了，我们都很担心。这下可以放心了！"

"警察呢？"

"他要等火车到下一个站停靠了才能下车，那列火车一直没停，他肯定还在车上。"

我向四周看了看。这只脏狗看了我一眼，目光就像卡彼的那样温和。但很明显，这不是卡彼。因为卡彼是一条纯洁的白色小狗，而这是一条黄色的小狗。

"你是不是丢了卡彼？"我心疼地问。

马西亚还没来得及回答，黄狗就扑到了我的背上，汪汪地叫着，用舌头舔了我一下。

马西亚微笑着说道："这正是卡彼，不过已经被我们涂黄了。"

我紧紧地拥抱着它，亲吻了它无数次。

"你给卡彼染色做什么？"

"这里面的细节我慢慢来跟你说。"

可是鲍勃却拦住了他，说道："马西亚，这件事以后再说。来吧，拿着这辔头，拿着鞭子，赶着马。马上就要到海关的大门了，我要让他们认不出我的马车。"

这是一辆很简陋的两个轮子的大车。车顶上挂着一块巨大的篷布。我们钻在篷布下面，天气太冷了。

马西亚在我身边，我问他："往哪儿走？"

"到港口去，鲍勃的弟弟在法国罗曼有一条船，要到那儿去把奶酪和蛋带到这儿来。今天晚上它的风帆就会升起，我们可以乘它回到法国去。如果这一次我们能够逃走，都是鲍勃的功劳，我一个孩子又能怎么样？鲍勃的计策，一个是用吹管把信息送进监狱，一个是使你离开列车。他还给我们准备了快马，给我们安排了一艘小艇，让我们去法国。我们可以乘汽船，但那样一来，会很容易被抓住，好吧，雷米，交朋友是件好事。"

"卡彼是怎么逃出来的？"

"把它弄黄了，让警察没有认出它来的人，就是鲍勃。当那个警察带着卡彼穿过人群的时候，我悄悄地给卡彼打了个手势，让它赶紧想办法脱身，然后朝我们这边跑过来。鲍勃是出了名的盗狗贼，抓住机会把它带来了。"

"你的腿没事吧？"

"好像好多了。我不知道我的腿是怎么好起来的。"

英国的公路和法国的公路不同，公路上有许多关口和关卡。根据货物的不同，我们必须支付不等的费用。到了关口，鲍勃叫我们别出声，也别乱动，他和看守关门的人说笑着，不慌不忙地走了过去。工作人员也没有盘问我们，就让我们通过，因为他只看到了那辆可怜的、只有一个赶车人的破车。

鲍勃原本是马戏团里的一个丑角，在这方面，颇有天赋。他打扮成一个中年农民，言谈举止都像个农民，即使熟悉他的人，也认不出他来。

我们的速度确实很快。马本来就是骏马，鲍勃也是杂技团出身，驾起马车来也是一把好手，因此我们一路奔跑，跑得不亦乐乎。但是，要想让它补充水分，就必须停下来。我们并没有像往常那样走到路边的杂货铺去。当我们看到一片灌木丛时，我们走了过去，解开缰绳，让那匹马到河边去饮水，然后把马辔套在它的脖子上。

现在天色已晚，我们也不用担心会被人跟踪。我们从阴影中走了出去，知道此时谈话是没有问题的，所以我要感谢他，要把心中的想法告诉他。可是鲍勃却让我别客气，他紧紧地握住我的双手，说道："你为我做了好事，我也为你做了好事。这个世界上，有恩报恩，有仇报仇。还有，你不就是马西亚的兄弟吗？只要能把你救回来，我们都肯出力。"

我又向鲍勃询问，从这里到港口要走多久。鲍勃说必须要两个小时，可是现在正是涨潮的时候，谁也不知道它会不会提前启航，如果想要赶上，那就必须尽快。

"你仍然担心？"马西亚问道。

"嗯，还没有彻底放下心来。我怕自己又要被抓住了，要是逃跑后再被抓就是罪加一等了。我可不希望他们这么认为。万一被抓到呢？"

我们的马车在鲍勃的指挥下，以最快的速度向田野奔去。偶尔也会遇到其他的车子，但都比不上我们。沿途的村庄，都是一片寂静，只有零星的灯火还亮着。只有那些狗看到我们的车子开得很快的时候，才不时地发出一声吠。

到了山坡上，鲍勃停住了马车。我们下了车，伏在地上，侧耳倾听。即使是听觉最敏捷的马儿，也听不见附近有任何声音。我们一路走来，都是在黑暗和孤独中。

我们也没有理由继续躲藏下去了。夜色越来越深，天气也越来越凉。海风已经很大了，迎面吹来。我们伸舌头去舔嘴唇的时候，甚至尝到一丝咸味，这说明大海离我们不远了。过了一会儿，我们的眼睛里出现了一种忽隐忽现的亮光。灯塔在那边，我们已经靠近港口了。

鲍勃勒住马，渐渐把它带到一条岔路，然后从车上跳下来，让我们安静地在原处等他，然后他就消失了。

鲍勃离开后好像过了很久很久，我和马西亚都保持着沉默。我们听到了海岸上传来的海浪的声音，那声音越来越大，越来越响，越来越响。我们的情绪也越来越激动。马西亚浑身发抖，我也一样。"这是天气太凉了。"马西亚细声说，但我们都知道并不是天气太凉。

就在我们等得有些烦躁的时候，只听见鲍勃离开的地方传来了一阵脚步声。毫无疑问，鲍勃已经回到了我们的身边，我们快得救了！

来的不只是鲍勃一个人。离得近了，我还看到了一个身穿涂了漆的水手服，头戴毛线帽的人。鲍勃说道："这就是我弟弟。"

"他会把你们带去法国。再见了，朋友们，我得马上走了，不能让别人知道我来过这儿。"

我又要感谢鲍勃，可是他却拦住了我，紧紧地握住我的手，说道："不用谢，相互帮助，这是应该的。世事无常，后会有期。一想到能为马西亚做点什么，我就很开心。"

我向鲍勃告辞，跟着马西亚和鲍勃的兄弟去了。我们沿着一条僻静的小径走到海边的一个港口，从海上刮来的大风迎面扑来，压得我们喘不过气来。

我们登上了小船，两个小时后，这艘小船驶出了港口，将要在风浪中穿过拉芒什海峡。

· "天鹅号" 的下落 ·

船静静地躺在海里，好像睡着了一样。我们只能听见海浪拍打桅杆的声音，还有海浪拍打船身的声音。没过多久，甲板上就传来了嘈杂的声音，有绳索落入水中的声音，有滑轮转动的声音，有铁链转动的声音，也有船只转动的声音。

听到舵的声音，那艘小船便往左偏下摆动起来。轮船已经开动了！我们都得救了。

船在惊涛骇浪中晃得很厉害。

我握住马西亚的双手，说道："别担心，挺过去。"

"不管我多么晕，这都没有关系。你要做的，就是逃跑。我在上船之前，就已经猜到了会晕。当我在车上的时候，我能感觉到路边的那棵树在摇晃，我在想，如果我上了一艘船，所有的事物都会跳舞。这才开始跳舞。"

就在这个时候，门被打开了。

"我们已经到海里了，不怕被人追了。"

说话的是鲍勃的弟弟。

马西亚问道："要怎样做，我才不会头晕？"

"最好是睡着。"

"多谢，我要在这儿睡觉。"马西亚说着就倒了下来。

"我会让船员给你些东西吃。"

我很愿意和马西亚待在一起，可是他总是不同意。

"你不必和我待一起的。你逃出来了，我从来没有像这么高兴过。"

我走到甲板上，想看看到底发生了什么事，但是，由于风劲太大，我已经失去了平衡，东倒西歪。眼前一片漆黑，什么都看不见。只有一艘孤零零的船，在一片白色的泡沫中航行着。船经常倾斜到几乎要倾覆，但永远也不会倾覆。我缓缓地站了起来，只见在海风的吹拂下，船冲破了海浪，摇摇晃晃向前冲去。

我回过头来，看着岸上那个角落里的灯光，它在浓雾中显得更加朦胧，甚至比春天夜晚的星辰更加朦胧。在我的视野中，火焰一盏一盏地熄灭了，我带着得救的喜悦，离开了英国。

"如果这种风向一直刮下去，傍晚时分我们就可以到达法国。"鲍勃的弟弟吹嘘道："没有哪条船能像这个月蚀号这样跑得这么快。"

"又要在海里待上一天了，啊，可怜的马西亚！他说他很讨厌晕船。"

黎明时分，寒风依旧。时间一分一秒地流逝。我在甲板上走来走去，在马西亚睡觉的船舱里走来走去。

"前面就快到了。"当天中午，老船长指向西南方向，说道。

我急忙走下甲板，走进船舱，把这个好消息告诉了马西亚。法国就在我们的眼前！

我们要在伊西尼靠岸，靠岸后，还要走一段很长的路。但不管怎么说，法国就在我们的面前。我现在要做的，就是保持耐心。

不久，我们就进入了伊西尼湾。天色已晚。鲍勃的弟弟把我们留下，在船上多度过了一个晚上。

第二天早晨，鲍勃的弟弟拉着我们的手，说："如果你们下次要去英国的话，尽管来找我。"

我们不希望再有这样的机会了。马西亚和我都有自己的原因，不想冒险横渡这个海峡。

我们终于安全到达了法国，口袋里揣着一些钱和我们糊口的乐器。我们简单商量了下一步的计划，随后去买了一个军用包。

我们究竟上哪儿去，该往哪里走呢？当我们走下船，脚踏在土地上，这是我们第一个想到的问题。

"不管往左边还是往右边，我都无所谓，但是我有一个想法。"马西亚说。

"你说。"

"我们沿着运河走。我想我们只要沿着运河走，找到'天鹅号'就能找到米利根夫人。"

我们决定找一条离这里最近的河，摊开地图，发现最近的就是塞纳河。

"我们还是顺着塞纳河走。到塞纳河上游去，问问有没有人见过'天鹅号'。"马西亚说。

他的想法让我有些担忧，要是英国的警察来法国追捕我，他们到法国后来的第一个地方肯定是巴黎。

"我们可以绕开巴黎，"马西亚劝我，"毕竟，我也不想再撞见喀尔。"

既然我们已经作出了决定，那么现在就必须照顾卡彼。卡彼身上的那些黄漆实在是让人恶心，于是我们又去买了些香皂，在旁边的小溪里，使劲地搓它身上的毛皮，直到两人的手都麻木了。

鲍勃好像用了一种上好的颜料，把它的颜色染变了，现在我们两个人要费好大劲，才能把他染的色勉强洗掉。之后我们花了六个星期才把它原来的颜色洗回来。

我们沿着塞纳河而行，沿途经过几个村庄，一直在打听"天鹅号"的下落。

我们还没有遇到"天鹅号"，就已经穿过了巴黎，来到了马恩河与塞纳河的交汇处。就在我们迷路的时候，我们无意中听到了一条关于"天鹅号"的消息，在两个多月以前，有人曾看过这艘船往塞纳河上游驶去。虽然时间已经过去了好久了，但这样也算是意外惊喜。我们继续沿着塞纳河前行。

到了蒙德罗，我们打听到有人看到这艘船改道约纳河了，还说看到这艘船的甲板上站着一位英国夫人和一个躺在床上的小男孩。我们就这样边走边问，终于确定了"天鹅号"一直在约纳河里行驶。真让人激动啊！因为这样我们直接可以走到图卢兹，走到丽莎家。

我们起得很早，睡得很晚，向目的地奔去。但没有一个人喊累。只有卡彼，神色古怪，不时地向我张望。

很快，我们就来到了丽莎家前面的一条水渠。在每一扇栅栏门里，人们都在讨论"天鹅号"的事，我们知道，"天鹅号"在这条漂亮的水道里慢慢地航行过，大家都看到了，都在谈论着这艘船。

如果是那样的话，也许我们还能从卡特琳娜姑妈或丽莎处打听到许多有关"天鹅号"的情况。

越近图卢兹，众人的议论就越是热烈。他们不仅描述了船只的外形，他们还说，米利根太太是一个仁慈的英国女人，亚瑟是一个年轻而又温顺的孩子，常常躺在游廊的床上，偶尔也会靠在柱子上。

这说明，亚瑟的病情已经好转了许多。

我们向图卢兹走去。还剩两小时，一小时，十五分钟！

我终于看到了上次在秋天的阳光下曾漫步过的那片森林。不久，可以望见运河边的水闸，也可以望见卡特琳娜姑妈的住宅。

我们没有说话，但是每个人都走得很快，就像有默契一样。我们不是在走，而是飞奔着。当卡彼看到了丽莎的房子，第一个冲了过去。

马西亚说："卡彼是去通知丽莎我们到了，然后丽莎就会过来跟我们打招呼。"

不过，从家里走出来的却不是丽莎。相反，我们看到的，却是卡彼，它大叫着被赶了出来。

我们说不出个所以然来。你看看我，我看看你，都不知道发生了什么。

卡彼走回了我们身边，但这一次，它害怕地跟在我们身后。

一个男人从屋子里出来。这不是丽莎的姑父。

当我们走到家门口的时候，一个从来没有见过的女人正在厨房里忙碌着。

"卡特琳娜姑妈不在？"当我发出询问的时候，她惊奇地看了我们一眼。

"请问卡特琳娜女士在哪里？"

"她在埃及。"

马西亚和我默默地互相望了一眼。卡特琳娜姑妈已经去埃及啦！至于埃及，那是怎样一个国度？我对此一无所知。

"丽莎是不是也在埃及？"

"丽莎！"女人仔细地打量着我，然后说道："你就是雷米吧？"

"是的。"我点了点头。

"好吧，好吧，我要告诉你。卡特琳娜的老公溺水死了。"

"溺水死了？"

"真可惜，他掉进了河中，他的衣裳被船上的一个铁钩钩住了，所以才死的。卡特琳娜没有足够养家的财产，正当她一筹莫展的时候，她以前当过保姆的那个家庭从埃及来了信，希望卡特琳娜能再次回到他们身边，于是她打定主意要去埃及。小丽莎没去。她姑姑正感到为难呢，六周前来了一个英国夫人，还带着一个病儿子，这位夫人见到了丽莎，觉得她很可爱，说她可以把丽莎带走，还说可以治好她的哑病。"

我被深深地打动了，呆呆地站在那里，什么也不知道。

"他们后来往哪个方向走了？"马西亚问，他的头脑比我冷静得多。

"好像是瑞士的什么地方！"

"谢谢您，夫人。我们现在就出发去瑞士！"

这次，我们不是跑，而是飞奔！我们一路追赶，废寝忘食，"天鹅号"离我们越来越近了："天鹅号"三周前经过了沙隆，两周前到过里昂，十二天前刚过了居罗兹，接着到了瑟塞尔。天啊！我太激动了！我们看到"天鹅号"了！

chapter

♦ 褴褛 ♦

　　我们飞奔过去，真的是"天鹅号"。可惜的是，这艘船似乎被抛弃了，船上竟空无一人。"那位英国女士啊，"一个男人告诉我们，"她和孩子们坐上一辆轻便的四轮马车，朝瑞士的韦维方向去了，她的仆人也都跟去了。"韦维？瑞士？我们一路紧赶慢赶，只花了四天时间就赶到了那里。

　　到韦维后，我们发现这里和我们想的不一样，这是个地域广阔的旅游胜地，不是什么小村落。我们到处打听，问有没有人见过这样一个英国女士。有人说见过，有人说没见过。我们边找人边靠街头演出赚了点钱，甚至还试图去那些带着庭院的山庄里找人。

而那些带着庭院的山庄，一次次地让人大失所望。由于园子很大，从门口到房子有一段很长的路，我们的音乐很难传到屋里。为了让房间里的人都能听到我们的歌声，我们不得不放声高唱，到我们晚上休息的时候，常常已经累得说不出话来了。

一日下午，我们就在街头边跳边唱。我们前面的栅栏门敞开着，可以望见园子里。我们用力地拨弄着琴弦，扯着嗓子大声唱着。我唱完了我擅长的那首那不勒斯小调的第一段后，正准备接着开始第二段，突然听到一堵墙后面飘出一个尖尖细细的声音，这个陌生的嗓音竟然唱出了接下来的歌曲。

马西亚与我惊呆了！我想象不出在社会上还有谁会唱这首我拿手的小调。可是墙里却有人回应。

马西亚说："难道不是亚瑟吗？"

但那声音并不是亚瑟发出的。亚瑟的声音，我一听就会知道。

卡彼一听到动静，就高兴地大叫起来，不停地在墙上蹦来蹦去。

我对着墙喊了一声。

"是谁在唱？"

就在这时，墙壁那边传来一道声音："雷米？"

我和马西亚你看看我，我看看你，都不知道什么情况。

当我和马西亚茫然地互相望着的时候，只见墙的那一头有一条白色的手帕在挥舞着。我立刻就往那边走。

只看见那块手帕，却不知是何人所挥。直到走到栅栏边，我才知道这手帕的主人是谁。是丽莎！

不管怎么说，我们已经找到了丽莎。也就是说，亚瑟和米利根太太，就居住在这堵墙后面的房子里。

刚刚这首歌到底是谁唱的？当我们看到她的时候，我们都在想这个问题。

丽莎说："是我。"

丽莎能唱歌，能说话了！我不敢置信地说："啊！丽莎居然能开口说话！你的病好了吗？"

"好了！"丽莎结结巴巴地说。

她的声音很奇特，略带沙哑，她说道："雷米，真的是你吗！丽莎会说话了！丽莎的病好了！"

我被深深地打动了，我紧紧地抱着丽莎，但现在还不是该激动的时候，于是，我定了定神，对丽莎说："亲爱的米利根夫人和亚瑟呢？"

丽莎张了张嘴，似乎在回答我的问题，但是她又说不出更复杂的话来，便带着一种着急的神情，用眼神和动作把我引到树林下面的小路上去。由于距离太远，我什么也看不到，但我还是认出了亚瑟，他坐在一辆马车里，他的妈妈就坐在他的后面。我情不自禁地抬起头来，正看得出神，突然，一个先生从夫人身后走了出来，那是詹姆士，我不由自主地向后退了一步，并告诉马西亚要他赶紧躲到一边去。

我小声对丽莎说："别出声。别把我们这儿的事情告诉任何人，否则你就再也见不到我了。"

我和马西亚马上钻到篱笆后面藏了起来。

马西亚做了个决定，他说："米利根先生不认识我，你躲着别出来，我先去见米利根夫人，她会告诉我们该怎么做。"说完后，他撒腿就跑了。我坐在草地上等了很久。突然，我看到米利根夫人朝我走来了。她抱住了我，深情地

对我说："我可怜的孩子！你可以和我说说你具体的经历吗？"

　　我把事情的经过，简单地说了一遍。特别是詹姆士来到这里的经过，更是一五一十地说了出来。她会在一些重要的事情上提出问题，专心地听我说话。从来没有人听我说话的时候这么专注和激动。

　　"你说的这些事很严重，"听我说完后，夫人一脸担忧地对我说，"亚瑟的处境很危险，当然，你也是。

我会做出一些妥善安排。在此之前，你们先到德里特的阿尔比斯旅馆去，会有人给你们订好房间。我们稍后会在那里碰面。"

两小时后，我们到了那家旅馆。我们一身流浪艺人的打扮，当我们正在为自己的衣着感到羞愧时，旅馆的工作人员却没有对我们另眼相待。工作人员礼貌地把我们带到了订好的房间。我从来没住过这么漂亮的房间。

从家具到地毯，一切都是那么完美，两个白色的、软绵绵的床铺并排躺在一起。从窗户往下看，可以看见一只张了翼的大船，像鸟儿似的在湛蓝的水面上漂着，几只白色的鸟儿在水面上翩翩起舞，阿尔卑斯山的阴影在水面上若隐若现。我们甚至怀疑世上真有这么美好的风景？！

"你们有水果馅饼吗？"马西亚问。

"当然有，我们有很多种——"

"很好，"马西亚说话的语气像一位高贵的绅士，"好吃的都给我们拿来，您看着办吧。"

第二天，米利根夫人带来了丽莎。正如夫人所说的那样，丽莎正在努力地学习语言，她已经能和别人交谈了。过了一个小时，她亲了我一下，又跟马西亚握了握手，然后就走了。

就这样，一连四天，她都是这样。她每一次来看我，我们的关系会变得更加亲切，但是，她的心里好像还有什么想说的话没有说出来。

第五天，我们乘坐一辆双马拉四轮轻便马车，一个我在"天鹅号"船上见过的女仆来接我们。我们也换了一身行头。她把我们带到了一栋别墅的客厅，米利根夫人、亚瑟、丽莎都在那儿等着我们。

丽莎看到我后，一下跑过来搂住我，亚瑟和夫人也欢迎我。

　　只看见夫人起身去打开另一扇门。

巴贝兰妈妈出现了，她怀里还拿着一套婴儿的衣服，还

有一件白色的大衣，还有一顶蕾丝帽，还有一双鞋。

　　我没有时间等巴贝兰妈妈把那些东西都放在桌子上，直接扑到了她的怀

中，亲了她一口。就在这个时候，我听到太太把女仆喊来，对她说了几句话，

也许是要喊詹姆士来，我的脸色立刻就白了，但是她温和地说："别怕，过

来吧。"

　　就在这时，大厅的大门打开了，詹姆士走了进来，他咧嘴一笑，露出一口瘆人的白牙。当他望着我的时候，他的笑容忽然变得阴沉起来。

　　"我邀请你来，"夫人用颤抖但很平静的语气说道，"是要你看看我刚刚找回了我的长子，我要把他介绍给你。"

　　"他还是个孩子，"她说，握住我的手，"不过，你也许早就知道了。你在那个小偷家里的时候，就已经仔细地看过他了。"

　　"这究竟是什么情况？"詹姆士装作什么都不知道的样子，脸色却是彻底地白了。

　　"那个小偷，因为盗窃被捕后，他把这一切都招供了。这封信上有法院开具的关于这件事的证明书。那小偷解释了他是怎样偷走这孩子的，怎样把他扔在巴黎的伤员医院门口，怎样割掉婴儿衣服胸前的胸章，以便掩盖他的罪行。这是婴儿的衣服，把这个孩子带大和抚养他的女人，把它保存了下来。把它给我，让我也看看它。"

　　詹姆士一动不动地站了一会儿，我觉得他在考虑怎样才能战胜我们。他忽然向门走去，一只手抓住门把，回过头来望着我们，恶狠狠地说道：

　　"那孩子是真是假，总有一日你会明白的。"

　　米利根夫人（这一回我可以称她为妈妈）平静地说："你可以上法院告我们。随你的便，我只是不愿意去法院告发我丈夫的弟弟。"

　　房门关上了，叔叔的身影也消失了，我伸出双手，朝妈妈冲了过去。妈妈伸出双手，把我搂在怀里。

　　当我们平静下来的时候，马西亚到了我的身边，微笑着对我说："我有一个事先不能让你知道的事情。"

接下来的话是我妈妈说的。

"对，马西亚很久以前就知道你是我的孩子。不过，过早地告诉你，也许会产生误会，对我们不利，因此，我要他保守这个消息，直到我们把所有的线索都弄清楚为止。具体情况，我以后会详细跟你说的。总而言之，你刚出生的时候，就被人偷走了，一直下落不明。以后我们一家永不分离了。不仅是我们，还有你那些好朋友，"妈妈说着，用手指了马西亚和丽莎，"他们都是我们一生中不可缺少的伙伴。"

chapter

◆ 大团圆 ◆

几年的快乐时光，就像飞矢一样，过得很快。

如今，我们居住的地方，就是我祖先留下来的"米利根庄园"。

一个曾被无情的生活所折磨的可怜的孩子，一个曾无家可归的孩子，如今有了真正地爱着他的妈妈和兄弟，成了有亿万财富的家族的继承人之一。

我娶了丽莎：我们的第一个孩子——小马西亚——马上就要接受洗礼。马西亚如今已是著名的音乐家，同时他也是孩子的教父，他会来参加洗礼仪式，我为自己曾给他上过几次音乐课而感到骄傲。

我们还邀请了其他人：首先是巴贝兰妈妈，她从法国赶过来，以后会永远和我们在一起，帮我照看孩子。阿甘爸爸，他很久前就出狱了，重新在巴黎附近租了园子种花。还有阿甘爸爸的那些儿女们，我的兄弟姐妹们，所有人都将在这里重聚。只有一个人不能前来。那就是我永远不会忘记的，最疼爱我的师父维塔利老人——卡洛·巴尔扎尼，他因为怜悯我照顾我而死，但是他永远活在我的心中。